ENNEMI

Du même auteur

La Gagne, Orban, 1981.
Voyante, Orban, 1982.
La Guerre des cerveaux, Orban/Édition n° 1, 1985.
Substance B, Orban/Édition n° 1, 1986.
Les Enfants de Salonique, Orban, 1988.
La Femme secrète, Orban, 1989.
Diane, Orban, 1990.
Vol avec effraction douce, Édition n° 1/Stock, 1991.
La Nuit des enfants rois, nouvelle édition, Édition n° 1, 1992.

Bernard LENTERIC

ENNEMI

Roman

A Sarah.

« *La psychanalyse, cette maladie qui se prend pour un remède.* »

Karl KRAUS

1

C'est un jour de novembre qui se dépêche de finir. Dès sept heures du soir, le ciel s'est voilé d'un rideau sombre et sans étoile.

Partout dans les villages ou les mégalopoles, ceux qui espèrent que le bonheur existe pas très loin du plaisir, son substitut le plus accessible, se préparent à la quête.

Sur Paris, il fait maintenant nuit noire. Dans les quartiers chauds, les tenanciers de dancings, de night-clubs, de bars, de sex-shops et de boîtes de strip-tease fourbissent leurs pièges.

Ceux à qui ils les destinent n'en seront pas pour autant les victimes. Ils abandonnent pour un temps leur quotidien. Sapés, désirables, sublimes, bourrés d'appétits à assouvir, que leur importe d'être rançonnés de quelques billets... Ce qu'ils cherchent, ils le trouveront : un peu d'amour, un peu d'alcool ou de substance vénéneuse. Ils dansent, boivent et flirtent, complices, se dispensant tant de tendresse...

Trois heures du matin. Il faut rentrer. Bientôt, on les méprisera à nouveau, on attentera gravement à leur dignité. Le souvenir de la nuit les protège, et dans quelques heures, la nuit reviendra. Ils échapperont à nouveau à leur existence misérable, aux « terrifiants pépins de la réalité... »

Léger comme le vent de Toscane, l'éléphant quitte le troupeau. Ils sont peut-être une centaine. Ils savent. Pas un ne lui fait signe. Très loin, un autre troupeau leur envoie un message. Qu'ils viennent. La jonction peut se faire sans danger.

A présent seul, d'un pas tranquille, l'éléphant pénètre la jungle inextricable, broyant toute végétation sur son passage. Il marche longtemps, droit devant lui, sans la moindre hésitation. Près des marigots, la terre devient meuble. Son pas se fait hésitant, puis il s'immobilise. Les marécages s'étendent devant lui à perte de vue. La sinistre face de la pleine lune se reflète en fragments dans les eaux sombres, agitées par la brise.

L'éléphant s'enfonce lentement dans les sables mouvants.

Soudain, des crocodiles jaillissent des marécages et se jettent sauvagement sur l'énorme masse. Court concerto de claquements de mâchoires, de chairs déchiquetées, de déglutitions rageuses. Bientôt il ne reste que le squelette. Les crocodiles disparaissent. La carcasse de l'éléphant semble figée pour l'éternité. Puis en un instant, cette architecture surréaliste se décompose, comme tirée vers le sol par une force invisible.

Sur l'écran du téléviseur, l'image s'élargit et découvre d'innombrables ossements.

Fasciné, l'Homme n'a pas quitté l'écran des yeux. Il ne se soucie guère du cimetière des éléphants autour duquel s'est bâtie la Légende... C'est le libre choix de l'animal qui le surprend et le trouble, la décision libératrice d'en finir avec l'existence et d'aller vers ce qui en tranchera à jamais le fil.

Il éteint le téléviseur. Ses moindres gestes sont empreints d'une grâce infinie. Comme un danseur étoile ou un athlète de haut niveau, il maîtrise chaque mouvement de son corps. Il consulte sa montre d'acier. Quatre heures du matin.

La ville est presque déserte à présent. Parmi ceux qui

triment et espèrent, certains ont fait des rencontres, pris du plaisir, trouvé ce qu'ils cherchaient.

Enfin seuls dans leur boutique redevenue entrepôt, dans l'atmosphère délétère de relents d'alcool, de sueur et de tabac froid, les tenanciers font leur caisse. Les néons s'éteignent. Partout on tire les rideaux de fer.

Dans l'obscurité, là où se tapit le danger, où se fomentent les crimes, ils arrivent par dizaine. Dépourvus du courage ultime, ils cherchent le Rédempteur, celui qui leur apportera le salut.

Après le boulevard de Clichy, l'Homme a emprunté la rue Capron. Il arrive maintenant rue des Abbesses et gagne nonchalamment la rue de Clignancourt. Dans sa poche, sa main se crispe sur le manche du couteau. Un déclic et la lame jaillira.

Comme il est élégant le petit homme qui se hâte... Son costume de flanelle met en valeur son teint pâle, la construction harmonieuse de son corps menu. Ses yeux brillent. Il sourit. Un fol espoir envahit sa poitrine. Il en a la conviction, son rêve va s'accomplir. Maintenant... Tout à l'heure... A deux pas d'ici.

Après le marché aux étoffes, c'est le square Clignancourt. Quelques réverbères ponctuent d'une lumière anémique une obscurité de velours. L'Homme immobile voit venir à lui la frêle silhouette.

Il déchiffre sans peine sa prière silencieuse :
– *Délivre-moi !...*

A présent, ils sont face à face, parfaitement immobiles. La main de l'Homme étreint le manche du couteau. Les yeux clairs le supplient. L'Homme semble s'éveiller d'un songe. Il fixe intensément la frêle silhouette, presque un enfant, puis il s'approche, déboutonne la veste, dénude la poitrine à la peau si blanche. Il lève la main et sans quitter des yeux sa victime, d'une trajectoire parfaite, le poignarde, enfonçant la lame jusqu'à la garde.

Deux silhouettes se découpent au bout de la ruelle. L'homme retire promptement la lame, la glisse dans un fourreau d'étoffe qu'il fait disparaître dans sa poche. Puis il reboutonne la veste et enlace le jeune homme déjà mort. Les intrus détournent la tête, gênés par ce baiser entre ces deux hommes, en un tel lieu, en pleine nuit. Dès qu'ils ont disparu l'homme sort un sac de toile sombre d'une des poches de son parka, y loge aisément le cadavre, le ferme, le jette sur son épaule à la manière des artisans tailleurs qui livrent leur travail dans le quartier du Sentier.

A pas tranquilles, il disparaît dans la nuit.

2

L'inspiration des bâtisseurs les plus délirants parvient parfois à séduire quelque mécène. Lequel des deux gravera son nom sur la pierre : celui qui a conçu le projet insensé ou celui qui a investi jusqu'au déraisonnable pour le faire exister ?

En cette Normandie benoîte, sans histoires, le collège Saint-Jean de Montfort occupait un château dont la folie architecturale aurait paru exagérée, même en Transylvanie. Mais pour le père Sabouret qui dirigeait cette école d'élite, d'où sortiraient la plupart de ceux qui dirigeraient les affaires de ce monde, l'aspect profane, diabolique même, de cette bâtisse avait peu d'importance. Ce n'est pas dans quelques gorgones de pierre à l'aspect menaçant que se dissimule le Malin, mais dans le secret le plus inaccessible de chacun d'entre nous.

Le père Sabouret aimait de tout son cœur chacun de ses collégiens qui, par la naissance ou la fortune, avaient le privilège de recevoir son enseignement. En véritable chrétien, il souffrait constamment de la misère du plus grand nombre et de son impuissance à y remédier. Il avait donc instauré un usage tiré de ce vieux proverbe : « *Fais le Bien dès que tu le peux, même peu de chose, et l'ensemble de l'Univers en sera gratifié.* »

Puisque seuls les nantis pouvaient bénéficier de son

enseignement, le père Sabouret avait imaginé un concours auquel participeraient les plus déshérités. Non seulement le lauréat serait pris gratuitement en charge, mais il bénéficierait du même statut que les élèves les plus fortunés. A chaque rentrée scolaire, les collégiens attendaient l'heureux lauréat, curieux, amicaux, prêts à l'intégrer dans leur jeune fraternité. A raison d'un élu par an, ce club très fermé ne comptait pas plus de sept membres, un par année scolaire, de la sixième à la terminale. Tout brillants qu'ils fussent, la plupart arrivaient avec leur besace, brandissant comme un drapeau leur fatalité de « mal né ». Chaque arrivant pactisait avec le lauréat de l'année précédente, lui-même s'étant placé sous la protection de ses aînés. Ainsi se constituait un véritable ghetto.

Gilles d'Avertin, duc de Lambray, dix ans, assujettit la barrette qui emprisonne ses cheveux blonds et raides. Il domine d'une bonne tête ses condisciples de la classe de sixième. Ses yeux gris fixent avec amusement la berline qui franchit la grille et vient s'arrêter au pied du perron. L'ensemble du collège assiste à l'arrivée du nouveau lauréat. Bon dernier...

Tandis que le véhicule fatigué freine à grand-peine, les somptueuses limousines des parents quittent le collège, abandonnant avec confiance et fierté leurs rejetons couronnés.

Face au véhicule vétuste, les enseignants, les prêtres, l'intendance et les élèves, qui se regroupent déjà selon leurs affinités, ont fait silence. Le véhicule tarde à s'ouvrir.

Un vieux chauffeur descend d'abord. Il s'époussette, comme après un long voyage. Cérémonieusement, il ouvre la portière arrière d'où jaillit littéralement une petite femme très âgée, très fardée, mais vibrante d'énergie. Son visage fripé est illuminé par deux yeux bleus immenses, son nez est fort et busqué. Ses jambes squelettiques, chaussées d'escarpins vernis, dépassent de sa robe noire.

Elle bouscule le chauffeur qui s'avançait vers l'autre porte, l'ouvre et recule d'un pas. Elle sourit à l'occupant invisible avec un mélange d'autorité et déférence.

Les nuages ont miraculeusement disparu. Le soleil brille comme en plein été. Des milliers d'oiseaux se mettent à pépier. Un cerf débouche furieusement des buissons touffus poursuivi par deux énormes loups blancs.

Hallucination collective ? Message du Tout-Puissant ? L'assemblée reste stupéfaite devant de tels prodiges. Le père Sabouret a assez de foi pour recevoir cette vision avec gratitude et y voir immédiatement un signe.

Gilles d'Avertin, troublé, échafaude toutes les hypothèses : d'abord, rappel constant et rassurant de l'absolue conviction de sa *primauté*. Mais alors, ce nouveau venu, un illusionniste ? Ou alors une diabolique mise en scène ? En tout cas, un cerf poursuivi par deux loups blancs en pleine Normandie, c'est très fort !

Alors seulement, Bruno Brunschwig descend de la berline. Il fait quelques pas, s'arrête, apprécie le parc aux arbres séculaires, contemple le château... Son beau et jeune visage d'enfant, au noble front couronné de cheveux noirs et drus, s'éclaire en un sourire de bonheur. Puis c'est le protocole. Le père Sabouret quitte le groupe des enseignants et s'avance vers le lauréat. La vieille dame, Sarah Grosswasser, veuve Brunschwig, une valise à la main, se colle à son petit-fils chéri. Qu'on essaie de le lui enlever !...

Les élèves éclatent de rire. Un terrible regard du père Sabouret les fait taire. Il s'arrête devant l'enfant, parlemente avec la vieille dame. A regret, elle lui tend la valise, enlace convulsivement Bruno et le couvre de baisers. Puis elle fait mille recommandations au père Sabouret dont l'immense silhouette s'est courbée pour écouter... Enfin, à reculons, elle rejoint la limousine qui démarre et disparaît. Au volant, Hershélé Rappoport, en sueur, enlève sa casquette, dégrafe son col dur et demande :

— Alors, t'as eu ce que tu voulais ?...

Une cloche sonne. Les groupes se dispersent et gagnent le château. Bruno, sa valise à la main, semble hésiter à pénétrer dans le collège. Les membres du ghetto, ils sont six, ont entouré Bruno, le félicitent et lui expliquent leur « différence ». Le visage de l'enfant s'empourpre. Il les apostrophe avec fougue :

– Bien sûr, je suis l'un des vôtres, mais vous vous trompez. Chacun de vous a déjà livré un combat si éprouvant pour se sortir de sa condition, pour échapper à sa fatalité... Ne formez pas le club des perdants!...

Caché par un buisson, Gilles d'Avertin a assisté à la confrontation.

Les membres du ghetto abandonnent Bruno et retournent au collège. La véhémence du nouveau venu les a ébranlés. Ils sont trop intelligents pour ne pas réfléchir à ses propos. Bruno leur emboîte le pas. Gilles accompagne des yeux sa frêle silhouette et sourit.

C'est très précisément en ce lundi de septembre, dans cette enceinte où tant de destins se sont forgés, où tant d'âmes se sont côtoyées, où tant d'amitiés se sont nouées, où tant de passions ont trouvé leur source, que Gilles d'Avertin et Bruno Brunschwig se rencontrent pour la première fois. Comme auraient-ils pu imaginer, en cette maussade après-midi d'automne, à quel point le scénario de chacune de leur existence allait se mêler inextricablement à celui de l'autre, *pour le meilleur et pour le pire.*

3

A Saint-Jean de Montfort, la salle de gymnastique venait d'être refaite. Les Pères n'avaient pas hésité à composer avec le siècle. Le luxe s'étalait partout, jusqu'à l'insolence. Les appareils aux formes futuristes et colorées s'ordonnançaient avec élégance, structures de verre et d'acier qui évoquaient le Bauhaus. Quant à la salle de boxe, elle était digne du Madison Square Garden.

Tous les élèves sont là, assis sur des bancs ou debout, s'interpellant, hurlant leurs encouragements ou leurs injures vers le ring brillamment éclairé où Gilles d'Avertin et Bruno Brunschwig règlent leurs comptes à la loyale. Derrière les élèves, captivés, se retenant pour ne pas crier, trois jeunes enseignants en soutane assistent à l'affrontement. Frédéric Balthus, un colosse, professeur d'éducation physique et seul enseignant laïc du collège, s'assied près d'eux. Le troisième et dernier round vient de commencer.

Pendant toute l'année scolaire, Gilles et Bruno n'ont pas manqué un seul cours de Frédéric Balthus. Ils se sont imposés parmi les meilleurs, dans toutes les disciplines. Mais il faut un vainqueur et les jeux du cirque demeurent l'épreuve la plus exaltante pour les hommes depuis la nuit des temps.

Les deux garçons ont dix ans. Tous deux sont grands, maigres, avec des épaules qui seront larges et musclées. Ils pourraient être frères. Seul le contraste entre les cheveux blonds et le teint de vierge anglaise de Gilles et les cheveux noirs et le teint mat de Bruno souligne leur différence. Malgré la séduction qu'exerce le second, la plus grande partie des élèves encourage Gilles d'Avertin, qui est l'un des leurs. Bien sûr, Bruno a pris ses distances avec ceux du ghetto mais, qu'il le veuille ou non, il est leur chevalier.

Bruno a coincé Gilles dans un coin du ring et lui martèle les côtes. Celui-ci grimace sous les coups. Ils sont front contre front. De toutes ses forces, Gilles repousse brutalement son adversaire qui se colle à lui, réussit à se dégager et en pivotant, lui assène un formidable coup de tête. L'action est si rapide que personne n'a rien vu. Bruno serre les dents pour ne pas hurler de douleur. Sous la violence du coup, son arcade sourcilière s'est fendue. Un goût de sang envahit sa bouche tandis que dans son esprit s'inscrit un affreux soupçon : *Le salaud l'a fait exprès!*...

Son regard se voile. Il vacille. Gilles se rue sur lui et le frappe au visage, sur la blessure, délibérément. Frédéric Balthus bondit sur le ring, attrape Gilles qui se débat comme un forcené. Il le soulève de terre pour lui faire lâcher sa proie. Titubant, sur le point de perdre connaissance, Bruno a rejoint son coin et s'est affalé sur le tabouret. Les pères le soulèvent, lui jettent un peignoir qui se tache de sang et le mènent à l'infirmerie. Gilles a échappé aux bras puissants de Balthus et au milieu du ring, les poings levés vers le ciel, il sautille en hurlant comme un possédé. Les collégiens, debout, le plébiscitent, le bras tendu vers lui en un salut romain. On scande son nom, on se chamaille. Les membres du ghetto crient le nom de Bruno. Ils sont pris à partie et c'est la bagarre. On en profite pour régler de vieilles rancœurs, au hasard et dans la plus grande confusion.

La chambre que partagent Gilles d'Avertin et Bruno Brunschwig est la plus convoitée du collège. De hautes portes-fenêtres s'ouvrent sur une terrasse. Une immense pelouse soigneusement entretenue s'étend jusqu'à la forêt. Des arbres rares, venus d'Afrique et d'Extrême-Orient, mêlent leur essence exotique à la sage rigueur des forêts normandes.

Bruno est allongé au milieu d'un lit spacieux, les yeux fixés au plafond. Les points de suture le font souffrir sous son pansement. Gilles va et vient dans la pièce.

— Arrête de faire la tronche...

Bruno se tait. Gilles reprend d'un ton plus docte :

— Vous, les juifs, vous ne pratiquez décidément pas le pardon des offenses! Nous, on se confesse et Jésus nous absout. Tout à fait entre nous, si Jéhovah existe, il faut qu'il réajuste ses fiches ou alors il est vraiment trop con!

Bruno regarde son copain, essaye une grimace et se décide à répondre :

— Petit catho de mes couilles, tu es aussi faux-derche, aussi langue fourchue que le plus enfoiré des curetons!

Il se dresse et tend vers Gilles un index vengeur :

— A genoux, traître! Tu as donné un coup de tête à ton meilleur ami et tu l'as fait exprès. Repends-toi, vilain petit cafard de bénitier!

Et Gilles s'agenouille, feignant la contrition :

— Oui, je viens en son temple adorer l'Éternel et implorer son pardon!... Oui, je le confesse, je t'ai filé un bon coup de tête, je l'ai fait exprès et j'y ai pris grand plaisir. J'ai dû renoncer à ma première idée... Mettre un fer à cheval dans mon gant... Trop douloureux...

Tous deux éclatent de rire.

4

Dans la rue Albéric-Magnard, à Paris, dans le quartier de la Muette, se dresse un bel hôtel particulier de trois étages dont la construction date de la fin du XVIIIᵉ siècle. Cette rue discrète, inconnue même des chauffeurs de taxi, abrite quelques ambassades et quelques familles fortunées.

Hégésippe d'Avertin épousa Adeline Bonaparte, lointaine cousine de l'Empereur. La « vraie noblesse » cria à la mésalliance. Mais les Avertin étaient ruinés, mal en cour. Adeline était jolie comme un bonbon fondant. L'hôtel particulier fut le cadeau de l'Empereur, accompagné d'une dot de cinq millions de francs-or. Ce fut trop pour les familles de bon lignage. Les Avertin furent infréquentables, au moins pendant trois mois.

Deux siècles plus tard, par un bel après-midi de juillet, Gilles d'Avertin fait les honneurs de sa résidence parisienne à son ami Bruno Brunschwig. La première année scolaire à Saint-Jean de Montfort a scellé l'amitié des deux enfants.

L'imposante entrée de marbre est vide de tout meuble et de tout objet, à l'exception d'une statue de Rodin pour laquelle les conservateurs des musées les plus renommés se seraient entretués. Une fois la porte franchie, on pénètre dans un salon monumental dont les murs sont recouverts de toiles qui, toutes, appartiennent à l'histoire de l'art.

Debout près de Gilles d'Avertin qui lui commente l'origine de chacun de ces chefs-d'œuvre, Bruno éprouve un sentiment de plaisir absolu. Non seulement ces œuvres exceptionnelles sont le produit du génie de l'homme mais son ami, ou la famille de son ami, les *possède*... N'importe qui, à condition qu'il soit assez déterminé, peut donc à son tour non seulement posséder ces œuvres mais posséder *absolument tout* ce qu'il souhaite.

La sueur perle à son front. Il chancelle, regarde Gilles avec un faible sourire, lui murmure :

– Tant de beauté...

Et s'évanouit.

Gilles court vers Bruno. Il s'agenouille près de lui. A ce moment, assourdies, joués d'un doigt hésitant, quelques notes de musique parviennent à son oreille. Après quelques accords plaqués, Gilles entend distinctement une valse de Chopin. Il jette un regard éperdu à Bruno, toujours évanoui, se lève, va vers le mur, le contemple fixement, comme si son regard pouvait le traverser. Ses mâchoires se contractent sous l'effet d'une forte émotion. Puis la musique cesse. Gilles se détend. Il va vers Bruno, le traîne jusqu'à l'ascenseur intérieur et le porte jusqu'à sa chambre. Comment faire pour tirer Bruno de son inconscience ? Il hésite entre un verre d'eau dans la figure et une paire de gifles. Il opte pour les deux.

Bruno sort de son bref évanouissement. Il se dresse sur son séant, dévisage son ami et lui dit mi-furieux, mi-amusé :

– Kolossal finesse...

Le territoire de Gilles, enfant unique, occupe tout l'étage. Ce que le monde entier a inventé de plus délirant et de plus coûteux en matière de jouets est amassé dans le fond de l'immense pièce, rangé dans un ordre parfait, chronologique, éclairé et disposé de manière que chacun d'entre eux soit visible. On peut les voir, mais pas les toucher : de solides barreaux peints en rouge en interdisent l'accès. Les jouets de Gilles sont prisonniers... Bruno l'interroge du regard.

— Je hais l'enfance. Je hais la jeunesse. Je les conserve ainsi, toujours présents, pour me souvenir de la monnaie avec laquelle on nous paye, nous, les enfants. Comme les adultes, nous avons des désirs, des passions. Nous sommes capables de choisir ce qui nous convient le mieux pour les choses futiles comme pour les choses importantes. Et quel est notre pouvoir de mener notre vie selon nos vœux ? Aucun... Nous obéissons. Nous nous conformons. A chaque seconde, ceux dont nous dépendons nous forcent, nous violent, nous assassinent. Oui, je rêve de la ville dont le Prince est un enfant... Je suis furieux d'avoir à peine onze ans. Je compte les années. A dix-huit ans, je deviendrai enfin maître de mon destin.

Bruno est stupéfait par l'incroyable transformation qui s'opère chez Gilles tandis qu'il poursuit son discours. Sa diatribe, commencée d'un ton tranquille, se termine dans la fureur.

— Calme-toi, Gilles. Tu peux ouvrir les grilles... Je te promets, je ne toucherai pas à un seul cheveu de tes jouets.

Gilles prend conscience de l'état de presque démence auquel ses propos l'ont amené. Il parvient à sourire.

— Ils ne sont pas assez bien pour toi, mes jouets ?

— Ils puent le fric.

A nouveau, la valse de Chopin...

— Tiens ! Qui joue ? demande Bruno.

Gilles devient blême.

— Je n'entends rien.

La musique hésite et cesse. Perplexe, Bruno fixe Gilles dont le regard fuit le sien...

5

La sonnerie du téléphone retentit une vingtaine de fois avant que Sarah Brunschwig quitte son télescope, réponde sèchement et raccroche. De nouveau, elle rive son regard à l'oculaire.

A quelques centaines de mètres, dans le château des Avertin, se déroule une fête somptueuse. Les hommes en smoking ou en habit servent d'élégants faire-valoir aux dames, dont les sompteux bijoux ont pour un temps quitté les coffres. Sarah ricane, amusée, envieuse, jalouse. Où est-ce que ça s'allume ? De vrais arbres de Noël !...

Puis elle cadre en gros plan le visage de Gilles d'Avertin. Après une recherche fiévreuse, elle finit par épingler son petit Bruno. Enfin, petit... Il a dix-huit ans et il est gigantesque... Il entraîne une blondasse vers les fourrés et s'apprête – elle en est sûre – à lui faire subir de délicieux outrages. Sarah s'amuse comme une folle. Elle est fière et furieuse en même temps.

Elle vérifie sur le calendrier : 16 septembre. Huit ans jour pour jour se sont écoulés... Ce jour-là, Herschelé Rappoport, déguisé en chauffeur, dans une vieille automobile empruntée pour quelques heures, les avait conduits, elle et Bruno, à Saint-Jean de Montfort pour la première fois.

Et pour la première fois, elle avait vu Gilles d'Avertin.

A peine avait-elle pris conscience du conte de fées que représentait l'existence de cet aristocrate de ses deux que toutes ses fiches de lecture destinées à déchiffrer la condition humaine s'étaient atomisées. L'appartement de la place Voltaire, à Paris, XIe, à deux pas de la synagogue pourrie de la rue Basfroi, fut vendu vite fait. Tronche des rabbins!... De toute façon, la diaspora du quartier n'était pas grisante. Maurice Pfeffer, le boucher-charcutier casher, de Santis, juif honteux, roi du pois chiche de Salonique à la balance truquée, et sa voisine de palier, Sonia Goldfarb, une postillonneuse de première avec sa grosse poitrine et son mari et ses trois filles, une vraie famille schlingo. *Est-ce que Goldfarb mangeait vraiment ce que sa femme lui cuisinait?* Et les autres, la concierge avec ses chats et le portrait de son mari, ex-LVF, les voyous du quartier, petits fafs prolos, les pires, porteurs de cet antisémitisme larvé de la classe laborieuse, elle les abandonnait sans déplaisir.

Gilles d'Avertin et Bruno Brunschwig, son petit Messie, ne se quittent plus.

Ô toi, Seigneur, crois-tu que mon petit Bruno n'est pas autant un prince que le petit navet? D'où vient-il mon adorable petit frelon, sinon d'une lignée de rabbis de légende? Quels quartiers de noblesse peuvent lutter contre une telle filiation?

Quand les pogroms, activés par la montée du nazisme en Allemagne, rendirent plus précaire encore la vie de la communauté israélite, Sarah Brunschwig décida de quitter la confortable maison de maître qu'elle possédait aux environs de Saint-Pétersbourg. Son mari était mort depuis longtemps. Elle dirigeait d'une main de fer la première entreprise d'aliments en conserve de toutes les Russies, créée par le défunt, surnommé Brunschwig le

Taciturne, remarquable novateur. Dans les années 30, les Russes ne manifestèrent pas la moindre reconnaissance pour celui qui pourtant les nourrissait. Parmi ce peuple, l'un des plus charmants de la planète, se trouvaient, comme partout dans le monde, des charognards disposés à brûler leur juif à la première occasion. Se sentant terriblement combustible, Sarah Brunschwig embarqua sa petite famille, composée de son fils Samuel et de Judith, sa fille. Elle avait perdu un mari qu'elle admirait, même s'il la besognait sans relâche. Désormais sa vie et celle des siens étaient en danger. Il lui fallait fuir, abandonner une fortune durement acquise et des projets de mariage avantageux pour chacun de ses enfants. En quelques mois, son univers s'écroulait, mais Sarah n'était pas de celles qui s'attendrissent sur leur sort.

Ézéchiel, Grand Rabbin de Saint-Pétersbourg, les accompagna personnellement jusqu'au quai de la gare. Son épouse eut l'insigne honneur de porter les valises. En grand nombre, dans des tenues invraisemblables, les grenouilles de synagogue venaient rendre un dernier hommage à Sarah Brunschwig, leur conscience, leur guide, mais surtout leur généreux mécène. Quel malheur de perdre dans le même temps la compagnie d'une famille exemplaire, la protection d'un puissant chef d'entreprise, et les versements substantiels qui aident à garder la foi!...

A Paris, il fallut vivre avec moins de faste. Elle apprit en quelques jours autant de mots français qu'il en faut au petit peuple pour accomplir, sa vie durant, tout négoce de sentiments ou de marchandises. La France se montra une terre d'asile. Son fils Samuel entreprit des études brillantes – évidemment – au collège puis à l'Université.

Les ennuis commencèrent avec Judith. Dès l'âge de quatorze ans, elle était d'une telle beauté qu'à ses côtés la Vénus du Prado prenait des airs de femme de ménage. Dans son visage de princesse florentine, ses yeux noirs rayonnaient de malice et de sensualité. Pour n'importe quel mâle en état de fonctionner, elle constituait un véritable appel au viol. Et si Judith, l'ayant subi, s'en était plainte, il lui eût suffi de comparaître en victime devant le tribunal pour que les juges amnistient le criminel, tant elle attisait le désir.

La colère envahit Sarah avec la violence d'un taureau furieux. Qu'elle crève, cette petite pute! Elle ricane, se souvient de ses étreintes brûlantes, interminables, avec Brunschwig le Taciturne, stakhanoviste du sexe. Ses joues s'empourprent. Une chaleur familière submerge son bas-ventre. Vieille cochonne!... Tu n'as pas osé et tu es jalouse de ta propre fille...

Judith, où es-tu? A quel porc immonde offres-tu ton corps superbe? Quel primate aux ongles noirs caresse ta peau de satin? Qu'est devenu mon adorable petit bébé? J'ai allumé les bougies. Je veille jour et nuit en t'attendant. Reviens. Quoi que tu aies fait, je ne te ferai pas de reproche.

Un sanglot de désespoir fait tressaillir la vieille femme. Tant de fureur... tant de haine... tant d'amour...

Dans la lentille du télescope, la blondasse sort la première du fourré, le visage rougi, la robe froissée, un escarpin à la main. Puis vient Bruno, qui rigole, tient son pantalon devant lui les deux bras tendus et essaye de sauter dedans. Il trébuche, tombe en entraînant la jeune fille dont il trousse la robe.

Sarah éclate de rire. Disparais, ô toi, Démon, qui fais de nous des bêtes!...

Gilles d'Avertin sourit à Laura, sa mère. A l'extrémité de l'immense salle de bal, prolongée par un dai de toile débouchant sur le parc, arrive un couple enlacé. A peine sous le dai, Bruno et Eugénie, fille du duc de Lamballe, redeviennent, séparés, des personnages du théâtre social. Ils viennent d'interpréter *Promenade innocente et champêtre.* Ils acceptent avec courtoisie la coupe de champagne que leur propose le maître d'hôtel. En un geste rapide, invisible de tous, Eugénie effleure la braguette de Bruno qui feint l'indifférence. Seuls Laura et Gilles ont vu.

6

Dies irae... Dies illa...
Solvet Saeclum in favilla
Dies irae... Dies illa.
Solvet Saeclum in favilla
Solvet Saeclum in favi-i-i-i-i---lla...

Bruno Brunschwig roule dans sa 205 rouge bien pêtée. Elle a fait deux ou trois fois le tour de la terre avant de lui échoir. La carte grise s'étale flambant neuve sur le siège passager, à côté des cassettes. On y lit le nom, Bruno Brunschwig, l'adresse, 4, résidence Élysées, Montfort-l'Amaury, ainsi que tous les renseignements concernant les particularités techniques du véhicule. Le seul luxe est une stéréo qui lui a coûté les yeux de la tête. A fond la caisse, Bruno se tape du 120 dans la descente. Des quatre haut-parleurs s'échappe puissamment le *Dies irae* de Beethoven. Bruno chante à tue-tête, assez faux mais en mesure. Ça se voit, il est heureux. Eugénie sent bon de partout. Ils se sont aimés comme de bons sauvages. Il éclate de rire. La vie est vraiment belle. Ça le gratte. Des feuilles, un peu de terre peut-être sont restés captifs dans son slip Eminence taille basse. Eugénie en a apprécié la coupe et la coquette impression écossaise. Puis il a une pensée émue pour Sarah sa grand-mère qui l'attend au quatrième étage de la résidence Élysées, le dernier étage tout de même, avec un balcon, presque une terrasse. Bruno se marre en évoquant la façade de marbre, le hall prétentieux, l'ascenseur scrofuleux, enfin comme dans toutes ces résidences habitées par de petits cadres trop fauchés pour se payer un appart à Paris, et que les marchands de biens appellent « de la merde dans du papier de soie ».

Sarah... A dîner, il y aura quatre options : la carpe farcie sucrée, les clops (espèce de côtelettes porjarski barbares), de la poule au pot ou alors des *làtkès*, délicieuses galettes de pommes de terre frites avec, en prime, une bonne part de pied de veau à l'ail... Est-ce que les grand-mères de petite taille suscitent moins d'amour ? Sarah, détestable tyran, reine des chieuses, grand-mère abusive, qui remplace à toi seule toute la symbolique de la mère et du père juifs oppresseurs, réducteurs, castrateurs... et dire que je ne peux rien te raconter... Que tu ne sais pas qui je suis, ni ce que je souhaite, ce que je pense être le mieux pour moi...

Bruno vient d'accomplir à vive allure le trajet Montfort-Paris-Montfort pour raccompagner Eugénie, la divine suceuse, jusqu'à son somptueux appartement du Champ-de-Mars. Son père, le duc de Lamballe, lui a serré la main. Son épouse l'a reniflé comme un boat-people le ferait pour une charlotte au chocolat. Bref, les Lamballe ne lui ont semblé ni antisémites, ni xénophobes.

Sa 205 s'arrête au numéro 4 de la résidence Élysées. Il jette ses cassettes dans la boîte à gants, ferme la voiture à clef et hésite au moment d'entrer dans l'immeuble. Il s'éloigne de la maison jusqu'à la limite de l'immense pelouse et, là, se retourne, lève les yeux vers le dernier étage où souvent, le guette la silhouette maigrichonne de sa grand-mère. Un rayon de soleil fait scintiller ce qui pourrait être un miroir. Un court instant, ce reflet l'aveugle. Cela vient de chez lui, tout en haut... Impossible. Il se frotte les yeux, les ouvre à nouveau. Non, la terrasse est déserte. Il a sans doute rêvé.

Sarah, le cœur battant, se dépêche de démonter son télescope. Le trépied tombe en faisant un bruit qui lui paraît énorme. Si Bruno apprenait... S'il savait qu'elle est Madame Guette-au-Trou, derrière ses lentilles, il ne lui pardonnerait jamais. Bon dieu, ses mains tremblent. Elle réussit à glisser le fût du télescope et le trépied dans leur étui et les glisse dans leur cachette. Deux tours d'une petite clef qui ne quitte jamais sa poche et voilà, elle court se maquiller un peu et s'affaire dans la cuisine en attendant que son petit Messie vienne partager son dîner.

7

Au petit matin, très tôt, vers les cinq heures, avant que les OS surgissent de leurs clapiers et pédalent vers leur usine dans un envol de pinces à vélo, les villes sont comme de belles femmes assoupies, baignant dans leurs fantasmes secrets, prêtes à s'offrir avec fougue au premier chevalier qui investirait leur couche à ce moment précis.

C'est cette sensation de reddition qu'éprouvent les deux jeunes gens en traversant à plus de 200 à l'heure la cité endormie. Pornichet, puis La Baule. Quinze kilomètres de rochers déchiquetés contre lesquels l'océan furieux se rue sans relâche.

Sur le remblai, près de l'avenue qui entre dans les terres, vers La Baule-les-Pins, se trouvent les villas cossues qui appartiennent aux mêmes familles depuis des décennies, et dont aucun ensemble de béton ne vient altérer la paisible anarchie. Gilles pile net devant un grand portail blanc. Il prend une énorme clef dans la boîte à gants et l'agite en riant sous le nez de Bruno.

– Grande clef, grande biroute.

Bruno répond, sentencieux :

– Moi, pas d'accord. Homme qui choisit grande clef compense parce que petite biroute.

Gilles jette à Bruno un regard glacé :

– Tu sais pourquoi on coupe la langue aux bouffons ?...
Parce qu'ils ont raison.

Bruno décide que, cette fois, Gilles aura le dernier mot.
Dans le coffre, il empoigne le sac de voyage de son ami et le
lui lance de toutes ses forces. Gilles l'attrape en riant. Les
deux jeunes gens entrent dans la demeure.

Bruno, une fois de plus, apprécie l'harmonie entre la
richesse et le bon goût. Le style du grand salon, qui se termine par une terrasse donnant sur la mer, rappelle une
hacienda sud-américaine, avec ses sièges, fauteuils et canapés en joncs épais, aux piétements de défenses d'éléphants.
Au mur, des tableaux représentant des scènes de chasse et
quelques trophées : un tigre, un élan, un phacochère et
même un aigle royal, figés pour l'éternité sur un cadre de
bois.

Au-dessus de la haute cheminée se trouve le portrait de
celui qui doit être le prédateur : un homme grand, robuste,
les cheveux blonds ondulés, le regard clair, un fusil à la
main. Sa veste de chasse est ceinte d'une large cartouchière.

– C'est ton père, évidemment...

– Évidemment...

– Sans vouloir manquer de respect à un défunt,
qu'est-ce qu'il faisait, à part tuer des animaux ?

Gilles contemple le portrait et répond mi-triste mi-
railleur :

– A part tuer ?... Boire, baiser... Rien de bien original.

– Tu ne m'as jamais dit comment il était mort...

Le visage de Gilles se ferme :

– Un accident...

Bruno n'insiste pas.

Depuis qu'ils se connaissent, plus de huit ans maintenant, jamais Gilles n'a manifesté la moindre hostilité envers
Bruno. Une fois pourtant... Une seule fois, il y a très longtemps... Quelques notes de musique lui reviennent en
mémoire... Une valse de Chopin...

La petite clochette tinte. C'est Laura d'Avertin, la mère

de Gilles, qui ouvre le large portail de bois blanc. Elle hâte le pas et sourit. Enfin, ils sont arrivés.

Les griffes du temps ont épargné Laura d'Avertin. Son corps est resté ferme et nerveux. Sa silhouette est celle d'une jeune fille.

Elle apprécie Bruno, l'ami que Gilles s'est choisi. Elle est flattée de passer pour une de leurs amies un peu plus âgée ou pour la sœur de l'un d'eux.

Laura tient à faire elle-même le marché et la cuisine. Bruno et Gilles coupent le bois. Ils se font rôtir dans la cheminée des poissons délicieux qu'ils ont pêchés très tôt le matin. Quand la mer est mauvaise, ils font du cheval sur la plage de sable fin. Le soir, tous les trois à l'avant de l'AC Bristol, ils foncent le long de la côte sauvage pour déguster des crêpes à Pornichet.

Quand le temps est clément, ils se baignent, bronzent sur la plage sous des parasols multicolores. Vers les cinq heures, ils vont au tennis-club, près de l'hôtel Ermitage. Ils croisent de jeunes déesses bronzées vêtues de cirés jaunes, les yeux clairs, comme dans les aquarelles de Van Dongen, qui se rendent au tennis-club, roulant très près les unes des autres en un essaim rieur et dissipé.

Les journées passent vite. Bruno a l'impression que pour lui, le destin a battu deux fois les cartes. Il est membre d'une nouvelle famille où Gilles serait son frère et Laura, sa mère.

Il sourit avec tendresse en pensant à Sarah Brunschwig. A elle seule, sa grand-mère réussit à tenir le rôle de chacun des membres de sa famille d'origine.

Au dernier étage de la résidence Élysées, à Montfort-l'Amaury, que fait-elle, seule, à cet instant?

8

Sarah, dans sa cuisine, assise sur une chaise en formica, met à mal une pomme de terre qu'il s'agit de transformer en fins confettis. La fabrication des *làtkès* n'a pas cédé d'un pouce à la vie moderne. Il faut râper les pommes de terre à la main. Après quoi on les mélange à un œuf ou deux, selon ses moyens, on les nappe de farine, on y ajoute du sel et chacun, selon son inspiration et ses capacités artistiques, sculpte sa propre galette.

L'huile commence à bouillir dans la poêle. On y dépose délicatement la galette, on la laisse frire deux à trois minutes de chaque côté. Bien dorée, on l'égoutte et avant de la croquer, on vide littéralement le paquet de sucre en poudre sur chaque bouchée. Essayez de trouver un aliment plus gras, plus riche, le paradis sur terre...

Sarah s'apprête à éplucher une troisième pomme de terre puis s'arrête. Sur la table, deux assiettes se font face. Une pour elle, une pour Bruno. Toujours. Même s'il est loin. Elle sait où il se trouve et ce qu'il ressent. Non, elle n'est pas jalouse. Elle souffre énormément, c'est tout. Ses mains plongent dans la pâte. Ses doigts agiles confectionnent une galette. Elle la met dans la poêle. Elle sourit. Elle a faim maintenant. Elle va en dévorer quatre ou cinq.

Mon petit Messie, même loin, tu es toujours dans mon cœur.

Elle croque une bouchée, la mâche lentement. Des larmes lui viennent aux yeux.

9

Bruno se réveille vers dix heures. Pas la moindre odeur de café ou de brioche fraîche ne vient lui chatouiller les narines. La maison est silencieuse. Étonné, il enfile un bermuda et descend en se frottant les yeux. Dans le salon, dans la cuisine, personne. Il remonte à l'étage. Gilles n'est pas dans sa chambre. La chambre de Laura est également déserte. Les lits sont défaits. Des vêtements traînent par terre. Un sentiment de malaise envahit Bruno. Laura est une maniaque du rangement. Que se passe-t-il ?

Près du téléphone où les uns et les autres se laissent habituellement des messages, pas un mot.

Bruno s'habille à la hâte, court chez le voisin. Tôt ce matin, apprend Bruno, une ambulance s'est arrêtée devant la villa des Avertin. Deux infirmiers en sont sortis avec un brancard, sont entrés dans la villa, emmenant un corps caché sous une couverture. Une autre personne les accompagnait. Ils ont démarré et ont disparu. A travers le rideau, il n'a pas bien pu voir qui était sur le brancard.

Bruno téléphone au commissariat, à tous les hôpitaux du coin. Personne n'a entendu parler de Gilles ou de Laura d'Avertin.

Fou d'inquiétude, il téléphone à Paris, rue Albéric-Magnard, au château de Montfort. Personne ne semble savoir quoi que ce soit. Gilles et Laura se sont volatisés.

Bruno rentre à Paris par le train, fonce rue Albéric-Magnard puis à Montfort. Là, on lui apprend que Laura et Gilles d'Avertin se sont envolés vers les États-Unis. Pas un membre du personnel ne les a vus depuis leur départ de La Baule.

Tout cela est incompréhensible. Les hypothèses les plus folles se bousculent dans l'esprit de Bruno. Laura, ou Gilles, ou tous les deux, sont morts dans un terrible accident. Ou bien le voisin n'a rien vu, a inventé ou a menti ou bien *il a des ordres ainsi que tous les membres du personnel de chacune des demeures des Avertin.*

Bruno est désemparé : « Merci de me rendre visite, paranoïa, toi, ma proche parente. *Peut-être cette mise en scène est-elle destinée tout simplement à me chasser de leur vie.* »

Lui qui avait pris ses quartiers rue Albéric-Magnard et ne quittait plus Gilles ni pour les week-ends, ni pour les vacances, il doit à présent retourner, tel un vagabond, avec son pauvre sac de voyage, à la résidence Élysées.

Il sonne. Sarah lui ouvre la porte. Il se jette dans ses bras, la soulève, la serre contre lui à la briser. Sarah est bouleversée. Elle le console, elle caresse son visage, elle l'embrasse, il se laisse déshabiller et coucher. Puis elle sort de la pièce avec un sourire satanique et revient avec une sacoche de cuir usée par les ans. Elle se munit d'une bouteille d'alcool et s'assied au bord du lit où Bruno se calme peu à peu.

Elle baisse la couverture, découvrant le dos musclé, la peau soyeuse et mate. Bruno se retourne et éclate de rire :

– Ah ! non, Sarah, pas les ventouses !...

Mais, une fois encore, il n'échappera pas à son destin. Sarah est experte. Elle tient une petite tige de métal entourée de coton qu'elle trempe dans l'alcool. Elle l'allume, désinfecte rapidement l'intérieur de chaque ventouse et plof, la colle sur le dos de Gilles. Douze ventouses en douze minutes, la championne de son quartier.

Ce rite familier chasse pour un instant la tristesse de Bruno. Aidé par une douce chaleur, il va sombrer dans le sommeil. Il murmure :

— Même quand je me coupe au doigt, elle me colle douze ventouses... Sarah, vraiment tu exagères...

Sous la tendre surveillance de la grand-mère, passent les jours et les semaines.

Bruno, comme le faisait Gilles, suit une première année de médecine et prépare jour et nuit le difficile examen. Un jour, enfin, il reçoit un appel téléphonique de Laura d'Avertin. Sa voix est grave. Il peut passer dans l'après-midi, s'il le souhaite. Et Gilles ? Elle ne désire pas en parler au téléphone.

Telle une fleur dévastée par l'orage, Laura d'Avertin a perdu son éclat. Ses cheveux ont blanchi. Ses yeux cernés, son teint cireux, son débit rapide, tout indique qu'il est arrivé un grand malheur : Gilles a été atteint d'une foudroyante attaque de poliomyélite. Il a failli mourir, ses poumons ne pouvant plus fonctionner. Ils ont traversé la France à toute vitesse. Deux motards leur ouvraient la route. Gilles, presque entièrement paralysé, se trouve à présent au centre de rééducation de Rennes, dans un poumon d'acier.

Ayant achevé ce récit, Laura d'Avertin éclate en sanglots. Bruno s'approche gauchement d'elle, la prend dans ses bras, la serre très fort, caresse ses cheveux, lui murmure à l'oreille des paroles apaisantes, comme on le fait pour un enfant.

— Est-ce que je peux aller le voir ?

— Vous êtes son seul ami, Bruno... Mais cet accident lui fait reconsidérer chaque élément de son existence... Il vous appellera quand il sera prêt.

10

L'inquiétude, l'angoisse de Bruno se sont muées en tristesse. Ne pas se laisser abattre. Eugénie de Lamballe sera un excellent remède. Dans le lit monumental, Bruno, nu comme un ver, admire à travers les larges fenêtres la solennité du Champ-de-Mars. Au premier étage de l'immeuble cossu, les parents d'Eugénie ont choisi la chambre dont la vue s'arrête, au loin, sur le dôme doré de Saint-Louis-des-Invalides. Là où reposent les plus prestigieux serviteurs de l'État, qu'ils aient choisi le Rouge ou le Noir. Plus prosaïquement, tout contre lui, la dernière des Lamballe s'agite comme un asticot, plutôt satisfaite mais pas tout à fait repue.

Il emprisonne à pleines mains la tendre croupe, ferme les yeux et prie tout bas.

« Ô mon Dieu, qui que vous soyez, je vous en supplie, faites que mon frère Gilles guérisse, qu'il soit comme avant, qu'il puisse jusqu'à sa mort pétrir des centaines de culs et de seins comme j'ai la félicité de le faire en ce moment. »

Les deux jeunes gens roulent sur le tapis moelleux. Alors Bruno Brunschwig pénètre lentement Eugénie, avec pudeur, avec retenue, puis avec la fougue que donne la foi. Dans la cheminée, le feu a repris de plus belle.

Bruno est vraiment un amant exceptionnel, pense Eugénie, puis elle ferme les yeux au moment où leur plaisir se libère en un torrent tumultueux.

Bruno reste en elle. Elle sent des larmes couler sur sa joue. Il pleure ! Eugénie s'étonne de cette faiblesse soudaine. Il lui parle alors de Gilles. Eugénie comprend et partage son émotion. Pourrait-elle rendre le moindre service ? Bruno promet d'y penser.

A l'instant, il a très envie de prendre le train jusqu'à Rennes et de foncer au centre de rééducation.

Dès que Mme d'Avertin lui a appris le drame, il a téléphoné pour demander dans quel état se trouve l'infortuné. On lui répond sans excès de poésie : Gilles est emprisonné dans une sorte de sarcophage en métal dont seule sa tête dépasse. Il peut mourir à chaque instant. Sa capacité thoracique est d'un demi-litre d'air, alors qu'une personne en bonne santé bénéficie de quatre à cinq litres. Mais il a un moral extraordinaire et demande simplement qu'on lui laisse un peu de temps avant de recevoir des visites.

Quinze jours s'écoulent. Bruno reçoit enfin un billet laconique : « Viens si tu le souhaites. Gilles. »

11

Eugénie de Lamballe et Bruno Brunschwig arrivent à la gare de Rennes. Un taxi les amène au centre de rééducation. Dans le long couloir conduisant à la chambre de Gilles, Eugénie étreint la main de Bruno. Une infirmière les accompagne en souriant.

Sur un petit tabouret, on a disposé un oreiller blanc, et sur cet oreiller blanc repose le visage de Gilles d'Avertin. Le reste du corps disparaît dans une impressionnante boîte métallique qui rappelle les anciens scaphandres. Le cou a gardé sa mobilité, le visage n'a pas changé. Gilles leur sourit et leur dit en esquissant un clin d'œil :

— Salut les potes, c'est pas bête d'être venu tard le soir. J'ai un plan pour m'évader.

Bruno, le cœur serré, réussit à sourire :

— Gilles... Je ne te quitterai pas. Je ferai la rééducation avec toi. Dans quelques mois, tout cela ne sera plus qu'un mauvais rêve. Je suis venu avec Eugénie... Elle m'a fait une confidence. Pendant ta guérison, elle souhaite être... Comment dire... Parle-lui, toi...

Eugénie de Lamballe rougit, ses yeux brillent. La vision de Gilles, dans son poumon d'acier, la plonge dans un état d'exaltation quasi mystique.

— Bon, j'ai l'impression qu'elle peut le faire, mais pas le dire... A partir de cette minute, et d'un commun accord, Eugénie de Lamballe devient ton objet sexuel... en exclusivité.

12

La poliomyélite ne dure que trois jours. Du caprice du virus, de l'intensité de sa course à travers l'organisme dépendent les ravages exercés. Certains sont irréversibles. Ils détruisent les centres nerveux qui commandent aux muscles. Pour le malade commence alors un long chemin de croix : il s'agit de travailler sans relâche sur un corps atrocement diminué. Seuls quelques monstres de volonté peuvent espérer, dans un lointain avenir, mener à nouveau une vie normale, au prix d'efforts surhumains.

Et dès le premier jour se joue la plus terrible des épreuves. On force à rester debout ces survivants, privés de muscles et donc de contrôle. Il ne leur reste que la faculté de ressentir la douleur.

Un sur mille possède assez de volonté, alors qu'il souffre mille morts, pour tenir debout quelques secondes sur ses jambes avant de s'écrouler. C'est parmi ces êtres d'exception que se compteront les aspirants à une vie normale.

Ce jour-là, parmi les cinquante malheureux qui subirent l'épreuve, un seul resta debout longtemps, très longtemps, peut-être cinq secondes... Gilles.

Lorsque Gilles d'Avertin arriva à Rennes, il pesait cinquante kilos alors qu'il mesure un mètre quatre-vingt-cinq, la taille exacte de Bruno Brunschwig, à quelques millimètres près.

Les médecins, les infirmières, les kinésithérapeutes, les autres malades et tous ceux qui, d'une manière ou d'une autre, résidèrent à la Fondation cette année-là assistèrent à un prodige unique dans l'histoire des hommes luttant contre un terrible virus. En une seule année, Gilles d'Avertin récupéra la *totalité* de ses moyens physiques. Il est difficile d'imaginer la douleur insoutenable qu'occasionnèrent les interminables exercices de rééducation.

Le mauvais sort ne dictera pas son destin à Gilles d'Avertin. C'est lui qui en est le maître.

Pendant cette année, il a aussi vécu des épisodes tragi-comiques. Sa sexualité est exigeante. Bon nombre d'infir-mières ou de femmes médecins assouvissent sans se faire prier ses appétits sans limite. De plus, une jeune poliomyéli-tique, une mulâtresse d'une très grande beauté, qui a perdu l'usage de ses jambes mais qui bouge en virtuose le reste du corps, se fait souvent porter jusqu'à la chambre de Gilles par deux infirmiers. Les premiers temps, Gilles, complètement paralysé, réussit à obtenir sans peine une impressionnante érection. Les deux infirmiers, complices, empalent délicate-ment la jeune mulâtresse sur son sexe et se retirent. La beauté des îles s'agite furieusement, puis parvient à l'orgasme en poussant des cris déchirants dans un patois créole. Quand le concert cesse, les infirmiers entrent à nou-veau et ramènent dans sa chambre la jeune mulâtresse fort satisfaite.

Chose promise, chose due. La duchesse de Lamballe n'a pas hésité à son tour à payer de sa personne et même, en toute démocratie, à concourir avec la mulâtresse. Ces exer-cices supplémentaires ont été d'une aide précieuse dans le rétablissement spectaculaire du jeune duc.

En dehors d'une volonté d'acier, d'une soif de revanche et d'une haine profonde pour l'humanité entière – à l'exception de quelques élus chers à son cœur –, il ne lui est bientôt resté comme unique séquelle de l'épreuve qu'une légère claudication.

En vérité, il ne boitait pas le moins du monde. Ce travail intense sur lui-même en avait fait un athlète prêt à tous les combats. Pourquoi voulait-il qu'on le crût boiteux ?

13

La Renault 21 grise sort du tunnel qui longe la Seine, débouche en gémissant sur l'esplanade du Trocadéro, esquisse un mouvement vers la droite, puis se ravise, effectue une embardée à gauche et accélère vers le boulevard Delessert en brûlant le feu rouge. A l'arrière, le contrôleur général Benoît Martin lâche son œuf en chocolat Kinder. Depuis deux ans il fait équipe avec l'inspecteur principal Maurice, surnommé le Chauffeur fou. Chef d'une unité secrète, la BHE, la Brigade des homicides étranges, il pardonne à l'officier Maurice sa conduite contre nature. Maurice connaît par cœur toute la littérature policière française et étrangère des cinquante dernières années. Autant de méfaits inventés, autant de dossiers résolus par les cerveaux pervers des romanciers, avec leurs astucieuses procédures d'investigation et, bien sûr, au bout du compte, la solution et le juste châtiment des assassins.

Le corps gît sur l'herbe jaunie, entre deux fourrés. Le costume croisé de flanelle grise soigneusement ajusté, le visage regardant le ciel étoilé avec un énigmatique sourire de Joconde, le petit homme n'a rien d'un cadavre. Juste un promeneur un peu las, séduit par la beauté des jardins du

Trocadéro et s'abandonnant pour un temps à la douceur de cette nuit de septembre.

Charret, le médecin légiste, déboutonne la veste, écarte la chemise, découvrant une poitrine maigrichonne à la peau blanche et lisse. Près du cœur, il trouve une entaille avec une goutte de sang coagulé.

— Voilà un tueur extrêmement soigneux...

Cette information est un peu maigre. Benoît Martin souhaite quelques précisions.

— Il faut que je le découpe un peu avant d'en savoir plus. Un poignard, un cran d'arrêt, sûrement une lame. Mais a-t-elle provoqué la mort?... Demain midi, ça va?

Martin acquiesce. Deux gardiens de la paix s'amènent avec leur brancard, se saisissent du corps, l'enfournent sans peine dans un sac de toile cirée noir. Au premier essai, le zip se bloque sur une mèche bonde qui dépasse. Un autre coup de zip et hop, le petit bonhomme disparaît pour toujours aux yeux de Benoît Martin. Son cerveau de policier commence à mettre de l'ordre dans les dizaines de polaroïds que sa prodigieuse mémoire a engrangés sans aucun effort. Une seconde nature. Pêle-mêle, lui apparaissent la silhouette sagement allongée les bras le long du corps, la pochette en soie jaune, les chaussettes nids d'abeilles en coton et soie de chez Sulka, les mocassins Loeb à pompons, ressemelés une fois en quinze ans d'âge et polis par un accro à la cire, les cheveux blonds ondulés, shampooing récent, et surtout ce sourire...

Benoît Martin regagne la Renault 21 où l'attend Maurice, le Chauffeur fou. Il s'apprête à ouvrir la portière mais change soudain d'avis. Il court vers le lieu du crime qu'il vient à peine de quitter. Il croise l'ambulance et le véhicule de police qui disparaissent à toute vitesse. A présent seul, scrutant l'herbe et les fourrés, sa torche découpe la pénombre avec la régularité d'un laboureur. Studieux, méthodique.

Pour Benoît, chaque crime est un message. Même s'ils ne le savent pas, la plupart des assassins souhaitent être châtiés. Ils déterminent les règles du jeu qui les conduiront au châtiment. Comme aux échecs où l'on semble sacrifier une pièce alors qu'elle sert d'appât, Benoît cherche le premier indice que le tueur lui aurait volontairement laissé. Il reste longtemps à examiner la moindre parcelle d'herbe. Pas le moindre indice. Il quitte les lieux à regret. L'assassin a peut-être inventé une règle du jeu plus sophistiquée. Ou alors cet assassin-là, convaincu qu'il n'existe pas d'adversaire à sa mesure, ne jouera à rien... Sauf à tuer.

LE CAHIER NOIR

Martha et les enfants ont déjà pris place autour de la lourde table de chêne. Dans une minute, à treize heures quinze exactement, les deux portes s'ouvriront dans la salle à manger et Sigmund Freud, avec une exquise simplicité, viendra s'asseoir parmi les siens.

Alors seulement, la cuisinière leur servira d'abord un potage, puis dans le même potage, du bœuf bouilli et des légumes. En guise de dessert, cette famille privilégiée dégustera une tarte aux légumes et au bœuf bouilli. Je ne suis pas sûr pour le dessert. Je n'y étais pas.

Ce rituel répétitif, obsessionnel, quasi « religieux », prouve à l'évidence que ce bourgeois prétentiard voulait qu'on le prenne pour un Dieu.

14

Benoît Martin déteste pénétrer dans la sombre bâtisse. Il ne s'habitue pas à cette odeur, mélange de chaux et de formol, qui vous prend à la gorge dès le vestibule. Dans les longs couloirs glacés et déserts, son pas résonne comme dans un vieux film d'Hitchcock où la malheureuse héroïne court se placer sous la protection de son sauveur, en réalité son bourreau. Il met la main à la poche et en retire quelques bonbons Haribo. Non! Pas ça! Les bonbons à l'orange et au citron se sont collés à ceux à la fraise en un mariage monstrueux. Serait-ce une mauvaise journée? Après deux petits étages d'ascenseur vers la géhenne, il se retrouve face à Charret, médecin légiste. Le cadavre au sourire de Joconde gît sur la table du bloc opératoire, sous la lumière puissante du projecteur scialytique. D'un geste placide, une scie Gigli à la main, le chirurgien de la mort découpe la calotte crânienne. En élève appliqué, il tire la langue. Difficile de suivre le tracé au crayon bleu sans déborder... Le corps est ouvert en plusieurs endroits. Dans une série de récipients transparents disposés sur un large plan en inox, les organes que l'on en a extraits baignent dans une solution chimique.

— Arrête un peu, Charret! Je ne tiens pas à savoir ce qu'il a *dans* la cervelle.

Le médecin sursaute, la scie fait un léger écart. Charret se retourne, prêt à l'injure. Il reconnaît l'intrus. Un large sourire illumine son visage.

– Qu'est-ce qu'on parie, cette fois? Un dîner au Grand-Véfour? C'est moi qui choisis les vins.

– Comment ça, *les* vins?

– Tu commanderas une Kronenbourg avec un sandwich au pastrami. Quelle différence pour toi?

– Arrête, avec ça, tu veux! Qu'est-ce que tu as trouvé?

Charret redevient sérieux.

– Le tueur a utilisé un poignard, ou un pic, une lame très fine. Il a visé au cœur. Sa main n'a pas tremblé. La mort a été immédiate. C'est un pro... La victime n'a subi aucune violence, aucun sévice sexuel. Elle ne s'est pas débattue... Peut-être était-elle consentante?... Il y a de bonnes chances que l'assassin ait des connaissances anatomiques ou médicales.

Benoît Martin demande :

– Comme Jack l'Éventreur?

LE CAHIER NOIR

Pauvre Emma!... La légèreté de Sigmund – il faudrait trouver un autre mot, essayons coupable légèreté, incompétence ou plus sûrement mépris du patient, à moins que ce ne soit une mauvaise action délibérée dictée par son cerveau pervers. Bref, Freud a un pote, un certain Fliess, chirurgien. Il prétend que c'est dans le nez que se déterminent les pulsions sexuelles et Freud le croit... Freud et Fliess, deux ouistiti! Ils s'enculaient un petit peu de temps en temps et pour sauver la face (si je puis m'exprimer ainsi), ils faisaient des tas de gosses à leur femme. Convaincu de la compétence de Fliess, Freud lui envoie Emma Eckstein. Fliess lui fait un spécial scalpel. Il oublie un demi-mètre de gaze chirurgicale dans la gorge de la malheureuse. Un désastre! Infection, hémorragie. Emma Eckstein est défigurée. Elle va peut-être mourir. Comment réagit le bon docteur Freud? Il écrit à son fiancé Fliess : « Je suis inconsolable de t'avoir entraîné dans cette histoire si pénible pour toi... »

Tiens, en voilà une autre de Sigmund-la-Science : « La jalousie appartient à ces états affectifs que l'on peut qualifier de normaux. »
Dans Névrose, Psychose *et* Perversion, *il annonce la couleur : il interdit à Martha Bernays, sa malheureuse épouse et mère de ses enfants, d'appeler son cousin par son prénom. La pauvre Martha aime le patin à glace. Freud lui intime l'ordre*

de ne plus en faire car « en tombant, elle pourrait tenter de se rattraper aux bras d'un homme ».

Un analyste, dont nous tairons le nom par pure charité, commenta ainsi la démarche de son idole : « Le jaloux imagine sa femme se livrant aux gestes de la séduction, convoitant un autre homme, le déshabillant des yeux. Ce qui lui importe avant tout dans ce scénario, c'est le désir que sa femme ressent pour un autre homme. Que cet homme la désire ou non n'est pas son affaire. Ce qui l'obsède, c'est ce qu'elle fait, elle, car il est, à ce moment précis, entièrement à la place de sa femme. Tout ce qu'elle ressent, il le ressent. Il " est " sa femme, il " est " une femme et " il " se laisse séduire, comme sa femme, à sa place, par un homme. Son fantasme d'homme jaloux n'est pas la crainte ni même le désir d'être trompé par sa femme, mais c'est de vivre, à travers sa femme, une expérience homosexuelle imaginaire. »

Et d'en ressentir la délicieuse culpabilité qui procure le plaisir interdit...

Freud, ouistiti...

15

A Paris, dans le XIIIe arrondissement, à deux pas de la rue de la Santé, triste entre toutes, pas très loin du métro Glacière, se dresse un monument qui ressemble comme à un frère à la prison voisine, à la fois par son architecture lugubre et ses bâtiments fatigués. C'est l'hôpital Sainte-Anne. A la porte principale, une herse et deux appariteurs musclés interdisent l'entrée aux voitures. A l'intérieur de l'enceinte, un casernement particulièrement sinistre abrite le service psychiatrique. Quelques emplacements de parking dessinés au pochoir indiquent, en lettres à moitié effacées, le nom de leurs bénéficiaires. La voiture du professeur Berthold, une vieille Volvo, est garée là. Un souvenir plutôt qu'un véhicule. Il y a quelques années déjà, un inconnu a dérobé les quatre roues. Il a eu la coquetterie de disposer des cales sous les essieux ainsi dénudés. Maintenant, Ernest Berthold prend des taxis, fait du stop ou marche à pied. Il a cinquante ans, l'air baraqué, sapé mi-Hilditch & Key, mi-Soldat Laboureur. Hormis une apocalypse imprévue qui détruirait son service célèbre dans le monde entier, peu d'événements peuvent atteindre ce médecin philosophe, rigolard et désabusé.

Huit heures du matin. Il entre dans le hall avec le pas nonchalant d'un chien qui regagne sa niche. L'ascenseur est en dérangement, il appelle le monte-charge. Un hurlement

déchire le silence. Normal, on est en enfer. Le monte-
charge arrive. Il reconnaît son hoquet poussif. Décidément,
tout respire la déglingue et le danger dans ce service! Dans
sa poche, sa main inventorie le trousseau aux nombreuses
clefs. Son bureau, le coffre aux pilules du bonheur, la salle
d'opération, le département des agités, celui des fous homicides, celui des nymphos, celui des enfants, celui de ceux
qui ne font que passer, la salle de jeux, la « prison », le pavillon des tortures. Véritable scanner, son cerveau fonctionne
en termes d'éléments : les composantes du corps humain,
lipides, protides, glucides, sels minéraux, le cœur tic-tac, les
poumons vroum-vroum, la création des neuro-transmetteurs
par le cerveau, l'électricité devenant matière dzing-dzing, et
clac! l'armoire à pharmacie. Dedans, les anxiolytiques, les
hypnotiques, les analgésiques, les vaso-dilatateurs et leurs
subtils composants, tous ces magiciens qui calment, endor-
ment, régulent, caressent, soulagent et parfois même gué-
rissent.

Arrivé au troisième étage, Ernest Berthold reçoit une
fois de plus sa punition. Surmontant la porte à double battant qui mène à son territoire s'inscrivent depuis des années
ces quelques voyelles et consonnes qui composent le nom
détesté entre tous : « Professeur Calvoux. »

Alors qu'Ernest Berthold a enfin été nommé chef de
service, après avoir supporté pendant dix ans la tyrannie de
ce connard, de ce facho raciste, qui le traite comme une
femme de ménage portugaise, lui dont les ancêtres étaient
de riches marchands de grains à Salonique, c'est la flèche du
Parthe.

Avec ses copains de l'Assistance publique et du ministère de la Santé, Calvoux a inventé un poste : conseiller du
chef de service. Durée : trois ans. En clair, il peut continuer
à faire chier Ernest et, surtout, signe éclatant de sa prée-
minence, il conserve le grand bureau aux portes capiton-
nées, tout contre le réduit pouilleux d'Ernest. Mais l'adréna-
line sécrétée par Ernest, il la « positivise ».

Dans les relations sociales, les compromis feutrés que les deux psychiatres ont établis, le non-dit et le non-fait laissent place, de temps en temps, à une bonne envie de flanquer un poing dans la gueule — à l'autre bien entendu. Ernest décroche le téléphone, appelle la maintenance et commande une plaque dans les caractères les plus gros possibles. Elle portera la mention « Service du professeur Berthold ».

— C'est pour mettre où ?

— A la place de « Service du professeur Calvoux ».

— Il est décédé ?

— Non, il est viré... Ah ! surtout, les lettres, en fluo s'il vous plaît...

Enfin, il est le patron. Bien sûr, il le mérite autant que les meilleurs. Mais sans filiation, sans parrain puissant, il serait resté un trou du cul de chef de clinique. Berthold, il y a maintenant longtemps, a rencontré le Diable. Ils ont signé un pacte. Le psychiatre a accompli sa part de marché. Sa promotion est sa juste récompense. Mais, détenteur d'un terrible secret, nulle part dans le monde, plus jamais, il ne sera en sécurité.

16

A cet instant précis, à quelques mètres, chambre 306, un homme en blouse blanche donne un tour de clef dans la serrure. Il assure son garrot sur le bras de la jeune patiente, fait saillir la veine, puis lui injecte le contenu d'une seringue de bonne taille : moitié héroïne, moitié Valium.

Elle s'appelle Marie Derudder. Elle a dix-neuf ans. Il y a moins d'une heure, elle était au service des urgences. Son patron a tenté de la violer ; elle s'est débattue, il l'a frappée. A présent, endormie et droguée, sa jolie poitrine se soulève au rythme tranquille d'une respiration apaisée. L'homme s'approche d'elle et lentement, écarte sa blouse. En dessous, elle est nue.

– Ils sont beaux, tes petits seins, Marie.

Il se saisit d'un téton et le tord de toutes ses forces en le pinçant. La jeune fille entrouvre ses paupières. Ses yeux gris apparaissent, les pupilles dilatées. Elle ne sent rien. Il la gifle à toute volée, lui arrache une touffe de cheveux puis se saisit d'un scalpel. Ses mouvements sont précis, méthodiques. Il ne se hâte pas. Un sourire découvre ses dents blanches. Va-t-il la laisser poursuivre l'existence misérable à laquelle elle est promise ou bien, dans son infinie miséricorde, abrégera-t-il ses souffrances ?

Il écarte brutalement ses jambes, découvrant une toison brune et un sexe rose dans lequel il plonge son index. C'est chaud, humide, confortable. Il le retire, le hume, l'essuie sur sa blouse.

Il a très envie de lacérer ce visage, ce ventre. Il faudrait l'ouvrir ce ventre et en retirer quelques organes encore chauds, palpitant de vie entre ses mains. Mais, s'il le faisait, ce serait pure cruauté, alors qu'il est investi de la plus charitable des missions. Il s'approche de Marie Derudder qui le regarde fixement. Elle voit le scalpel se poser sur son sein. Elle sent la morsure de la lame qui la pénètre, s'enfonce en elle, lui transperce le cœur et lui ôte la vie. Elle murmure :

– Pourquoi ?

Il pose le scalpel ensanglanté bien en évidence sur le corps inanimé. Il déverrouille la porte, l'ouvre, jette un regard dans le couloir. La voie est libre. Il sort et marche à vive allure vers l'amphithéâtre. Dans une poubelle, il jette ses gants de caoutchouc et sa perruque brune.

17

Moi, Gilles d'Avertin, dont les ancêtres ont depuis mille ans gouverné la France, me voilà étendu sur le divan fatigué, avec ce type assis derrière son bureau, les coudes sur la table, les yeux mi-clos, feignant d'écouter mes mensonges. Il allume une Balto. La dernière phalange de son index et de son majeur droits sont tachées de nicotine pour la vie. Avec une gestuelle de truand minable dans un mauvais polar, il envoie d'une pichenette son allumette dans le cendrier. Cette comédie m'ennuie tout à coup. Depuis le début de nos « entretiens », je peux le cadrer sans problème, reflété dans les vitres de la bibliothèque – je devrais dire découpé dans les vitres. Sûrement, il le sait.

Il est invisible, c'est le rituel freudien. Mais lui, Sokolow, est une sommité. Il pourrait faire entorse à la règle. J'ai tenté de lire quelques-uns de ses gros volumes. Ils me tombent des mains. La postérité retiendra peut-être ce pas de géant dans la relation entre l'analyste et le patient : Sokolow était derrière, mais son reflet était devant; deux analystes pour le prix d'un... Ou bien, le reflet est-il plus signifiant que le reflété?

Tiens? Du nouveau dans les rayonnages... Alignés aux côtés des pavés obligés des pères fondateurs – Freud, Jung, Ferenczi, Lacan –, sont disposés, flambant neufs, les vingt et un volumes de l'*Encyclopedia Britannica*, triomphe du porteà-porte, avec les trousseaux, les assurances et les savons pour aveugles.

Ainsi, Sokolow a cédé à la séduction d'un représentant! Une brique et demie. Je me marre. Quinze minutes se sont écoulées. Encore trente-cinq.

— J'ai douze ans. Ma mère vient dans ma chambre, comme chaque soir, me raconter une histoire, pour adjurer les vampires, les mygales, les serpents venimeux, les clowns assoiffés de sang, les morts vivants du cimetière de Bagneux, les caïmans lovés dans le pommeau de la douche et le souvenir de mon père, assassiné dans un bordel, de ne pas troubler mon sommeil...

Une expression d'amusement s'affiche dans le reflet. Il continue toutefois à se taire.

— Alors elle écarte délicatement ma couverture, elle fait glisser mon pantalon de pyjama et s'agenouillant avec une surprenante souplesse, elle entreprend une fellation.

— Bien. Avez-vous pris du plaisir?... Étiez-vous déjà apte... je veux dire, physiologiquement, à prendre du plaisir?

— Ce fut ma première éjaculation. J'avais emprisonné son beau visage entre mes mains. J'ai joui dans sa bouche, dans ses cheveux et un peu dans son corsage entrouvert.

— La duchesse semble avoir imaginé une agréable variation à l'ennuyeuse histoire du marchand de sable.

— Vous ne me croyez pas...

— Pas un seul mot.

Sokolow contemple alors d'un air songeur les vingt et un volumes de l'*Encyclopedia Britannica*. Manifestement, il regrette son achat. Il jette un rapide coup d'œil à sa Seiko en or, bracelet or, la plus grosse. Encore cinq minutes. Je me lève d'un bond, m'approche de lui et de ma main gauche, j'entreprends de l'étrangler. Il ne se défend pas. Ma main droite étreint mon couteau. J'applique la lame sur sa joue, y enfonce la pointe. Quelques gouttes de sang perlent. Ses grands yeux noirs ourlés de longs cils me fixent sans peur.

— Je vais te saigner, gros tas!

Il répond d'une voix tranquille :

— Non, vous ne le ferez pas.

— Et pourquoi?

— Pour deux raisons : la première, je vais faire de vous un grand analyste. Vous exercerez un incroyable pouvoir. Mais c'est la raison la plus ennuyeuse. La seconde raison est plus jubilatoire : avec qui d'autre éprouverez-vous un plus grand plaisir à relater vos crimes qu'avec moi?

— Vous me croyez capable de tuer?

— Je ne sais pas encore. Mais vous êtes un bon acteur.

Sokolow dévisage Gilles d'Avertin avec amusement. Mais le jeune homme connaît ces procédés. Il maintient la lame contre le cou de Sokolow. Une légère pression et il l'égorge. Sokolow poursuit :

— Dieu prodigue la vie dans le désordre et la douleur. Vous vous croyez peut-être appelé à rétablir l'équilibre...

— Vous pensez que je suis un fou homicide!

— Peut-être. Mais peut-être êtes-vous réellement ce que vous croyez être... Ou peut-être le souhaitez-vous si fort que vous parviendrez à en faire votre réalité...

— Et vous acceptez d'aider un criminel?

— Ma mission est de vous amener à être bien dans votre peau, que vous soyez ange ou démon.

18

Tourgueniev connaît la gloire et la fortune avec ses thérapies de groupe. Sa séduction et son charisme sont si grands, son emprise si souveraine, que la confusion qui en résulte pour tous les participants se révèle paradoxalement bénéfique. Elle chasse pour un temps leurs problèmes. Chacun s'y nourrit de ses rêves et de ceux des autres, investit l'inconscient d'autrui et vole à son secours. Chacun devient une miette du plus grand nombre, partie d'un seul corps multiforme, d'un esprit collectif. Ces séances n'ont ni début ni fin. Tourgueniev les a commencées Dieu sait quand et elles dureront peut-être autant que lui.

Maria Solar a dix-neuf ans. Elle est brune, la peau mate, d'une exceptionnelle beauté. Depuis son enfance, sa vie semble marquée par le sceau du malheur. A chaque instant, la fin de ses jours est imminente, qu'on la tue ou qu'elle se donne la mort.

Elle lutte pied à pied contre la malédiction qui la poursuit. Elle est l'unique héritière d'un empire. Seule au monde, comptable de sa vie, elle arrive enfin à formuler les questions. Elle espère que Tourgueniev détient les réponses.

Pendant les séances, tous l'appellent Sacha, le vénèrent : Notre Sacha qui êtes aux Cieux... Un patient qui arrive dans un groupe où le travail a déjà commencé est comme un spectateur s'amenant au cinéma pendant la séance et qui, à peine installé, captivé par l'action, devient acteur du film.

Chacun raconte un rêve que Sacha commente de quelques phrases violentes, assassines, stimulantes. A chaque souffrance évoquée, d'autres se reconnaissent, se joignent bientôt à celui qui a exprimé cette douleur parente de la leur, en des groupes d'affinités dont le plus « malade » devient le meneur. Chacun des groupes est ainsi cimenté par un désordre commun. Ils se déclinent ainsi : l'Impuissance, l'Appât du gain, la Peur de la solitude, la Crainte de la mort, la Nostalgie de la matrice originelle, la Stérilité... Tous ces troubles, comme des fleuves se déversant dans la mer, finissent par ne plus composer qu'une seule et même névrose, leur contagion étant véhiculée par le langage. La parole névrotique du meneur crée une séduction et un désir d'imitation. De ce fait, l'état du groupe empire car on s'applique à imiter le meneur. Après quoi, chacun pédale comme il peut pour essayer de s'en sortir.

19

Plus Maria s'enfonce dans le groupe, plus elle subit la totalité des névroses qui l'animent, plus un nouveau malaise l'envahit, peut-être plus grave encore que la raison de sa présence ici. Atténuant son désespoir existentiel, l'appartenance à cette collectivité lui procure une telle impression de confort qu'il lui arrive parfois, comportement impensable dans une psychanalyse individuelle, de venir aux séances à n'importe quel moment.

Ce jour-là, Maria Solar arrive très tard, presque à la fin. Une vingtaine de névrosés, enlacés en un tango collectif, imbriqués les uns dans les autres, se balancent sur l'air d'une comptine :

> *O toi mon bébé muet*
> *Fais-nous entendre ta voix angélique*
> *Délivre-toi en nous de tes bobos*
> *Nous sommes le ventre maternel.*
> *Sors, n'hésite pas, tu peux tout nous dire,*
> *Tu verras comme la naissance peut être bonne*
> *Comme l'aveu peut être libérateur.*

Maria se laisse bercer par cette incantation presque magique et deux pensées simultanées l'envahissent : le type, là-dessous, doit avoir chaud à étouffer, il est vraiment

« dedans »... Et l'autre... eh bien... on s'y croit... dans la poche protectrice, loin de tout danger.

Mais de la créature engluée dans la mêlée, aucun son ne parvient. Est-elle physiquement encore en état de s'exprimer ou bien le décor reconstitué du ventre originel ne l'incline-t-elle pas à la confidence ? L'envoûtante mélopée se tait. Silence. Très long silence puis un toussotement.

Le bébé, protégé par le ventre maternel, s'exprime enfin.

– J'ai un aveu à vous faire..., ajoute la voix timide. Toussotement...

– Voilà, j'ai un aveu à vous faire... J'ai reçu les résultats... Ils ont marqué... Séropositif.

A peine a-t-il prononcé ces mots que la matrice originelle éclate en autant d'individus se reculant précipitamment. De son côté, Sacha, d'ordinaire rigolard, court jusqu'à la malheureuse créature qui avait cru avoir enfin trouvé une rémission à la fatalité qui la poursuivait, la soulève de terre sans ménagement et lui crie d'une voix forte en lui donnant des coups de pied.

– Casse-toi, erreur de la nature, dégage ou je t'éclate la gueule !...

Pas un des membres du groupe ne fait un geste pour le retenir ou exprime la moindre indignation. Tous sont d'accord... Ce n'est pas le séropositif qui est chassé, c'est l'intrus qui amène au groupe une *autre maladie*, une autre névrose : *j'ai le sida*... Le corps constitué, ayant fait le plein de ses névroses, tire ainsi sur le premier étranger qui a le culot de pointer son vilain mufle...

20

L'incident est clos. A peine excommunié, l'intrus a disparu. Personne ne pourra jamais dire à quoi il ressemblait. Sacha branche à nouveau ses batteries d'électro-chocs modulables sur le groupe. Son visage de faune s'illumine d'un sourire malin, ses dents apparaissent, ses sourcils remontent et rident son front.

Non ça ne va plus... Il faut que je me dégotte un gourou rien que pour moi, qui ne s'intéressera pas à une des composantes du groupe appelée Maria, mais à Maria Solar. Moi, Maria Solar.

Comme pourrais-je me décrire? Imaginez Lucia Bose quand elle était jeune et très belle, et bien je suis encore plus belle. Solar n'est pas mon vrai nom. Je ne peux pas dire mon vrai nom. Sa seule évocation est synonyme de trouble, de violence et de danger. Si on me racontait ma propre histoire, j'éclaterais de rire, je n'en croirais pas un mot...

Une anecdote stupide me revient en mémoire. C'est Nikos, mon frère, qui me l'a racontée. Il est au service militaire. Il vient d'être incorporé. Le sergent lui demande son nom.

— Nikos Hadji-Nikoli.
— De la famille d'Amos Hadji-Nikoli?

Nikos ne peut répondre que la vérité :

– C'est mon père.

Le sergent éclate de rire...

– Et moi je suis Mélina Mercouri... Allez, va balayer les chiottes.

Qu'est-ce que j'ai pu rire quand Nikos me l'a racontée. Si peu de temps a passé et toi, Nikos, mon frère chéri, mon autre moi-même, ma petite olive ardente, tu as décidé que la comédie avait assez duré.

Tu avais vingt ans.

21

Le docteur Benchétrit, agacé, soulève son archet :

— Josiane, c'est de la musique, pas un gâteau au fromage !

— Tu trouves que je joue comme un gâteau au fromage ?

Guy-Pierre Benchétrit respire profondément, parvient à se maîtriser et lui répond :

— Pas comme un gâteau au fromage. Disons... comme du vomi.

Elle éclate en sanglots. Il pense si fort qu'elle doit entendre : « *Comment ai-je pu te faire deux enfants, boudin moustachu ? Ah ! Tu n'est pas restée mince longtemps. Quel étrange mystère : à peine la bague au doigt, régime de croisière, un kilo par mois. Vingt-quatre kilos en deux ans, truie obèse ! Et je t'en prie, rase-toi sous les bras... c'est l'Afrique... Faudrait pouvoir louer avant d'acheter...* »

Elle fait claquer le couvercle du piano, retirant toutefois prestement sa main, où brille *la* bague avec *le* diamant et hurle dans un aigu surprenant :

— Tu me hais, hein ! Ne me touche plus jamais !... Tu crois que tu me fais jouir avec ton petit crayon !... Ah ! t'es vraiment nain de partout... Et jaloux en plus. Je prends cinq cents francs maintenant et j'ai plus de clients que toi.

Blême, Guy-Pierre Benchétrit tente un pizzicato délicat, le réussit et siffle :

— Ma pauvre chérie, les putes à l'abattage aussi ont
beaucoup de clients. Ce qui compte, c'est la qualité... Par
exemple, la dernière des patientes dont j'ai accepté de
m'occuper s'appelle... elle est sublimement belle en plus.

Regards appuyés de compassion sur le volume de
Josiane.

— Très désirable... Maria Solar...

— Et alors Maria Solar, qui c'est ?

— Je te demande le secret... Maria Solar est l'unique
héritière d'Amos Hadji-Nikoli. Bon, arrêtons avec ça, j'aurai
l'air de me vanter. Revenons à tes résultats... En deux ans, tu
as tout de même perdu trois clients... Trois suicides réussis,
excellent pourcentage... Au prochain, c'est *Le Livre des
records.* Bravo...

— Tu est cruel, Guy-Pierre.

Elle se lève, le dominant d'une bonne tête, tourne vers
lui son visage où le rimmel a dessiné deux pathétiques sil-
lons, le saisit de ses bras puissants, l'attire à elle — il a tout
juste le temps de sauver son Stradivarius — et entreprend de
l'embrasser sur la bouche avec introduction de la langue.

Le docteur Benchétrit se laisse faire. De toute façon
elle est plus forte que lui, c'est elle qui a l'argent, et il sent
une délicieuse érection à peine contrariée par l'étroitesse de
son Levis 501. Il va la prendre contre le piano, cette masse
gélatineuse. Il la retourne, la courbe en avant, soulève sa
jupe découvrant un énorme derrière plein de cellulite. Il
déboutonne son jean, libère son sexe qu'il trouve fort conve-
nable, et la prend sans plus de préavis. *Vraiment une truie...*

Voilà ce qui arrive quand l'on joue la 5ᵉ sonate pour
piano et violon de Beethoven.

22

Maria conduit avec adresse sa grosse BMW. Rue Saint-Sulpice, elle glisse dans le couloir des autobus, slalome entre une benne à ordures et un livreur de pizzas kamikaze, fait le tour du parvis. En vain, pas une place.

Le visage de Nikos s'inscrit dans sa mémoire. Ses yeux noirs pétillants, son habitude de ne remonter qu'un côté de la bouche en souriant : « Quelle différence y a-t-il entre une BMW et les hémorroïdes ? » Maria avait feint de réfléchir avant de donner sa langue au chat... « Aucune. Tous les trous du cul finissent par avoir les deux... »

Elle accélère rageusement, tourne à droite dans la rue Dauphine et là, sur la gauche, juste devant le numéro 64, se libère une place à sa taille, face au parcmètre. Sûrement un signe du destin. C'est sa deuxième visite chez le docteur Guy-Pierre Benchétrit, analyste lacanien. Elle le connaît depuis huit jours.

Il y a une fête, ce soir-là, à l'Orangerie précédée d'un dîner assis. Smokings et robes longues. Le ministre de la Culture, a invité la colonie grecque à cette cérémonie très élégante. Maria se sépare de son groupe de jeunes milliardaires. Elle se cogne littéralement à un petit bonhomme maigre, au regard fiévreux, dans un visage « signe particulier : néant ». Il est coiffé d'un large béret rouge couronné d'un pompon. Un pin's de Babar est fixé à la boutonnière de son costume de bonne facture. Il lui propose une coupe de champagne et sourit, découvrant une mâchoire supérieure entièrement constituée d'incisives jaunes. Malgré tout, du charme, un regard pénétrant, il inspire confiance. Ensemble, ils vont au bar, prennent une bouteille de champagne, s'installent à une table et trinquent. Elle a envie de bavarder. Elle parle, il écoute, il incite à la confidence.

— Vous connaissez quelque chose à la psychanalyse ?

Il la regarde, stupéfait et éclate de rire.

— Vous me faites un plan, là ?

Elle le regarde sans comprendre.

— Bon, disons que c'est le hasard... *Je suis un psychanalyste.*

Il sourit et ajoute :

— ... Le plus important depuis Lacan.

Maria Solar lui demande, grave :

— Vous accepteriez de me prendre ?

L'homme au béret rouge la détaille avec un plaisir évident.

— Qui refuserait de vous prendre ?... Excusez-moi... Parlons sérieusement. Je n'ai pas un rendez-vous de libre avant deux ans.

Maria se pique au jeu.

— J'attendrai.

— Disons demain, 14 heures 30, 64 rue Dauphine. Dernier étage.

Du regard il semble l'inciter à un début de confidence.

— Vous connaissez Sacha Tourgueniev. Quand j'ai quitté son groupe, j'avais l'impression d'être enlisée. Le moindre mouvement m'entraînait plus profondément dans les sables mouvants. Seule une intervention divine, ou la cavalerie légère, aurait pu me tirer de ce mauvais pas. Dans l'aéroport de Milan, je rencontre Zavata. Il pratiquait l'analyse debout, entre deux avions, dans les gares, dans les restaurants ou en taxi entre l'aéroport Leonardo-da-Vinci et la

Piazza del Popolo. La guérison semblait facile à ses yeux. Il prétendait que l'homme, quand il est enfant, connaît deux langues. Devenu adulte, il n'en parle plus qu'une. Il a donc perdu la moitié de lui-même. En revanche, ceux qui sont restés *entiers,* les enfants, les poètes ou les fous, nous semblent des génies ou des monstres. Il était en mesure, croyait-il, de traduire d'un langage à l'autre ce qu'on lui racontait. Retrouvant ainsi son autre moitié, chacun réalisait à nouveau son unité et pouvait redevenir souverainement un enfant, un poète ou un fou... Pour le suivre, de gares en aéroports, j'ai fait plusieurs fois le tour de la terre... Dès que nous parlions cinq minutes, à Perpignan ou à Acapulco, il disparaissait... Je cherche maintenant le *bon* analyste.

Elle se tait. Pendant son récit, Guy-Pierre Benchétrit n'a cessé de pointer frénétiquement sa petite langue rose à travers ses lèvres, à la manière d'un reptile plutôt que d'un bébé. Maria, tout à son voyage intérieur, n'a pas prêté attention à cette singularité.

— Maria, je ne veux préjuger de rien, mais j'ai la conviction qu'après Tourgueniev et l'analyste fou, votre quête se termine en cet instant précis.

Elle considère le visage chafouin, si étroit qu'il ne semble avoir que deux dimensions. Guy-Pierre Benchétrit, devinant ce qui l'attendait hors du ventre maternel, n'avait pas voulu sortir. C'était manifeste. Le gynécologue l'avait empoigné par la tête, avait serré très fort en tirant vers lui et c'est pourquoi, aplatie dès la naissance, cette tête existait en longueur, en largeur mais pas en profondeur. Elle semblait de profil même quand il était de face.

Mais en cet instant, Maria a des yeux et elle ne voit pas. Dans l'immense salle des fêtes de l'Orangerie, croulant sous les dorures et les lambris, à cette table où ils sont seuls tous les deux, la lumière douce des bougies nimbe le visage du docteur Benchétrit d'une surprenante séduction.

LE CAHIER NOIR

Dans la saga des malheureuses, des manipulées, des utilisées, des asservies, des humiliées, Sabina Spielrein mérite l'Oscar.

Août 1904. Sabina Spielrein, dix-neuf ans, brune, peau douce et mate, seins superbes, arrive à Zurich pour étudier la médecine. Pensant avoir bobo à la tête, elle se fait soigner par Carl Gustav Jung. Il a trente ans, sort d'une aventure pas nette avec Sigmund Freud dont il a été le disciple, l'élève chéri, le fils que Martha Freud n'a pu lui donner, le héros mythique aux yeux clairs et aux cheveux blonds, un Siegfried.

Carl Gustav se débarrasse de son Œdipe à la vitesse d'un TGV et plaque la vieille Viennoise – Sigmund – qui se livrait sur lui à d'incessants harcèlements sexuels. Désormais à son compte, dépositaire du dogme freudien, il invente sa propre messe.

Contrairement à Freud qui se livre à mille tergiversations avant de passer à l'acte, alors que ses appétits libidineux le rongent, Jung dégaine et tire plus vite que son ombre. Tout est bon et Sabina est vraiment bandante. Quoique son analyste, il devient son ami puis son amant. Mais sa clef volage farfouille sans vergogne dans d'autres serrures. Trahie, abandonnée, Sabina demande au professeur Freud, « bon vieux père de famille », de rétablir l'équilibre de sa petite âme naufragée.

Freud se frotte les mains. Ainsi, blessée par Jung dont il avait fait son prince héritier, une jeune brebis le préfère, lui, comme berger. Infortunée brebis!

23

Le grand amphithéâtre de la Sorbonne est bourré à craquer. Le journal *Le Monde* et les publications psychanalytiques ont annoncé comme l'événement de la décennie la conférence du docteur d'Avertin, le plus jeune psychiatre agrégé depuis Mozart, le plus beau, le plus noble, le plus acerbe, le plus plus depuis Lacan. Comme l'avait fait Jung avant lui, Freud va en prendre plein la gueule. La présence du docteur Brunschwig, un des seuls freudiens pur jus capables de combattre la nouvelle idole, attise encore la curiosité des étudiants, du public avide de scandales et des *addicts* de la galaxie psychanalytique. Bruno Brunschwig, impérissable auteur du pamphlet anti-lacanien *J'ai fait Lacan dans ma culotte*, non seulement assisterait à la conférence, mais, il l'avait annoncé, n'hésiterait pas à brandir l'étendard de la contradiction. Le récent face à face télévisé en *prime time* des deux *wonder boys* a atteint un taux d'écoute digne des grands lessiviers, sur le thème : « Le fils de Freud contre celui de Lacan », Bruno Brunschwig dans le rôle de l'Ange Sigmund contre Gilles d'Avertin, le diabolique Maître Jacques.

Gilles d'Avertin a demandé un projecteur et dès son entrée, on comprend pourquoi. L'assemblée silencieuse, stupéfaite, voit arriver une dame imposante. C'est Gilles d'Avertin, vêtu d'une robe noire avec un col claudine et des manches en dentelle blanche. Sous la robe dépassent son pantalon ainsi que ses Berlutti. Il a calamistré ses beaux cheveux blonds et s'est collé une petite moustache noire. Il ressemble au Führer.

Lentement, il fait les quelques pas qui le séparent de la chaire, épinglé par le puissant projecteur, souriant comme une diva dont le public est acquis d'avance. Il gravit les trois marches et s'arrête. Lentement, il fait face au public. Le spectacle est singulier. Alors que le visage aux traits énergiques est bien celui d'un homme, le rimmel et le fond de teint confèrent à sa virilité un caractère ambigu. Lentement, il déboutonne le haut de sa robe, s'en dépouille, la laissant tomber à ses pieds. Il la ramasse et la lance à un appariteur. La salle applaudit à tout rompre. D'une voix impérieuse, il demande le silence.

— Je vais traiter aujourd'hui de la féminité selon Freud, étant établi que sur ce sujet précis, le Père fondateur n'aurait rapporté que des faits observés presque sans aucun effort spéculatif. La relation que je vais faire de cette approche vous montrera à quel point le « presque » y pèse lourd. Donc, au contact de jeunes garçons, la petite fille réalise qu'elle est dépourvue de pénis. Elle prend ainsi conscience de sa castration. Elle éprouve un vif sentiment de frustration et peut succomber à l'envie de pénis, ce qui laisse des traces indélébiles dans son développement. Elle en veut alors à sa mère de l'avoir privée de ce pénis. Elle se tourne vers son père dans l'espoir qu'il le lui apporte. La féminité ne s'accomplira que lorsque le désir d'enfant remplacera l'envie du pénis, à l'âge adulte. Vous noterez que les mères apprécient particulièrement la naissance d'un garçon qui apporte avec lui ce pénis tant désiré.

La voix tranquille de Gilles d'Avertin, à la fois onctueuse et autoritaire, fascine littéralement l'auditoire au point que le coupable du moindre bruit est poignardé sur le champ d'œillades furieuses.

Maria Solar, troublée, se demande si elle n'a pas souffert doublement de ce manque de pénis. Tout d'abord, comme n'importe quelle petite fille, ce manque, cette différence lui a semblé intolérable puis il y a eu cette relation avec son père Amos Hadji-Nikoli, sur le bateau, près du petit port turc de Bodrum, en l'absence d'Héléna, sa mère. *Ils étaient nus tous les deux, côte à côte, dans le lit de la grande chambre. Par la baie circulaire, on voyait la lune et les étoiles. En cet été torride, l'air conditionné était de peu de secours. Alors, Amos prit la main de Maria et la posa sur son pénis. La main fragile se refermant sur le membre était loin d'en faire le tour...*

Maria est en sueur. L'image de Gilles d'Avertin et d'Amos Hadji-Nikoli, son père, se fondent dans sa vision devenue incertaine. Elle a envie de fuir, mais la foule l'enserre de tous les côtés, elle étouffe. Par un hasard du destin, Bruno Brunschwig est assis tout prêt de la jeune fille. Malgré l'intérêt qu'il porte à Gilles d'Avertin, son ami, l'exceptionnelle beauté de sa voisine détourne fréquemment son attention. A la fin, totalement subjugué, il ne la quitte plus des yeux tandis que continuent à lui parvenir les agaçantes attaques contre Freud, le père qu'il s'est choisi.

Docteur ès mauvaise foi, Gilles d'Avertin enfonce le clou.

— Ce manque physiologique a pour conséquence une jalousie bien plus forte chez les femmes que chez les hommes, un amour corporel démesuré, par besoin de compensation, et une pudeur exagérée pour masquer le manque du pénis.

Maria prend conscience de la présence d'un très bel homme brun qui la dévisage avec un trouble évident. Elle le détaille à son tour et se sent elle aussi troublée. Ce visage noble, ce profil aristocratique, ces lèvres charnues, ce teint mat, tout en cet inconnu lui rappelle Nikos et leurs jeux interdits. Elle s'évanouit. Il se précipite vers elle, la soulève sans effort et entreprend de se frayer un passage. A l'autre bout de l'amphithéâtre, le docteur Guy-Pierre Benchétrit se lève précipitamment et essaye de courir vers Maria Solar. Impossible de sauter par-dessus la marée humaine, de voler comme l'archange Gabriel au secours de cette infortunée. Bas les pattes, enfoiré de Bruno Brunschwig, c'est ma patiente à moi!... Du haut de son estrade, Gilles d'Avertin n'a rien perdu de la scène. Il sourit. Lui sait *qui* est Maria Solar. Et qu'elle lui appartiendra corps et biens. Et voilà que les événements, le hasard viennent de réunir Bruno Brunschwig et Maria Solar en une étreinte imprévue. Bruno semble subjugué par la belle inconnue. Cela n'en sera que plus amusant! Il suit Bruno des yeux jusqu'à ce qu'il disparaisse, portant son précieux fardeau.

Il lui faut continuer.

— Sur le plan social, affirme Freud, les femmes ont peu contribué au progrès de la civilisation... Leur unique découverte importante est celle du tressage et du tissage, dont le modèle leur a été fourni par la toison pubienne cachant les organes génitaux. La seule originalité de la femme a été de croiser les fibres plutôt que de les laisser emmêlés.

Sifflets, applaudissements et cris de colère soulignent cette dernière phrase. Mais la colère s'adresse à Freud et non pas à Gilles d'Avertin, qui pervertit à dessein les propos du maître. Le bruit devient infernal. Gilles d'Avertin doit crier pour se faire entendre.

— Je continue?

Un tonnerre d'applaudissements et d'encouragements fait taire les cris d'indignation.

— Par ailleurs, un homme d'une trentaine d'années inspire tous les espoirs d'épanouissement personnel, tandis qu'une femme du même âge se confine dans une rigidité psychique immuable. Comme si le difficile chemin vers la féminité avait épuisé toute potentialité — et Freud ajoute : « Tout ceci, mesdames, ne devrait pas vous déplaire puisque vous êtes fondamentalement masochistes mais, rassurez-vous, en dehors de votre féminité, de votre fonction sexuelle, Sigmund en a la conviction, *chaque femme peut être aussi un être humain.* »

A ces mots, Gilles d'Avertin éclate de rire alors que freudiens et lacaniens se déchaînent en bruits divers, applaudissements et injures en tous genres, sans parler de quelques coups échangés.

24

L'amphithéâtre est à présent désert. Il y traîne des boîtes de bière, des vieux mégots, quelques gants dépareillés, divers objets intimes semblables à ceux que l'on trouve dans les villages abandonnés dans l'urgence de l'exode. Et voici l'entrée du ballet des « techniciennes de l'entretien », appellation moderne des femmes de ménage. La Sorbonne est maintenant plongée dans l'obscurité. Quelques appariteurs feront, tout au long de la nuit, des rondes nonchalantes dans l'immense bâtisse.

Daphné a vingt ans. Par amour pour Gilles d'Avertin, son idole, elle a mis des bas fumés qui allongent ses admirables jambes. Une petite culotte de satin blanc épouse deux fesses rebondies. Le porte-jarretelles enserre à peine sa taille fine. Plus haut, les deux petites pommes de ses seins sont emprisonnées dans un soutien-gorge prétexte. Une robe de soie rouge largement échancrée recouvre tous ces trésors.

Pendant son exposé magistral, elle ne l'a pas quitté des yeux. A ce jour, par un homme ne l'a touchée. Elle se donnerait pourtant à lui sur un simple claquement de ses doigts. Bien sûr, elle n'est pas la seule, elle le sait. Mais comment lui faire savoir qu'elle l'aime, qu'elle l'admire plus que toutes les autres ?

Près de la porte discrète, par où entrent et sortent les

personnalités, elle s'est mise en faction sur un vieux fauteuil, dans un recoin qui la dissimule à tous les regards.

Ce soir, non seulement elle le suivra mais elle l'abordera et restera avec lui, quoi qu'il arrive... *Ce que femme veut...* Si elle échoue ou s'il disparaît sans qu'elle arrive même à l'entrevoir, alors elle prendra le métro puis le RER qui la déposera dans sa lointaine banlieue où il faudra encore marcher une bonne demi-heure.

Elle a pensé à tout : « Ne t'inquiète pas, maman, je dors chez une amie... » Elle entend la foule qui commente, discute, puis les bruits s'atténuent, le silence se fait. Mais elle n'en a pas conscience. Elle s'est endormie.

Le dernier, Gilles d'Avertin a quitté l'amphitéâtre par la porte dérobée. Il passe devant le charmant spectacle, sourit à cette bouche ouverte et innocente, à cet abandon biblique, et disparaît sans bruit. Les lumières s'éteignent peu à peu. Les huissiers ferment les portes, puis les grilles.

Il fait nuit quand elle se réveille. Elle consulte sa Swatch fluo. Trois heures du matin. Elle se lève, s'étire comme un petit chat et entreprend de trouver la sortie. Elle se perd dans les escaliers majestueux, les corridors gigantesques, l'enfilade de pièces, de classes et de bureaux. La lumière de quelques lampes-témoins, destinées aux rondes des vigiles, la rassure et guide ses pas.

Elle pousse une porte à double battant et se trouve dans un petit théâtre dont la scène est éclairée. Une centaine de fauteuils recouverts de velours grenat forme un demi-cercle. Derrière eux se trouve une série de loges. La porte de l'une d'elles est entrouverte. Elle y entre, obéissant à quelque appel mystérieux. Elle s'assied et contemple la scène déserte. Quelque chose va sûrement arriver. De la fosse d'orchestre, invisible à ses yeux, lui parviennent soudain quelques notes plaquées sur un piano, comme un musicien qui accorde son instrument avant le concert. La musique cesse. Sur la scène, jusqu'alors fortement éclairée, la lumière s'atténue. Puis plus rien ne se passe.

Les pouls de Daphné s'accélère...

Soudain, une main l'empoigne à la gorge, la fait se lever et se retourner. Il fait trop noir pour qu'elle distingue les traits de l'homme qui s'est saisi d'elle. Il soulève sa robe, arrache sa culotte. Il est assis. Elle lui fait face. Il écarte lentement ses cuisses, l'empoigne par les fesses et la serre tout contre lui. Elle enserre son torse de ses genoux...

Elle ne ressent aucune peur. Elle a enfin le rendez-vous qu'elle attendait. Enfin, il lui arrive autre chose. Le Prince Charmant réveille la Belle au Bois Dormant... Désormais, peu importe qu'il soit ou non celui qu'elle espérait.

L'inconnu malaxe sa poitrine, écarte ses cuisses plus largement encore et la pénètre de son sexe. Lente et délicieuse douleur... Il va se délivrer en elle, elle l'attend ce moment de divine jouissance... Elle entrevoit l'éclat de la lame et pousse un cri rauque de plaisir quand enfin la semence se répand dans son ventre à l'exact moment où la lame la pénètre jusqu'au cœur.

Elle le chevauche en un spasme ultime. L'homme étreint avec douceur ce corps superbe désormais sans vie. Il lui parle tendrement à l'oreille :

– *Petit ange, nous descendons d'une lignée infiniment longue de meurtriers...*

Trois heures et demie du matin, rue de la Sorbonne.

Une frêle silhouette fait les cent pas. Elle va, vient, virevolte. Elle s'enveloppe comme elle le peut dans son manteau de fourrure... Son regard fixe la sortie où veille un vigile, dans un vestibule faiblement éclairé. Enfin, la haute silhouette s'inscrit dans la découpe vitrée. Le vigile ne peut distinguer les traits de l'homme. Un enseignant, sûrement... Il porte sa main à sa casquette. L'homme, au visage à moitié dissimulé par une écharpe sombre, lui rend son salut d'un bref hochement de tête.

Il marche maintenant à grandes enjambées dans la rue de la Sorbonne et tourne à gauche dans la rue des Écoles. Il s'arrête devant la vitrine de la brasserie Le Balzar, et y entre.

Sarah Brunschwig a très froid. Toujours attendre...

Elle s'est tapie dans l'ombre quand l'homme est passé près d'elle, puis elle l'a suivi.

Devant l'établissement brillamment éclairé, elle pousse un soupir de dépit. L'homme garde le col de son manteau relevé. Elle ne voit pas son visage. Il faut qu'elle entre dans la brasserie. Quelques pas et enfin, elle saura. Ce n'est pas la peur qui la fait hésiter... *Elle ne veut pas savoir... Pas maintenant...*

Elle s'éloigne et disparaît dans la nuit.

25

Cent pas peut-être séparent la porte de l'amphithéâtre de sa 205 rouge garée devant l'entrée principale de la Sorbonne. Mais Bruno aurait escaladé le Kilimandjaro à cloche-pied tant il est tombé amoureux fou de son précieux fardeau.

Une agréable odeur d'eau de toilette à la cannelle tire Maria de son évanouissement. Elle ouvre ses grands yeux sombres et dévisage l'inconnu.

— On se connaît ?

Bruno lui sourit.

— Il y a quelques secondes, je vous serrais dans mes bras.

Ils rient ensemble. Maria est troublée par le rayonnement, par la chaleur étonnante qui se dégage de cet homme. Il la contemple avec une expression de ravissement et de ferveur si évidente qu'elle en rougit.

— Arrêtez de me regarder comme ça.

— Vous allez me mettre une contravention ?

Bruno, à ce moment précis, vient d'être atteint d'un virus foudroyant, sans remède : la passion. Ce n'est pas la première fois mais, cette fois-ci, il en a la certitude, ce sera grave, dangereux, peut-être mortel...

— Vous vous évanouissez souvent ?

Maria retrouve aussitôt la méfiance, son visiteur familier. Qui est donc cet inconnu qui débarque dans sa vie avec ce don suspect d'attirer une irrésistible sympathie?

Malgré la générosité, l'intégrité qui se dégagent de cet homme, n'est-il pas l'envoyé des ennemis de sa famille? Le pire, l'inconcevable est possible à chaque instant.

Elle ne le voit pas, mais Bruno découvre le danger sur-le-champ : un homme, au volant d'une Mini Austin, mitraille le couple à l'aide d'un appareil photo prolongé d'un impressionnant téléobjectif. Se voyant découvert, il démarre en trombe et disparaît. Ce n'est pas Bruno qui intéresse ce photographe indélicat. Alors, qui est cette jeune inconnue?...

— Mettons les choses au point. Vous vous êtes évanouie pendant la conférence à l'amphithéâtre de la Sorbonne. Je ne vous connais pas, mais je suis heureux d'avoir pu vous aider. Je m'appelle Bruno Brunschwig. Je suis... médecin.

La jeune fille sourit, soulagée. Elle le croit.

— Je dois avouer que j'ai beaucoup de problèmes. Je m'évanouis souvent ces temps-ci.

— Dans quels endroits?

— Surtout quand je prends le train.

Elle se sent soudain parfaitement détendue. Il lui semble qu'elle peut tout dire à cet homme. Enfin, presque tout.

— Cela a commencé quand mon frère Nikos s'est donné la mort... Il avait dix-neuf ans...

— Voulez-vous que nous allions prendre un verre quelque part?

Bruno roule rapidement dans Paris désert. Il s'arrête au pied de la tour Eiffel. Un ascenseur les emmène jusqu'au dernier étage. Sans se concerter, ils se rapprochent, partagent l'émotion de contempler l'une des plus belles villes de l'univers, de très haut, loin du reste du monde.

Maria frissonne. Bruno passe son bras autour des épaules de la jeune fille qui se serre contre lui.

L'obscurité est presque totale. A deux pas, dans l'ombre, un petit homme particulièrement laid les regarde de ses yeux de pierre. Le photographe.

Il y a longtemps qu'elle ne s'est pas sentie dans un tel état de grâce.

— Que représentent les trains pour vous?

— Avec les paquebots... les vrais voyages... Nous roulions, Nikos et moi, dans l'Orient-Express. Nous allions à Istanbul. Je ne sais pas ce qui s'est passé... Ni comment c'est arrivé. Nikos s'est approché de moi, a glissé sa main dans mon corsage et m'a emprisonné un sein. Nous sommes restés comme cela pendant des heures. Je désirais qu'il poursuive, qu'il me caresse, qu'il m'embrasse, qu'il me prenne, que nous ne fassions plus qu'un.

« Mon Nikos, mon frère... La tension était insupportable. J'aurais cédé à la première sollicitation mais je serais morte plutôt que d'aller vers lui. J'étais paralysée. J'éprouvais des bouffées de chaleur, des fourmillements, bref une sensation désagréable se substituait au désir. Je perdis connaissance... Depuis, il m'est impossible de voyager en train.

— Vous ne m'avez même pas dit votre nom.

— Maria... Maria Solar.

— Maria, je vais vous faire une confidence. Vous souffrez d'une petite névrose. C'est de cette manière que votre organisme se défend.

Inquiète, Maria cherche à scruter ses traits dans la nuit. Bruno lui fait face et elle peut voir ses yeux brillants, son regard rassurant.

— Vous êtes atteinte d'une phobie. Pourquoi cette phobie des trains? On sait quand un train démarre mais on ne le conduit pas. On ne sait pas quand il va arriver. On se trouve dans une situation que l'on ne contrôle pas... comme pour le désir sexuel... Quand il vous investit, il est impossible de le freiner. La tension monte, le désir se fait pressant. Et là, le cœur se met à battre plus fort, le corps se défend comme il

peut contre ce désir intolérable et qu'on ne peut assouvir :
on perd conscience. Votre refus de prendre le train
s'explique par la pulsion érotique, allant jusqu'à l'évanouissement, pour échapper à une situation insupportable.
Cette pulsion qui vous culpabilise est liée au lieu dans lequel
elle se déroule, d'où votre répulsion, pour ce moyen de
transport.

Maria s'écarte de Bruno. Elle tremble légèrement.

– Bruno, cher inconnu, ou presque, j'ai en moi tant de
doutes... Vous formulez si aisément le pourquoi et le comment. Je me sens comme le pot de terre tout contre le pot de
fer... En danger...

A l'aveu de cette extrême faiblesse, Bruno ému, décide
de dédramatiser l'atmosphère. Tel un chevalier, il met un
genou à terre et, imitant la voix de la reine dans *Alice au
pays des merveilles,* il s'écrie :

– Si Bruno fait du mal à Maria...

Qu'on lui coupe la tête !...

Qu'on lui coupe la tête !...

26

Il y a là Berthold, Mellerio, Laforce et quelques autres seigneurs de moindre importance.

Avant la rencontre, Bruno et Gilles ont déjeuné à la brasserie Jenny, place de la République, d'une choucroute royale arrosée de deux demis de bière Paulaner. Dans le taxi qui les amène à l'hôpital Sainte-Anne, ils tournent en dérision l'épreuve à laquelle ils ont pourtant décidé de se soumettre. S'ils réussissent, ils deviendront membres du Conservatoire Français de Psychanalyse, la plus prestigieuse des cautions.

Des médecins illustres vont devenir, pour un temps, leurs juges. Pour la première fois, il ne s'agira pas de jouer au singe savant qui répète le mieux possible ce que les mandarins souhaitent entendre. Aujourd'hui, quelle que soit la forme que prendra l'épreuve, la comédie des demandes et des réponses débouchera sur *la question* :
QUEL CAMP AVEZ-VOUS CHOISI ?

Mellerio, Laforce et les autres ont choisi le modeste bureau d'Ernest Berthold pour théâtre de la confrontation. De cette manière, ils l'intronisent une seconde fois, faisant de lui leur égal et envoyant au diable le professeur Calvoux. En trois décennies, ce hiérarque a accumulé contre chacun d'eux une série de maladresses dont il paye aujourd'hui le prix.

Les infirmières trouvent des sièges pliants. Le groupe de professeurs s'installe à la bonne franquette, un peu agacés d'être arrivés avant les deux Mozart de la psychanalyse et d'avoir à les attendre.

Berthold sort d'un somptueux étui de cuir fauve un Roméo et Juliette numéro 2, se livre longuement au rite de la mise à feu. Il tire avec volupté une première bouffée. Mellerio, les yeux mi-clos, tel un gros chat repu, attend ce moment pour lui faire non de la tête.

Berthold évalue très vite la meilleure réaction possible à cet abus de pouvoir. Il décide de s'écraser. Crève, Mellerio!... Jamais un psychiatre n'a éteint un cigare d'aussi mauvaise grâce.

Bruno frappe et entre, suivi de Gilles. Les deux jeunes gens serrent les mains de leurs brillants aînés, puis prennent place sur les tabourets qu'on leur a assignés. C'est Ernest Berthold, leur patron, qui ouvre le débat :

— Dans mon service je vous appelle Gilles, mais pour cette entrevue, vous serez le docteur d'Avertin.

Gilles se recueille, aveugle momentané se fermant au monde pour n'être plus qu'un regard intérieur.

— Messieurs les professeurs, vous avez vécu cette épreuve avant moi. Il vous est donc facile d'imaginer à quel point l'exceptionnelle qualité de cette assemblée et l'importance de l'enjeu peuvent altérer la pertinence de mes réponses. Malgré le semblant d'assurance dont j'ai fait preuve dans les concours qui ont jalonné ma jeune carrière, j'ai l'honneur de vous demander, messieurs les professeurs, la plus grande indulgence pour celui qui aspire à l'honneur de rejoindre les rangs de votre prestigieuse assemblée.

Le professeur Laforce sort ostensiblement sa montre à gousset, la consulte et s'adresse à Gilles :

— Cher ami, j'ai parcouru vos ouvrages avec un grand intérêt. Ils indiquent vos choix d'une manière indiscutable.

J'ai assisté à votre conférence à la Sorbonne. Vous avez la capacité de fasciner les foules. Vous avez choisi de tourner Freud en dérision sur un des seuls textes où ce génie s'est montré critiquable : son opinion sur la condition féminine.

Dans plusieurs publications, vous avez commenté à votre manière quelques anecdotes que Sigmund Freud a livrées au public au cours de son auto-analyse.

Vous vous êtes cruellement moqué du trouble qu'il a ressenti à l'âge de quatre ans, de l'incontinence dont il a été victime dans la chambre de son père et de sa mère, niant par là une des bases de la psychanalyse freudienne, la sexualité de l'enfant... Dans Vienne livrée aux mandarins tout-puissants, antisémites, Freud a eu les plus grandes difficultés à occuper la position que son génie aurait dû lui valoir. Il n'a pu devenir que chef de clinique et lorsqu'il s'est mis à son compte, sa clientèle ne lui assura pas, pendant des années, la moindre sécurité financière. Rejeté par la faculté de médecine quand il affirma que l'hystérie n'est pas exclusivement l'apanage des femmes, il vécut dans la pauvreté. Il avoua alors : « J'en éprouve une grande culpabilité et une grande honte, mais il m'arrive parfois de souhaiter la mort de ceux qui occupent au-dessus de moi des postes dont je pense qu'ils me reviennent. »

Laforce dévisage Gilles d'Avertin sans la moindre sympathie et poursuit :

— Au lieu de prendre en compte la gêne et la culpabilité de Freud face à ses pulsions criminelles, vous avez fait l'apologie de tout ce qui est bestial en nous. Vous avez raillé la pusillanimité du Maître, arguant que souhaiter la mort de ceux qui nous gênent est une pulsion fondamentale, parfaitement louable. Votre naissance, votre séduction pourraient vous assurer un dangereux ascendant sur des patients qui occupent d'importantes fonctions. Vous n'hésiteriez pas à en faire vos sujets. De par la contradiction et la perversion que vous apportez à l'esprit de la psychanalyse freudienne, je recommande vivement que vous ne soyez pas admis dans notre association. J'ajoute que je mettrai tout en œuvre pour vous empêcher d'exercer la profession d'analyste. Vous êtes un danger public!...

Un silence glacé s'établit dans la pièce.

Le professeur Laforce, un des psychanalystes les plus remarquables de la fin de ce siècle, un esprit ouvert, prêt à reconsidérer ses opinions les plus étayées si la contradiction qu'on lui porte est convaincante, ne peut pas un seul instant être suspecté de quelque règlement de compte.

Après cette exécution, il semble difficile de remonter la pente. Agacé par l'épisode du cigare, Berthold décide d'avoir du courage :

– Monsieur le professeur, point n'est besoin de vous rappeler, cela pourrait sembler déplacé, l'estime, l'admiration et la vénération que je vous porte. Vous dites vrai. Gilles d'Avertin est particulièrement séduisant. Comme tout apprenti sorcier, stupéfait de disposer d'un nouveau pouvoir, il en use et en abuse peut-être. Mais pendant les cinq années qu'il a passées dans mon service, je n'ai eu qu'à me féliciter de sa relation aux patients, du respect, de l'attention et de la réflexion qu'il a accordés à chacun de ceux auxquels il a prodigué ses soins. La vie est longue, professeur Laforce, les gens changent. Le docteur d'Avertin n'a pas trente-cinq ans. Puis-je me permettre de vous rappeler que vous-même, dans votre jeunesse, avez contesté l'enseignement et le rituel de la psychanalyse freudienne? Vous affirmiez qu'on la dévoyait. Je n'oublierai jamais un de vos violents pamphlets : vous y aviez écrit que la psychanalyse freudienne et « ses petits chefs de guerre » vous rappelaient l'Église catholique dans laquelle, s'il revenait, Jésus ne reconnaîtrait pas les siens. N'est-ce pas une preuve de santé de contester l'autorité du Père Fondateur?

Laforce s'amuse de la conviction de Berthold. Le courage lui serait-il venu avec sa promotion?

— Il est parfois enrichissant de contester, en effet, mais pas de trahir sa « famille ».

— Comment innover sans révolutionner?

— Certainement pas en dynamitant le temple édifié par un génie qui avait raison seul contre tous!

Mellerio intervint à son tour :

— Quelle que soit la bonne intelligence que les analystes de la même mouvance entretiennent entre eux, l'inégalité devant la naissance rend difficile, entre les uns et les autres, la moindre convergence éthique ou philosophique... Sigmund Freud n'était pas croyant. Il était fier de sa condition de juif. Cette « différence » l'aidait à vivre. Les persécutions raciales dans la Vienne de cette époque, où se développait l'antisémitisme, le confortait dans la rigueur de sa judéité... Le côté païen de ses analyses, d'où la présence divine était exclue, pouvait choquer certains de ses élèves favorisés. Ce fut le cas de l'héritier désigné de Sigmund Freud, Carl Gustav Jung, né dans une famille aisée et croyante. Le catholicisme orthodoxe de Jung fut une des raisons de cette séparation qui fit tant souffrir le Maître. Mais par sa foi, la relation de Jung au patient était différente, plus quotidienne, plus réaliste, moins théorique que celle de Freud. Or, Gilles est né duc d'Avertin. Non seulement il ressemble physiquement, comme Jung, à un Siegfried auquel Freud se serait attaché, mais je suis persuadé que sa foi lui permet un plus grand amour, une plus grande générosité dans ce siècle bassement matériel... Laforce, mon cher ami, donnons-lui une chance...

Le professeur Laforce se tourne vers Gilles d'Avertin et lui demande :

— Avez-vous la foi?

Gilles se lève, dévisage un à un les membres du prestigieux aréopage et répond :

— Je ne sais même pas de quoi vous parlez, mais je vais vous dire ce que je pense de vous...

« D'abord votre label – psychanalyste –, chacun d'entre vous est sûr d'en être le seul dépositaire. Vous crèveriez plutôt que de partager le *Nom* et vous n'êtes pas prêt de trouver le remède au regret de n'être pas le premier, la source du *Nom,* le fondateur. Je vous conseille d'essayer d'oublier que *vous n'êtes pas Freud.* Arrêtez de souffrir, de saigner de partout! Essayez de devenir original, singulier, souverain, *vous-même*! Dépouillez-vous de votre armure de mépris, de peur et de la haine de l'Autre, vous dont la vocation est de faire émerger l'Autre.

« Ah, il vous manque, le Père!... Vous croyez lui avoir trouvé un substitut, une mise en Ordre!... Il faut que vous vous sentiez bien faible, que vous ayez bien peur pour souhaiter un tel Ordre. Quand les masques s'ajoutent à sa propre insuffisance, à son propre manque de création, il faut bien que ce soit son Ordre à soi et non pas celui des autres.

« Et surtout, pas n'importe qui dans mon Ordre! Surtout pas n'importe qui ayant le droit de se prévaloir de l'appellation de psychanalyste!... Oh! ce n'est pas le souci du bien public ou du meilleur service rendu au patient qui vous fait pousser ce cri mais plutôt « J'ai pédalé pendant quinze ans dans la trouille, dans l'attente que les mandarins de *mon Ordre* m'acceptent comme l'un des leurs, alors il n'est pas question que n'importe quel gugusse se proclame analyste en dehors de cet Ordre-là. » Et puis d'autres « confidents », d'autres « confesseurs » vous volent une bonne part des préoccupations, des peines, des angoisses des patients. Ceux-là n'ont pas besoin de s'auto-sacraliser pour obtenir des résultats. Au contraire, leur familiarité avec le patient dédramatise le rituel établi par le psychanalyste. Et qui sont ces meilleurs analystes, plus intimes, plus efficaces? Le masseur, la voyante, le coiffeur ou la manucure, le médecin de famille. Votre Ordre vous rassure, vous protège. Mais s'il pervertit votre relation avec le patient, s'il vous amène à prendre le pouvoir sur celui qui, sans défense, s'est abandonné à vous, alors je vous le dis, tels les prêtres qui ont abandonné Jésus, vous êtes la lie de l'humanité...

27

Être traité de lie de l'humanité constitue un manquement particulièrement grave à la vanité.

Mais les professeurs Mellerio et Laforce, ces glorieux caciques, connaissent trop les tumultueux méandres de l'âme humaine, l'inquiétude, la peur qui taraudent chacun des hommes, du plus arrogant au plus démuni, pour ne pas être ébranlés, oui, même eux, par les propos insultants que leur a criés ce jeune homme trop doué.

Maîtrisant à grand-peine leur irritation, jalousant secrètement le courage de Gilles d'Avertin qui refuse de courber l'échine devant l'Institution qu'ils représentent, ils se lèvent et quittent la pièce sans un mot.

Sur le pas de la porte, Ernest Berthold mendie en vain une poignée de main ou un regard de connivence. Il revient vers Gilles et Bruno, le visage défait.

Les deux jeunes gens éclatent de rire, Berthold, stupéfait, quitte son air misérable et éclate de rire à son tour.

— Bon. Tu t'es lourdé tout seul, dit Bruno, admiratif, et maintenant que les juges sont partis, qui va me juger, moi?

Gilles sourit affectueusement.

— Un fayot comme toi, je ne vois pas comment ils pourraient te refuser...

— Je suis déjà trop gentil de garder mon amitié à un mec qui se plante... On s'était pourtant juré...

Gilles lui coupe la parole :
– ... d'investir la citadelle...
– ... par tous les moyens...

Prudemment, Ernest Berthold laisse s'écouler plus d'un
mois avant de proposer l'audition de Bruno Brunschwig à
Mellerio et à Laforce. Mais Bruno n'a pas à trahir ses
convictions pour être admis au sein du prestigieux Conservatoire Français de Psychanalyse. Il est un freudien
convaincu.

Toutefois, son ton léger, frisant l'insolence, irrite dangereusement l'assemblée des hiérarques. Mais les jugements
des hommes sont ainsi faits, la trop grande sévérité exercée
envers Gilles les incite envers Bruno à plus d'indulgence.

28

Bruno Brunschwig et Maria Solar se revoient plusieurs fois par jour depuis leur première rencontre dans l'amphithéâtre de la Sorbonne.

La diversité des manifestations de la passion se complique d'un grand nombre de rites et de procédures. Ainsi, Bruno Brunschwig et Maria Solar, tous deux jeunes, ardents, réalisant sans état d'âme leurs moindres désirs sexuels, entament-ils une relation platonique.

D'ordinaire, Bruno Brunschwig disposait de peu de temps pour la contemplation languide de la déliquescence de l'univers ou les étapes alambiquées de la carte du Tendre. Afin d'arriver le plus rapidement possible à une conclusion, sa stratégie amoureuse se résumait ainsi :

— J'adore votre nouvelle coiffure, disait-il à Jeannette, l'infirmière.

Cette dernière rougissait de plaisir sous le compliment.

— Vous, au moins, docteur Brunschwig, vous remarquez quand on fait un effort.

Regard appuyé de Bruno sur la croupe de l'infirmière Jeannette, accompagné d'une caresse de la main qui lui donnait confirmation de sa fermeté :

— Vous devriez enlever votre petite culotte. Elle vous gêne pour respirer.

A ces mots, Bruno retroussait la blouse de l'infirmière Jeannette, l'aidant ainsi à se débarrasser du dangereux sous-vêtement. Après quoi, tout naturellement, il passait à l'acte.

Il avait constaté que la méthode de nombre de ses confrères, trop expéditive :

« – Beau temps aujourd'hui !
– Oh, oui docteur.
– Alors. On baise ?

Ce qui pouvait parfois mener à un échec, dû essentiellement à la brièveté du dialogue.

Avec Maria Solar, la bête qui se trouvait en lui restait totalement occultée. Il lui donnait rendez-vous à sept heures du matin à la cafétéria de l'hôpital Sainte-Anne. Ils partageaient un crème et un croissant micro-ondes. Tels deux naufragés apercevant enfin la rive, leurs yeux ne se quittaient pas un seul instant. Peu importait la qualité des propos échangés, ils étaient ensemble. Ils se sentaient bien. Bruno rejoignait ensuite le service de psychiatrie du professeur Berthold, qu'il assistait. Les visites et soins aux malades, les conférences avec les étudiants, les travaux d'intendance et de régie du service se succédaient jusqu'à l'heure du déjeuner.

Tout le long des allées et venues de Bruno, Maria Solar vêtue d'une blouse blanche, semblait inventer avec lui une sorte de jeu de cache-cache. Au détour d'un couloir, dans un ascenseur, dans les petits amphis où l'on enseignait aux étudiants, elle apparaissait, le frôlait ou, de loin, lui faisait un signe ou encore lui adressait un mystérieux sourire. Personne ne semblait s'apercevoir de sa présence.

Par la porte discrète qui donnait sur la rue Cabanis, il reconnaissait la grosse BMW, hâtait le pas vers elle et s'y engouffrait. Ils fonçaient dans un bistrot ou dans le restaurant d'un palace puis elle le conduisait à son cabinet de l'avenue Hoche, où l'attendait son premier patient. Elle disparaissait alors jusqu'à l'heure du dîner. Quelques instants auparavant, un bref coup de téléphone informait Bruno du déroulement de leur soirée et de la manière dont elle souhaitait qu'il s'habille.

29

Calme-toi... Ce n'est pas parce que tu trouves une place juste devant la porte que Guy-Pierre Benchétrit sera le Bon Guide.

Elle s'y reprend à deux fois pour composer le 43 B 57, le code qui déclenche l'ouverture de la lourde porte verte. Puis c'est le vestibule avec des effluves de bœuf gros sel qui s'échappent de la loge de la gardienne, l'ascenseur étroit en forme d'urinal, avec ses parois recouvertes d'un miroir rose pâle qui lui renvoie le reflet de son accablante beauté.

Quatrième étage. Double porte en chêne. Plaque de cuivre sur laquelle est gravé « Docteur Benchétrit » en caractères anglais. Un paillasson beige au liseré pourpre, frappé des trois initiales. Coup de sonnette aigrelet. C'est la deuxième fois que Maria se rend chez le docteur Benchétrit. La première séance lui a laissé un bon souvenir. Pendant cinquante minutes, elle a énoncé mille petits riens sans que le docteur l'interrompe une seule fois. Seuls, un discret crissement de fauteuil et un relent de parfum poivré, agréable, indiquaient une autre présence que la sienne, lointaine, bienveillante.

On tarde à lui ouvrir.

Elle se remémore le récit de Maryse Choisy, une patiente de Freud, évoquant sa première visite chez le Père de la psychanalyse : « *Jamais mon cœur ne battit aussi vite pour un amant que le jour où je montai la Berggasse... Quinze cents kilomètres! Quinze cents kilomètres pour atteindre la Berggasse, s'allonger et ne rien dire!... Freud attend et le silence qui remplit la pièce me lie à mon analyste plus sûrement que deux complices... »*

Rien de tout cela avec Guy-Pierre Benchétrit. La porte s'ouvre. Il sourit. Il n'a pas grandi. Maria regrette d'avoir mis des talons aiguilles. S'ils dansaient le tango, le petit analyste aurait la tête entre ses seins..

Il ajuste son béret, en effleure le pompon et sourit, rassuré. Tout est en ordre. Il s'efface mais dans le couloir étroit leurs corps se frôlent. L'a-t-elle rêvé ? Il lui a semblé qu'il se frottait à elle, l'obligeant à un involontaire mouvement de recul. Enfin, elle est dans l'immense cabinet. Le sol pavé de tommettes de Provence sent bon la cire. Le plafond, très haut et voûté, découvre une charpente de bois assemblée comme un navire renversé. Appuyé contre le mur, près du bureau envahi par les livres, se trouve un divan confortable garni de couvertures et d'un châle de laine angora plié à la hauteur de la tête. Derrière cet accueillant divan, Guy-Pierre Benchétrit s'assied dans un très beau fauteuil Mies Van der Rohe recouvert de cuir fauve. Il ferme à moitié les yeux, sort de sa poche un chapelet d'ambre gris et en égrène les perles. Il attend.

Maria tente de renouer le fil de ses tout premiers souvenirs. Minerve, sa mère, la tient dans ses bras. Il fait chaud. Sa mère la pose sur la moquette si épaisse que Maria, qui n'a pas encore un an, y disparaît à moitié. Une diarrhée soudaine la fait se vider. Sa mère la prend dans ses bras, l'essuie délicatement et lui murmure à l'oreille : « Tout ce que tu fais est beau, mon trésor. » Elle respire la défécation et ajoute en embrassant son bébé : « Ça sent bon comme une rosée de printemps... »

– La vie était belle, en ce temps-là. Même mon caca sentait bon... Quand on est traité comme une reine depuis sa plus tendre enfance, la confrontation avec la réalité constitue un véritable cauchemar... Adam et Ève ont dû vivre cette tragédie quand Jéhovah les a chassés du paradis terrestre...

Pour la première fois depuis ses malheureuses expériences passées, Maria Solar a le sentiment d'effectuer un travail sur elle-même. Elle est tentée de dévoiler sa véritable identité au docteur Benchétrit, mais elle résiste. Il n'y a pas urgence.

Des coups à la porte. Une grosse brunasse, les lèvres peintes, entre sans y être invitée.

— Excuse-moi de te déranger, mais c'est grave! Apollonia a avalé quelque chose!...

Guy-Pierre Benchétrit se dresse d'un bond et Maria le voit surgir dans son champ de vision.

— Excusez-moi! s'écrie-t-il avant de disparaître à la suite de Josiane.

Stupéfaite, Maria se lève. Son regard se pose sur le magazine *Fortune*, ouvert sur le bureau. Elle pâlit. Sur une double page s'étale un portrait de famille. Il représente son père Amos, sa mère Minerve, son frère Nikos... et elle, Maria... Trois morts pour une vivante...

Ainsi, il sait...

Elle enfile son manteau, fouille nerveusement son sac, en extrait un billet de cinq cents francs qu'elle jette sur le bureau et s'enfuit... Les larmes aux yeux, elle dévale les quatre étages. La loge de la concierge est grande ouverte. Un peu épaisse, le visage rond, un gros chignon de cheveux fatigués, elle se tient les mains sur les hanches.

En la voyant, la jeune fille ralentit et se force à la saluer. La concierge lui rend un large sourire qui découvre des dents éblouissantes. Ses yeux semblent dire : « On t'a fait du mal, ma petite colombe ? Viens dans mes bras. Après, tu mangeras un gros morceau de bœuf gros sel avec du bon bouillon et on boira un coup. »

Une assiette fume sur la table, une seule assiette. Mais peut-être Maria lit-elle dans les yeux de la concierge simplement ce qu'elle souhaite y trouver.

Dans la BMW, Maria sèche ses larmes. Elle démarre lentement. Une petite Cooper rouge déboîte et la suit. Elle s'engage dans le carrefour, sans savoir où aller. Une fois de plus, un espoir s'évanouit. Une porte se ferme sur davantage d'obscurité et de mal-être. Elle roule dans Paris, au hasard.

Soudain, une évidence s'impose à elle. Bruno acceptera de la prendre pour patiente, malgré le sentiment amoureux qui les a liés dès le premier regard. Le destin, cette fois, n'a pas été aveugle. Si l'épisode du docteur Benchétrit a tourné court, c'était sûrement pour qu'elle emprunte enfin la voie royale. Et avec qui d'autre pourrait-elle réussir une analyse si ce n'est avec Bruno Brunschwig?

Bruno consulte sa montre pour la dixième fois. Il est huit heures du soir et Maria n'a toujours pas appelé. Son assistante a déjà quitté le cabinet. On sonne à la porte. Il se précipite. Maria entre et se jette dans ses bras. Elle l'entraîne dans son cabinet de consultation, s'assied dans son fauteuil et lui demande de s'allonger sur le canapé destiné aux patients.

Jamais encore l'un ou l'autre n'a prononcé des mots comme « chéri », « mon amour », « je t'aime »... Leurs sentiments sont restés muets.

Maria actionne le potentiomètre qui commande la lampe halogène afin d'atténuer l'éclairage de la pièce. Enhardie par la démi-pénombre, elle décide de formuler sa demande. Elle veut commencer par « mon amour » mais ne parvient plus à articuler. A voix basse, elle se confesse. Depuis l'enfance. Sans rien omettre. Elle raconte les attouchements, les caresses, la complicité charnelle avec son père Amos, les relations passionnées et incestueuses avec son frère Nikos; puis les chocs psychologiques successifs causés par la mort de son père et le suicide de son frère. Elle décrit l'importance de l'empire des Hadji-Nikoli et lui révèle qu'elle est dorénavant à sa tête. A dix-neuf ans. Obligée de fuir devant les puissants ennemis de son défunt père, elle, une des personnes les plus riches du monde.

Elle raconte toutes ses errances, toutes ses tentatives avortées avec divers thérapeutes et, pour finir, il y a moins d'une heure, sa fuite éperdue du cabinet du docteur Benchétrit.

Le récit dure depuis plus de deux heures. Pas une fois Bruno ne l'a interrompue. Il a un peu honte du plaisir qu'il éprouve devant la complexité de la névrose dont souffre Maria. Sigmund Freud aurait accordé à la jeune fille une attention gourmande. Elle vaut bien Emma Goldman, Ida Bauer ou Gustav Mahler...

Mais en lui, l'analyste fait place à l'homme amoureux de Maria. Son désespoir, il le ressent et le partage. Cette jeune fille si belle, tout près de lui, qu'il aime passionnément, est apparemment libre. Elle se trouve pourtant enfermée dans une prison dont seuls quelques experts pourraient forcer les barreaux... Lui le pourrait, s'il n'y avait, entre eux, des sentiments d'une telle force que l'unique secours est de désigner à Maria le meilleur médecin. Et le meilleur médecin, c'est la personne jusque là, la plus importante de sa vie, son seul ami, Gilles d'Avertin. Après seulement vient Sarah, sa grand-mère. Mellerio et Laforce, trop vieux, participent d'un autre univers. Gilles saura la guérir.

Quand Maria a enfin fini sa confession, et avant qu'elle ne lui demande d'être celui qui la sauvera, il se lève, la prend dans ses bras et lui parle longuement à l'oreille. Il lui explique le pourquoi et le comment. Pourquoi elle ne peut entreprendre une analyse avec lui et comment Gilles d'Avertin, le meilleur analyste du monde – après Bruno Brunschwig, bien entendu – peut la conduire à bon port...

Dans quelques jours, Bruno Brunschwig se rendra au

symposium de Gian-Baptisto Borgia, à Venise. Gilles l'accompagnera. Malgré leurs divergences, tous deux représentent une alternative aux systèmes établis et aux doctrines figées. Ils se rendent là-bas pour porter la contradiction et humer le vent de libertés psychiatriques venues d'autres pays.

Mais Maria doit se présenter seule à Gilles d'Avertin et le persuader de la prendre comme patiente. Sa clientèle étant déjà pléthorique, il est contraint de refuser la presque totalité des demandes qui lui parviennent. S'il refusait, alors seulement Bruno interviendrait.

30

Maria accélère sur le boulevard Raspail et roule à grande vitesse jusqu'à la place Denfert-Rochereau. Dans l'avenue du Général-Leclerc, elle déchiffre un écriteau « Roissy-Charles-de-Gaulle ». A la porte d'Orléans, Maria prend le boulevard périphérique qui mène à l'autoroute, porte de la Chapelle. Ne pas se tromper. Toujours suivre la direction Roissy. Maria accélère encore. Elle sourit. Un profond sentiment de joie l'envahit. Le visage de Gilles d'Avertin flotte autour d'elle, aimable, attirant, dominateur.

Les recommandations d'Amos, son père, lui reviennent à l'esprit : « N'oublie jamais, Maria... Nous faisons partie d'une société secrète qui comporte très peu de membres, répartis dans tout l'univers... Nous, les Hadji-Nikoli, en sommes membres souverains. Cette société, c'est celle des *PREMIERS*. Pour les Premiers, il n'y a pas de frontière, pas de couleur de peau. Pour les sentiments, pour les affaires, ils préfèrent toujours avoir l'un des leurs comme partenaire. Maria, tu as l'obligation de t'associer à un Premier, d'aimer un Premier, de préférer un Premier...

Il faut que je rencontre le docteur d'Avertin. Il me prendra comme patiente, j'en suis sûre. Combien de fois Marie Bonaparte a-t-elle fait le siège du cabinet de Freud et de celui de chacun de ses amis avant que le Maître ne consente à la recevoir ?

Gilles d'Avertin est l'un d'entre nous. Il comprendra.

Grande habituée des voyages, Maria ne tient aucun compte, au premier niveau du parking, de l'interdiction de stationner qui lui fait face. Il y a toujours des places libres au bout de l'aire des voitures de location Avis et Hertz pour ceux qui savent. Elle se gare. A quelques mètres, la Cooper rouge la suit et s'arrête hors de sa vue. Un homme de petite taille, vêtu d'une parka et coiffé d'un bonnet de laine, en sort et demeure dans l'ombre.

Maria jette un dernier regard à la grosse berline, sa maison, et fonce vers le comptoir Alitalia.

L'extravagant Borgia, psychanalyste surréaliste, poursuivi par la justice à plusieurs reprises à cause de ses honoraires scandaleusement élevés, de faux en écriture et autres détournements d'héritage, se produit à Venise en un show délirant. La presse a largement repris les propos que le juge lui a tenus avant de conclure, cédant à des pressions venues de très haut, à un non-lieu : « *Entre autres inventions admirables, docteur Borgia, il faut vous rendre hommage : Vous êtes le seul analyste au monde chez lequel les transferts qu'effectuent vos patients sont principalement des transferts de fonds...* »

Du monde entier, médecins célèbres, savants de toutes les disciplines, sociologues, philosophes, journalistes et membres de la jet-set ont dépensé des fortunes pour être invités à cet événement, triomphe de la vanité humaine. Mais tous reconnaissent à l'incroyable Borgia la rare qualité de faire se rencontrer et sympathiser les factions les plus inconciliables. De plus, à cette population pointilleuse sur les questions de protocole et de préséance, l'aimable désordre de l'organisation Borgia offre un répit, est un prétexte à oublier enfin son rang et à ne plus se consumer dans la protection frileuse de sa propre image.

Dans l'avion, l'hôtesse lui verse une coupe de Dom Ruinart et dépose un petit pot de caviar sur sa tablette. Une légère effluve de *Jicky* flotte dans la cabine des premières. Maria se plonge avec passion dans un livre de poche, acheté à la hâte au Relais H, *Voyante.* Sur la quatrième de couverture, elle contemple la photo de l'auteur. Il a l'air très content de lui.

Le Boeing 747 s'enfonce dans un lit de nuages. Maria s'endort.

A quelques rangées de sièges, séparé des premières classes par un rideau de coton gris, l'homme au bonnet de laine étreint nerveusement son Zippo. Il plonge une main dans sa parka, en sort un paquet de Chiquito, choisit un cigarillo, l'allume et envoie alentour une fumée nauséabonde. De son portefeuille, il extrait une photo d'identité qu'il regarde intensément. C'est le portrait de Maria... Dans son visage boursouflé, ses petits yeux noirs fixent le rideau, droit devant lui.

31

— Si tu vis à Venise, à chaque fois que tu voudras sortir de chez toi, il te faudra imaginer une nouvelle histoire pour ton voisin. Tu le rencontreras sûrement. Les pas des uns finissent toujours par croiser ceux des autres.

Gian-Baptisto Borgia se saisit d'un quart de club sandwich, à l'échafaudage savamment maintenu par un mince pic en bois, le contemple et se l'enfourne goulûment. Il dévisage Emiliana Taviani avec satisfaction.

— Et le bâtonnet? demande-t-elle, inquiète.

— Borgia avale tout!

Il éclate de rire et rote avec panache. Un peu de jaune d'œuf et de sauce anglaise s'échappent de sa bouche et s'impriment sur le corsage de soie. La vieille princesse vénitienne éclate de rire à son tour.

— Ne vous excusez pas, *Dottore*. C'est le meilleur club sandwich de la ville... Merci de partager...

— Jésus aussi partageait son pain.

La princesse demande l'addition, paye, se lève et tire galamment la table à elle. Gian Baptisto Borgia s'époussette, se redresse lentement, bombe le torse et marche vers la porte. Le maître d'hôtel la lui ouvre et s'incline.

— Bonne journée, *Dottore*. Bonne journée à vous *Principessa*.

Le grand et gros Borgia enlace la *Principessa*. Le

cognac, même quand il est très bon, attaque méchamment l'équilibre des grands hommes. Il chancelle, elle le soutient. S'il se fait plus lourd de quelques grammes, elle va se briser en plusieurs morceaux, peut-être mourir alors qu'elle est sur le point de lui consentir une donation. Conscient du danger, il se ressaisit. Le couple arrive devant l'hôtel Danieli au moment où le vaporetto apponte. Maria Solar est la première à franchir la passerelle.

Elle marche d'un pas décidé vers le Danieli, jette un coup d'œil sur le couple qui se dirige à pas lents vers la porte et ralentit pour les laisser entrer les premiers. Elle a reconnu Gian-Baptisto Borgia. Elle sait tout de lui. Dans sa quête, il aurait sans doute constitué une passionnante étape, même s'il incarne le danger le plus manifeste.

Mais Borgia s'arrête à son tour pour la laisser passer. Il la regarde et tend son groin en avant pour humer sans vergogne le parfum de la jeune fille. Il la mange du regard. Comme un cochon qui renifle une truffe, le *Dottore sent* l'argent. La princesse, amusée, regarde le grand homme apprécier cette jeune déesse. *Il y a combien de décennies qu'un homme ne m'a pas jeté un tel regard?*

Maria Solar ferme à clef la haute porte de sa chambre. Contre quelques billets, le concierge du Danieli s'est montré très prévenant. Elle sait que Gilles d'Avertin et Bruno Brunschwig occupent une suite à l'hôtel Gritti et que Gian-Baptisto Borgia donnera sa conférence publique demain, à quinze heures, dans la grande salle du palais des Doges. Bien sûr, il lui a aussi glissé dans les mains, en refusant énergiquement qu'elle le paye, le dernier ouvrage du maître : *Le Doute en question.*

Elle entrouvre l'imposante porte-fenêtre qui donne sur la baie féerique. Un vent glacé s'engouffre dans la chambre. Elle frissonne et referme la fenêtre. Elle compose ses lumières, s'assied devant la cheminée où l'on a allumé un feu et commence à lire :

« *Du dit au non-dit, je dédie cet écrit à l'impossibilité de le prédire ou d'en médire autrement que par l'autre, ni toi, ni moi, mais, entre nous soit dit, ce qui sans raison ou pourquoi, s'écrit ici.* »

32

A cent mètres de là, sur la terrasse de la suite 504, au dernier étage de l'hôtel Gritti, Bruno Brunschwig et Gilles d'Avertin bavardent comme deux vieux compères. Ils feuillettent *Newsweek*, l'hebdomadaire américain dans lequel se trouve un reportage sur Bruno. Sur la couverture du magazine s'étale son portrait. Une impression de force se dégage de son regard noir qui fixe l'objectif. Soulevée par le vent, une large écharpe havane volette autour du cou de Gilles. Un ample manteau raglan d'un blanc immaculé l'enveloppe comme une houppelande de berger.

Bruno, lui, arbore une somptueuse cape noire. Gilles, atterré, contemple ce vêtement d'un autre temps :

— Mon pauvre Bruno, je vais te faire une confidence : de nos jours, même Dracula n'oserait pas porter un truc pareil.

— Gilles, mon ami, apprends donc à lutter contre la jalousie. Cette cape d'une rare beauté est le cadeau d'une admiratrice.

— Tu entretiens avec la vérité des relations de plus en plus désinvoltes ! Jessie Tavalas, la journaliste de *Newsweek*, a cassé le morceau. Elle t'avait pourtant fait un reportage canon. Et qu'est-ce qu'elle a reçu en échange ?

— Mais de quoi tu parles ?

— Tu verras...

Gilles commence à lire l'article : « *Le docteur Brunsch-wig a tellement de choses à dire qu'il les dit toutes en même temps. Achetez tout de même son livre. Dans cette logorrhée, vous découvrirez quelques moments de grâce et l'esquisse d'une véritable révolution dans le rapport qui unit l'analyste à son patient. Toutefois, après avoir passé quelques heures en sa compagnie, j'ai été incommodée par son incroyable fatuité. Mais il est encore jeune. Faisons-lui crédit. Peut-être finira-t-il par mettre son talent au service du patient, fatigué de travailler à sa propre gloire.* »

– Avoue... Qu'est-ce que tu lui as fait à celle-là ?

Bruno sort de sa poche un bristol chiffonné :

– Lorsque le coursier m'a livré la cape, j'ai trouvé ce mot de Jessie dans le paquet : « *Je n'ai été pour vous qu'un objet sexuel, mon cher Bruno. Vous serez le seul homme avec lequel j'aurai fait l'amour pour la première et la dernière fois en même temps.* »

LE CARNET NOIR

Sigmund, tu es vraiment aussi psychologue qu'un marchand belge de moules-frites...

Dans cette capitale de la pensée, Vienne au tout début du siècle, aussi obtuse, aussi rétrograde qu'un petit village de Sicile, il faut le courage des imbéciles pour déclarer aux mandarins de la médecine psychiatrique que les femmes ne sont pas les seules à pouvoir être atteintes d'hystérie. Les hommes aussi peuvent l'être.

Ça, c'était courageux et vrai. Une goutte de vérité dans un océan de connerie. Piochons au hasard dans le bêtisier :

Pour Freud, toutes les parties du corps humain sont des zones érogènes, au sens le plus fort du terme, au sens biologique. Habitant la totalité corporelle, la sexualité exprimerait une pulsion par le relais d'une substance chimique qui serait sécrétée dans une aimable anarchie, sans aucune précision, au sein des diverses parties du corps. Cette substance dont Sigmund parle reste encore de nos jours un mystère.

Et c'est dès la plus tendre enfance que cette sexualité fonctionnerait. L'enfant passerait successivement par trois phases sexuelles. Dans la première, la « phase orale », on porte tout à la bouche avec un plaisir évident. La deuxième, curieusement dénommée « phase sadique-anale », se caractériserait par l'apparition des dents, le renforcement de la musculature et la maîtrise des fonctions des sphincters. La dernière, enfin, la

« *phase phallique* », *serait dominée par le pénis ou en son absence, par le clitoris.*

Ces théories, que Freud a érigées en dogme, restent parfaitement hypothétiques, sans la moindre démonstration expérimentale. Elles sont pourtant utilisées couramment par les psychanalystes et tombées dans le domaine public.

Pourquoi un tel succès ? Parce que Freud les présente non comme des hypothèses mais comme des réalités incontestables. Peu importe aux psychanalystes qu'il n'y ait pas d'hormone sexuelle sécrétée dans tout le corps. Peu leur importe également cette étrange affirmation du Maître : « Les glandes sexuelles ne sont pas la sexualité. » Parler de « sexualité orale » n'a pas davantage de sens, étant donné l'absence de substance sexuelle au niveau de la bouche.

Mais qui peut arrêter Freud dans l'invérifiable lorsqu'il affirme que le plaisir qu'exprime le nourrisson lorsqu'il suce son pouce prouve irréfutablement que « ce besoin est purement sexuel » ?

Pas un seul élément scientifique n'est venu étayer la prétendue sexualité infantile. J'ai calomnié les marchands belges de moules-frites : ils en savent sûrement plus sur la sexualité de l'enfant que le ouistiti viennois.

33

Pour aller à Venise, il y a l'avion privé, l'hélicoptère et la « cigarette ». Dans cette hypothèse, du faubourg Saint-Germain à l'hôtel Danieli, porte à porte, on peut réussir à dépenser cinquante mille dollars, ce qui fait cher du kilomètre.

Pour Sarah Brunschwig, ça avait été l'autocar jusqu'à la porte Saint-Cloud, puis le métro jusqu'à l'aérogare des Invalides, la navette Air France jusqu'à Roissy, le charter, un avion cargo qui transportait vingt tonnes de bananes et huit passagers – tous très maigres. Puis le gros vaporetto qui fleurait bon la sueur du travailleur.

La voilà enfin à Venise par ce petit matin frisquet. Les vols charters sont romantiques. Ils arrivent un peu avant le lever du soleil. De sa main gauche, elle tient fermement la vieille valise de cuir, compagne de tous les exodes. Dans sa main droite, un papier cent fois relu : « *Je suis à l'hôtel Gritti du 8 au 10 décembre. Je t'aime toujours, reine des chieuses. Bruno.* »

Son corps nerveux, efflanqué, construit pour durer cent ans, est protégé par le vieux manteau de fourrure qui est lui aussi de tous les voyages.

Sarah trottine jusqu'au palais Gritti, en admire la façade noyée dans la grisaille crépusculaire. A moins de cent mètres se dresse un bâtiment délabré, asile des lumpen et de la piétaille, la *Pensione dei lacrima Christi.* Elle négocie avec le préposé affalé derrière le comptoir. Contre mille lires – un scandale, un véritable hold-up – il lui monte à pied sa valise qui pèse des tonnes jusqu'au cinquième étage. Arrivé dans la chambrette avec balcon, il reçoit cinq cents lires.

    – On avait dit mille!

    – Les autres cinq cents quand on repartira, ma valise et moi.

    Le préposé redescend. Impressionné par l'autorité de Sarah Brunschwig, il ne prononce le *Va fa enculo* obligé qu'au troisième étage – et à voix basse.

    Elle s'allonge tout habillée sur le lit somme toute confortable. Les murs de la chambre sont recouverts de lambris sur lesquels on a peint de délicates fleurs multicolores, aux couleurs à présent altérées. De somptueux rideaux ravagés par le temps encadrent une immense porte-fenêtre de la largeur de la chambre. La grisaille se dissipe peu à peu et laisse apparaître un soleil rouge dont les rayons réchauffent le marbre du petit balcon.

    Sarah Brunschwig se dresse d'un bond, prend sa valise, en sort deux gaines de cuir dont elle extrait le télescope et son trépied. Sur le balcon, elle installe l'appareil. Il est près de huit heures maintenant. Elle colle son œil à l'oculaire et parcourt en panoramique, lentement, l'hôtel Gritti. La large terrasse de la suite 504 apparaît dans l'objectif. Elle est pour le moment déserte. Ils vont bien se réveiller, les deux cocos, son Bruno à elle et son ami aux yeux bleus, Gilles d'Avertin.

    Dans la chambre, elle trouve un confortable fauteuil qu'elle transporte près du téléscope. Apparemment, les Vénitiens se lèvent tard. Il lui semble être la seule personne en activité à cette heure de la journée et en tous les cas à cette altitude.

    Elle ressent un surprenant sentiment de paix. Peut-être la première fois depuis plus de trente ans. Depuis la mort de

Brunschwig le Taciturne, son mari. Trente ans d'angoisse, de danger et de fuites. Trente ans d'efforts surhumains pour survivre dans un pays étranger, à courber l'échine, à se faire transparente afin de prendre moins de coups, à tenter de construire des nids, aussi fragiles que des châteaux de cartes... Pour la première fois depuis trente ans, elle a le temps de faire les comptes. Un vol de colombes lui passe au ras du chignon. La dernière de la file la regarde d'un air moqueur et lâche une fiente qui rate de peu le manteau de fourrure. Sarah est secouée d'un rire irrépressible. Con d'oiseau! Il est déjà loin. C'est ça la liberté.

Détends-toi un peu Sarah... Tu le mérites. Les canons ne sont plus braqués. Les camps d'extermination ont fait relâche et les fours crématoires sont devenus des monuments qui servent de mémoire à un monde momentanément apaisé. Tu as à manger pour demain. Bruno, divine flèche, poursuit son chemin vers les sommets. D'accord, Judith fait la pute, mais tu peux écraser un peu, donner un peu de bonheur au monde en déléguant le cul de ta fille.

Le ciel est devenu bleu tacheté de petits nuages d'un gris argenté. Un vent léger chasse les odeurs pestilentielles. Sarah découvre les palais frileusement accolés les uns aux autres. Les rayons du soleil à présent chaleureux restituent leurs couleurs aux façades délabrées.

Des souvenirs anciens lui reviennent en mémoire et ils ne sont plus douloureux.

Son Brunschwig et elle, pendant leur lune de miel, dans un palace des bords de la Baltique. L'amour, le plaisir, le luxe, les appétits et l'apaisement des sens, elle les connaît. Cela n'est pas vrai que le passé est passé, pense-t-elle. Mon passé est bien présent. J'en jouis en ce moment même aussi intensément que lorsque je l'ai vécu.

Les volets de la suite 504 s'ouvrent enfin. Une haute

silhouette enveloppée dans un peignoir de bain blanc apparaît sur la terrasse. Le cœur de Sarah se met à battre. Elle n'a pas besoin du télescope pour savoir que c'est Bruno. Elle a envie de crier : « Tu marches encore pieds nus ! » Mais comment peut-on formuler ce genre de remarque à un Messie ?...

34

Emilio Forza, le gondolier, n'a pas la réponse. Né à Venise depuis une bonne cinquantaine d'années, successeur de son père, lui-même successeur d'une dizaine de Forza à la tête de cette insubmersible gondole, il déchiffre au premier coup d'œil le drame ou la comédie dont ses clients de passage sont les acteurs.

Mais là, vraiment, il n'a pas la réponse.

Le couple d'étrangers s'est tapi dans la cabine exiguë et a tiré le rideau de velours noir. Il a beau tendre l'oreille, aucun bruit ne lui parvient. Il se souvient d'un film de Jean Cocteau où Jean Marais est un monstre bestial, amoureux d'une jeune vierge à la beauté éclatante. Quel est le titre déjà? Ah oui! *La Belle et la Bête.* Eh bien, dans le mètre carré de la cabine se trouve le même couple. Avec une différence toutefois, c'est *Le Beau et la Bête.*

Sargatamas écarte un court instant le rideau. Le gondolier leur tourne le dos. Il entraperçoit le ciel étoilé et la lune dont un nuage altère la plénitude. Il se rassied près de l'Homme.

Leur rencontre remonte à plus d'un an. Il est alors quatre heures du matin, sur le pont des Arts et Sargatamas, surnom de cette créature d'une rare laideur, s'apprête à mettre fin à sa misérable existence.

Ses jambes trop courtes l'ont empêché de franchir d'un coup la rambarde et de sauter dans le fleuve pour y disparaître à jamais. C'est dans cette posture grotesque, « désespé-rée-essayant-de-se-noyer-sans-y-parvenir », que l'Homme le découvre. Il neige et dans l'immensité de Paris, capitale des infortunes, ils sont sûrement les deux seuls êtres humains à avoir mis le nez dehors.

L'Homme vient à lui sans se hâter et le saisit au collet. La fureur submerge Sargatamas : « Il va me sauver, ce con !... » L'inconnu le soulève sans peine dans les airs, le regarde avec une expression d'amour dont Sargatamas n'a jamais bénéficié puis murmure : « Sois heureux. » Et le lâche.

Cet enfoiré le laisse tomber... Instinctivement, il se rac-croche au bas du ballast et reste suspendu à quelques mètres des eaux de plomb qu'il a choisies comme demeure ultime. Il crie : « Remonte-moi ! » L'inconnu l'attrape, le hisse jusqu'au-dessus de la rambarde et le dépose près de lui. Un réverbère dessine autour de sa chevelure une surprenante auréole.

L'Homme l'emmène dans un bar de la rue Dauphine. Ils boivent quelques grogs. Alors, l'Homme lui demande :
– Pourquoi ?
– Je suis une erreur de la nature. Ça sert à quoi que j'existe ?
– Tu vas exister maintenant. Et ta vie sera bonne. Chaque jour, j'en écrirai le scénario.

C'est ainsi que l'Homme devint l'arc dont Sargatamas était la flèche, le diable dont il était la fourche, son âme damnée.

Dans la gondole, Sargatamas certain à présent de ne pas être écouté par une oreille indiscrète, poursuit son compte rendu.

– Maria et Bruno se sont vus chaque jour. Matin, midi et soir. Depuis la conférence à la Sorbonne. Je crois qu'ils ne sont pas amants. Ils n'ont jamais passé une nuit ensemble. Voilà les photos.

Il tend à l'Homme deux enveloppes. L'Homme regarde soigneusement chaque photo, une cinquantaine peut-être. Il les remet dans les enveloppes et les rend au petit homme.

– Bon travail.

Son visage s'est assombri. Ses yeux clairs, brillants, transpercent littéralement Sargatamas.

– Alors, ils sont ensemble...

Sargatamas s'arrache difficilement à ce regard brûlant dont il connaît trop le pouvoir.

– Une simple amitié, ou peut-être est-il devenu son analyste.

Mais l'Homme ne l'écoute pas. Il est déjà ailleurs et murmure :

– J'attendais depuis si longtemps un être unique, né pour vivre en harmonie avec un homme tel que moi... Maria, tu as été conçue pour comprendre et aimer ma différence. Toi seule peux concevoir l'importance de ma mission. Tu ne peux pas appartenir à un autre. Toi, Bruno, ne la regarde jamais plus. Chasse à jamais son image de ta pensée. Où que tu sois sur cette terre, je te trouverai. Je serai ton cauchemar.

LE CAHIER NOIR

D'accord, Freud a accédé à la Gloire, mais au prix d'au moins deux forfaits.

La victime du premier dommage n'est autre que celui qui, le premier a tout fait pour Freud : Joseph Breuer. Ce célèbre médecin viennois lui accorda sa constante protection, alors que tous le jugeaient tout simplement « infréquentable ». Il lui prêta de l'argent, beaucoup d'argent. Souvent. Lorsque, plus tard, Freud voulut le lui rendre, Breuer avait oublié jusqu'à l'existence de la dette.

Dès lors, Freud critiqua et calomnia Breuer, cas classique d'ingratitude, exaspération d'un jeune débiteur bouffi d'orgueil contre son bienfaiteur.

Joseph Breuer, souvent fécond, observateur rigoureux doué d'une imagination exceptionnelle est en réalité l'inventeur de la psychanalyse. Conscient de l'écart souvent béant qui existe entre la spéculation pure et la connaissance, il exprime l'espoir qu'il y ait au moins « une certaine concordance entre la réalité du mal dont le patient est atteint et l'idée que le médecin s'en fait ».

Au lieu de dire de Joseph Breuer : « Il est mon admirable modèle », Ouistiti Freud aurait dû avoir la générosité de reconnaître « Merci, Jo. T'as tout trouvé, j'ai tout piqué !... »

Second forfait : il le commet au détriment de sa propre femme, Martha Freud, née Bernays. Dès le premier enfant, il a vite fait de la reléguer à l'état de morceau de bidoche. D'abord boniche et ventre reproducteur, puis, l'aisance matérielle aidant, chef des boniches et ventre reproducteur. Six enfants en neuf ans, sans compter les fausses couches.

Voilà comment Freud la dépeint lorsqu'il écrit à son fiancé Wilhelm Fliess : « La jeune fille à la gracieuse silhouette s'est rapidement métamorphosée en matrone, ingrate d'aspect. »

Mais Freud n'hésite pas à participer généreusement à la vie de famille : alors que Martha est constamment enceinte, ou sur le point d'accoucher, ou relevant de couches, entre les lessives et les fourneaux, eh bien une fois par an, et parfois deux, que fait-il, Freud, l'admirable père, le mari sans égal ? Il emmène sa femme et ses enfants, toute la bande, dans la montagne à la cueillette aux champignons...

Il faut toutefois consentir au grand homme un certain nombre d'excuses. D'abord, Martha est un vrai bonnet de nuit. Le genre de femme qui ne se donne à son mari que dans la totale obscurité, à certaines heures, en gardant sa chemise bien tirée sur les chevilles avec toutefois une ouverture pour qu'on accèce à sa fente. De plus, elle considère les théories psychanalytiques de son époux comme « une forme de pornographie ». En outre, elle a très mauvaise haleine, raison de plus pour que Freud pousse un cri déchirant : « Embrasse-moi, Wilhelm, délivre-moi de cette grognasse ou je meurs ! »

Et l'esprit petit-bourgeois, la mesquinerie de Martha !... Stefan Zweig, génie vivant, familier des Freud, quitte enfin sa femme Friederike, véritable virago, après trente ans de mauvais traitements. En 1942, après une longue dépression, il met fin à ses jours. En guise d'épitaphe, Martha Freud déclare à sa copine Friederike : « Je n'ai jamais supporté l'infidélité de notre ami envers vous. »

La chienne...

35

Dans son bain, Bruno Brunschwig lutte contre le sommeil. L'eau est chaude. L'odeur forte et poivrée du savon de bain lui monte à la tête. Il pourrait partager la superbe suite 504 de l'hôtel Gritti avec Maria Solar qui se trouve à Venise, elle aussi, à quelques mètres, seule dans sa chambre de l'hôtel Danieli. Mais c'est avec son ami, son frère, Gilles d'Avertin qu'il séjournera dans la cité des Doges pendant le show Borgia. De cette manière, Bruno et Maria se rencontreront « par hasard ». Maria devra convaincre Gilles de l'accepter comme patiente. Un sentiment de gêne l'envahit. Cacher quelque chose à Gilles, il ne l'a jamais fait. Et cette manœuvre puérile, due à la nature même du rite psychanalytique, l'agace considérablement.

Il se résout à sortir du bain. Il s'enveloppe dans une somptueuse robe de chambre en éponge bleue frappée du sceau de l'hôtel. La salle de bain, couverte de marbre de Carrare, est assez vaste pour contenir un régiment. Comment ne pas aimer les Italiens ? Même les plus déshérités dissimulent leur misère sous des allures de prince.

En deux décennies, les affrontements, les conflits, les fâcheries n'ont pas manqué entre Gilles et Bruno. Ils sont aujourd'hui les meneurs de deux factions rivales. Dans les médias, au cours des colloques et des débats, partout dans le monde, tels des politiciens, ils se font la guerre. Experts en vanités humaines, ils ont la chance incroyable de partager un trésor unique : leur amitié, ce mélange fait d'estime, d'amour, d'admiration.

Combien de beautés ont été séduites par l'un puis par l'autre, sans que jamais ne se glisse entre eux le mufle hideux de la jalousie. Des années de relations amicales avec les gens les plus éminents, une réussite professionnelle hors du commun, la célébrité et bientôt la gloire, rien n'a altéré leur rigueur morale, rien n'a usé l'attention et le crédit qu'ils accordent à tout être humain.

Tout cela, Bruno le sait. Comme lui, Gilles est d'une loyauté à toute épreuve et Bruno est la personne à laquelle Gilles tient le plus au monde. Mais depuis longtemps, Bruno côtoie la détresse humaine. Le plus rassurant des individus peut devenir soudain dangereux, imprévisible. Le Diable est tapi en chacun de nous, prêt à prendre le pouvoir à la première faiblesse.

Bruno ne va-t-il pas commettre une erreur tragique en lui confiant Maria Solar ? Un démon séjourne-t-il en Gilles ?

Non, Gilles ne peut pas faillir, Gilles ne peut pas trahir.

Malgré cette certitude, le malaise persiste dans l'esprit de Bruno. Bien sûr, Gilles et lui ont partagé nombre de maîtresses. Même si l'un d'eux croyait éprouver pour un temps une passion et montrait quelque goût pour une illusoire exclusivité, leur amitié avait toujours été la plus forte.

Mais Maria est d'une autre race. Lorsqu'elle se promène à son bras, tous les regards convergent vers elle. Elle inspire à tous les hommes un désir immédiat. Outre son exceptionnelle beauté, un charme étrange, énigmatique, émane d'elle.

Puis la physionomie de Bruno s'éclaire. Il se souvient d'un cadre de bois blanc posé sur le bureau de son cabinet depuis des années. Dans le cadre, sur une feuille immaculée, quelques lignes sont inscrites. Il les connaît par cœur mais il ne se lasse pas de les relire :

« *On mesure vraiment la force de l'amitié quand on voit que sous son emprise, le lien créé par la nature entre les hommes se resserre jusqu'à ne plus concerner que deux personnes. L'amitié est une entente au sens fort sur les choses humaines et divines, entente nourrie d'amour et d'affection.* »

Ce texte de Cicéron a deux mille ans. Le dernier jour de leur dernière année à Saint-Jean de Montfort, Gilles d'Avertin le lui avait donné, enchâssé dans ce cadre. Il en avait fait confectionner deux, identiques. Le second était pour lui. Par ce geste, il créait une preuve tangible de leur amitié. Même s'ils rirent ensemble de la puérilité de cette démarche, l'existence de l'objet leur rappelait constamment qu'ils n'étaient plus seuls au monde, qu'ils s'étaient choisis à jamais comme amis.

A ce Gilles-là, Bruno Brunschwig peut confier sans crainte Maria Solar.

Maria Solar termine son sanglier aux marrons avec délectation. Elle a encore faim. Elle attaque le gorgonzola, les yeux pétillant de malice. Bruno lui avait recommandé de boire du bardolino, du 1985 de préférence, avec du gorgonzola en option. Il avait ajouté « Je te préviens, ça fait péter »...

Tôt dans l'après-midi, elle a dévalisé les boutiques. Venise recèle, derrière ses colonnades et ses ruelles, assez de tentations pour ruiner les moins prodigues. Le bardolino aidant, elle imagine une soirée idéale.

Devant le feu de bois qui crépite dans la cheminée de sa suite, elle est étendue sur la peau d'un tigre royal. Elle s'étire nonchalamment. La douce chaleur des flammes la plonge dans une agréable rêverie. Face à elle, la désirant du regard et l'écoutant avec intérêt, Bruno et Gilles d'Avertin sont assis, abandonnés plutôt, dans le canapé. Un serveur vénitien efficace, presque invisible, leur sert du champagne, sans faire tinter le col effilé de la bouteille sur les coupes de cristal.

Les deux plus beaux psychanalystes de la fin de ce xxᵉ siècle, l'ange à la peau de fille et le prince brun, l'écoutent, et n'écoutent plus qu'elle...

Leur silence attentif panse chacune des blessures de son âme. Elle n'a aucune peine à les formuler. Il n'y a ni confidents, ni assistée. C'est une nouvelle relation, faite de confiance et d'amour. La guérison interviendra dans la soirée. Le feu dans la cheminée ne sera pas encore éteint.

Ça, c'est le rêve. Il est neuf heures. Il fait nuit noire et en aucun cas, elle ne résistera au plaisir de se perdre dans Venise.

Elle s'enveloppe dans un confortable manteau de cachemire noir et le boutonne jusqu'au col. Dehors, le vent souffle, fort et glacé. Elle choisit une écharpe blanche et décide, tant pis pour le confort, de chausser des escarpins. Juste pour le clic-clac sur le pavé.

La ville est déserte. Borgia donne peut-être une conférence ou bien tous les congressistes, comme des moutons, sont attablés en même temps.

La musique de ses talons la ravit. Elle s'arrête sur un pont. Sur l'eau du canal, étroit en cet endroit, scintille le reflet de la pleine lune. Pas un bruit, pas une âme. Maria quitte le petit pont. Elle descend quelques marches et arrive dans une ruelle presque obscure. Les globes des réverbères ont été brisés. Un pas furtif se fait entendre. Elle s'arrête. Silence. Elle reprend sa marche lentement. Elle perçoit à nouveau un bruit de pas tout près d'elle. Elle se retourne brusquement. Personne. Elle reprend sa marche. Plus rien. Elle se détend. La ruelle s'élargit. Elle débouche sur la place Saint-Marc. La pleine lune lui apparaît dans toute sa splendeur malgré les rideaux de nuages transparents qui défilent comme un décor.

Les flaques d'eau d'une récente averse découpent des zones brillantes sur les pavés de la place. Elle fait l'inventaire des cafés et des restaurants.

Maria a l'impression d'être le seul être vivant à se mouvoir dans une ville fantomatique. Les silhouettes des dîneurs et des consommateurs se découpent en ombre chinoise, *mais personne n'entre ou ne sort*. Elle hâte le pas. Un bouton de son manteau s'est défait. Le vent s'engouffre dans son cou. Elle frissonne. Elle referme le bouton et se protège frileusement à l'aide de son écharpe. Un bruit de pas se fait entendre à nouveau, très net cette fois-ci. Elle marche près du café San-Marco, sous les arcades, près des colonnades. Elle tourne brusquement la tête et distingue un court instant une ombre noire au bout de la galerie. Le faisceau d'une puissante lampe de poche l'éblouit puis s'éteint.

L'ombre a disparu.

36

La patience de Sarah Brunschwig finit par être récompensée. Vers midi, les fenêtres s'ouvrent largement sur la terrasse de la suite 504. Bruno et Gilles y apparaissent tour à tour. Ils sont habillés et semblent prêts à partir. Sarah quitte le balcon. Elle range son télescope dans son étui et l'enferme dans sa valise qu'elle verrouille. Le concierge ne lui dit rien qui vaille. Il va fouiller partout, elle en est sûre. Elle s'habille chaudement, met des chaussures plates et confortables, un bonnet de laine, des gants de velours noir et, bien entendu, son manteau de fourrure. Elle dévale les cinq étages. Le concierge la voit à peine passer. Déjà, elle traverse à grands pas les quelques mètres qui la séparent de l'hôtel Gritti. Elle se dissimule derrière une statue. Personne ne peut la voir depuis la porte de l'établissement et, dans le même temps, les rayons du soleil la réchauffent pendant sa planque.

Elle attend une bonne petite heure avant qu'ils ne sortent. Sarah est une fois de plus frappée par leur beauté et leur singulier air de parenté malgré leurs différences.

Elle leur emboîte le pas à distance. De dos, on peut les confondre tant leur stature est identique. Seule la couleur des cheveux les distingue l'un de l'autre. Même démarche assurée, harmonieuse. Avec, pour Gilles d'Avertin, une imperceptible claudication *qui parfois s'estompe...*

Elle les a suivis jusqu'à la salle de conférence où officie Borgia. Gilles et Bruno se sont arrêtés, ont donné force accolades, ont serré des centaines de mains. Les analystes entre eux se comportent finalement comme des lycéens pendant la récréation. Des groupes se forment et se dissolvent sans cesse. Bruno et Gilles vont des uns aux autres, manifestement admirés, jalousés, *importants*. Ils déjeunent vers trois heures au restaurant de l'hôtel.

Bruno et Gilles non seulement n'arrêtent pas de se parler mais ils se regardent véritablement avec amour, pense Sarah. Pourtant, elle en a les preuves, ils n'ont pas de penchants contre nature. C'est donc ça, l'amitié... Enfin, on leur apporte l'addition. Sarah, qui les a vus avec envie se taper des *antipasti*, puis des *scampi* aux pâtes fraîches arrosés de valpolicello, commence à avoir très faim. Et si elle arrêtait sa filature pour aller s'offrir un bon sandwich ? Ça, jamais!... Est-ce que Sherlock Holmes abandonne une enquête alors qu'il est sur le point d'aboutir ?

Enfin, les deux gaillards payent, se lèvent et se serrent la main. Qu'est-ce qu'ils ont à se serrer la pogne alors qu'ils se quittent pour quelques heures seulement ?

Bruno disparaît par la double porte qui mène au lobby. Gilles marche droit sur Sarah mais son regard est ailleurs, à tel point qu'elle s'écarte pour ne pas être bousculée. Il traverse les salons à grandes enjambées jusqu'au hall d'entrée, et sort. Elle se dépêche tant qu'elle peut, mais lorsqu'elle arrive sur la place devant l'hôtel, Gilles a disparu.

Sur son balcon, son œil d'oiseau rivé au télescope, Sarah a repris position. Elle ne s'ennuie pas. De temps en temps, l'objectif capte une scène insolite ou drôle. Elle suit un vol d'oiseaux, le mouvement d'une gondole, ou bien laisse la longue-vue l'entraîner dans le sillage de quelque vedette rapide.

La nuit venue, elle dissimule une fois de plus son matériel de petite espionne et décide de retourner à la porte de l'hôtel Gritti.

La place est déserte. Elle a froid. Il est plus de neuf heures du soir quand la haute silhouette apparaît, vêtue d'un manteau sombre, le col relevé dissimulant le visage. Son cœur fait un bond dans sa poitrine. Elle ne sait pas qui elle suit. Gilles ou Bruno, ou bien un inconnu. Elle laisse la haute silhouette prendre de l'avance et, comme un chat dans la nuit, lui emboîte le pas sans un bruit.

La démarche de l'homme est souple. Il ne se presse pas. Il doit connaître la ville par cœur car il avance sans hésiter. Bientôt, elle le suit dans des ruelles désolées où la lumière parvient à peine. L'homme semble ralentir. Sarah heurte une vieille boîte de conserve. Le bruit lui semble énorme. Elle s'arrête et se plaque contre le mur. L'homme ne s'est ni arrêté ni n'a tourné la tête. Elle reprend sa marche, regardant comme elle le peut l'endroit où elle va poser le pied. L'obscurité est à présent totale. Soudain, elle distingue devant elle un faisceau de lumière. L'homme a allumé une lampe torche. Elle a envie de crier : « C'est toi, Bruno ?... » mais c'est peut-être Gilles.

Ou bien ni l'un ni l'autre...

L'homme maintenant se hâte. Sait qu'on le suit mais il ne se retourne pas.

Sarah se tient à bonne distance, hors de sa vue. La ruelle s'élargit, presque une rue à présent où tous les réverbères fonctionnent. Puis elle débouche sur la place Saint-Marc brillamment éclairée. La pleine lune éveille en Sarah des souvenirs d'enfance. Dans le petit village de Russie où elle est née, à Zedrezejow, un bébé disparaissait à chaque pleine lune. Le loup-garou venait le chercher. On chuchotait que c'était le fils du boucher dont l'abondante pilosité exigeait, au fond, peu de changements au moment de la métamorphose. Elle rit nerveusement. Les contes et les cauchemars sont les mêmes pour tous les enfants du monde.

Pour une personne de son âge, sa vue a conservé une acuité remarquable. A l'autre bout de la place, elle aperçoit une silhouette féminine, suivie par l'ombre menaçante.

« C'est bien à moi qu'il en veut... » Maria Solar est sur le point de rebrousser chemin, de courir vers un de ces restaurants aux lumières fantomatiques, d'ouvrir la porte et de se jeter dans la salle en criant : « Au secours! Dracula me colle au train. » Mais la venelle dans laquelle elle s'est engagée est étroite. L'ombre est maintenant très proche. Si elle fait demi-tour, elle se cognera au mystérieux suiveur et là, aura-t-elle assez de force pour l'obliger à la laisser passer ? Dans sa poche, sa main se saisit d'un objet métallique et pointu. Une lime à ongles. « Ma petite Maria, te voilà armée jusqu'aux dents!... » Elle se met à courir droit devant elle, gravit quelques marches, franchit un petit pont. L'eau du canal se teinte d'ombres inquiétantes. Elle redescend quelques marches, s'engage sur un ponton qui semble mener derrière un hôtel ou un palais. A tous les étages, les fenêtres sont éclairées. Elle fonce vers la porte à double battant, y cogne de toutes ses forces. La porte reste hermétiquement close. Au loin, elle distingue une gondole qui s'approche lentement. Sa lanterne oscille au gré des vagues. Dans la lueur blafarde que prodigue la pleine lune, elle distingue le gondolier qui godille paresseusement. Elle lève le bras et s'apprête à pousser un cri pour attirer son attention quand une main la saisit à la gorge. Elle se dégage furieusement et s'élance sur le ponton. Ses talons s'enfoncent entre les planches mal jointes. Elle crie : « Au secours! »

Dans sa course, elle ne voit pas le filin qui la fait trébu-

cher. Elle tombe. A terre, elle se retourne, les yeux agrandis
par la peur, et saisit nerveusement sa lime à ongles. S'il
s'approche, elle le frappera au visage, elle visera les yeux.
L'homme est déjà sur elle. La lame d'un poignard brille
dans sa main. Elle essaye de voir son visage mais le col relevé
de son manteau le dissimule. Sa main puissante la saisit par
le cou, la soulève de terre avec une force incroyable. Dans sa
panique, la lime à ongles lui échappe et tombe sur les
planches avec un petit bruit mat. Les yeux de Maria se
détournent de la chevelure brune de l'inconnu pour fixer la
lame qui, lentement, s'approche de sa poitrine. Elle perd
connaissance.

L'homme arrête son geste. Un petit déclic et la lame
disparaît dans le manche. Il repose délicatement la jeune
fille sur le ponton et la dévisage. Une expression de surprise,
puis de tendresse se lit sur son visage. Avec des gestes de
nounou, il fait de l'écharpe blanche un coussin sur lequel il
pose la tête de la jeune évanouie. Un escarpin a quitté un de
ses pieds pendant la brève empoignade. Il le rechausse lentement, se relève, contemple la silhouette de la jeune fille. Elle
semble dormir à présent. Un souffle régulier soulève sa poitrine. Il lui tourne le dos et, d'un pas calme, marche en
direction de la place Saint-Marc.

Sarah n'a rien perdu de la scène. Elle a vu l'homme
éteindre sa torche, la ranger dans sa poche et sortir un poignard. La lame a jailli. Elle a assisté à la course éperdue de
cette belle et jeune inconnue et à sa chute. Un sentiment
troublant l'a envahie, la paralysant sur place. Comment
pourra-t-elle concilier sa conscience, sa rigueur morale avec
le souvenir du plaisir pervers qu'elle a pris à assiter à un
crime ? Enfin, presque. Puis la stupéfaction de voir l'assassin
renoncer à son geste et prodiguer ses soins à la victime...

Quelle soirée !...

Il arrive vers elle maintenant. Il l'a vue, elle en est sûre.

Elle se dissimule tant bien que mal dans le renfoncement
d'une porte cochère. Il arrive à sa hauteur. Il ralentit le pas,
semble s'arrêter tout près d'elle, esquisse le geste de se
retourner, le visage toujours dissimulé par son col relevé, et
enfin s'éloigne.

A sa grande surprise, Sarah ressent une soudaine bouffée de colère : « Et moi alors, on ne me poignarde pas ? Je ne
suis pas assez intéressante pour être une de tes proies, espèce
de trou-duc ? »

37

C'est dans le palais délabré de maître Brunelli, tout près du palais des Doges, que les carabiniers appréhendent Gian-Baptisto Borgia en flagrant délit d'extorsion de fonds.

La princesse Emiliana Taviani a signé une donation de son vivant d'un montant de quatre milliards de lires. Cette arrestation est le fruit d'un travail d'équipe entre les services de police de plusieurs pays spécialisés dans la répression de fraudes.

Les « plombiers » italiens ont mis le célèbre psychanalyste sur écoute. Il y avait des micros partout, jusque dans ses caleçons.

Mais plus tard, devant les journalistes voletant autour de lui comme des vautours, Gian-Baptisto Borgia se confesse : il a organisé sa propre arrestation...

Ce n'est pas très amusant de bafouer la loi depuis des années, sans vergogne, sans jamais encourir le moindre châtiment. Et puis ça amuse Gian-Baptisto d'éprouver son impunité jusqu'à ce qu'elle vacille et peut-être se dissolve en une terrible punition.

De son côté maître Brunelli est laissé en liberté. Pour lui, la rédaction de cet acte notarié est parfaitement légale. Gian-Baptisto Borgia n'a pas contraint la princesse en quoi que ce fût. Il confirme au commissaire qu'elle a même éprouvé un réel plaisir à apposer son seing princier sur le document. Mais Brunelli est censé savoir ce qu'aucun des croupiers de casinos européens n'ignore : la princesse a été déclarée « sous tutelle », incapable de protéger ses propres biens, et le juge l'a flanquée d'un conseil de famille.

La nouvelle provoque un énorme scandale dans la communauté des congressistes. La plupart d'entre eux avaient versé une substantielle contribution aux bonnes œuvres de Borgia pour faire partie de l'élite qu'il éclairerait de son savoir.

38

C'est Marthe Riboud, le Diaghilev de l'édition, qui y pense la première. Elle tient une forme olympique en cette belle matinée de novembre. Elle s'est pesée à la pharmacie du coin et la bascule n'a pas affiché, comme la dernière fois : « Au-delà de ce poids, votre ticket n'est plus valable. » On peut donc perdre du poids en buvant de la vodka Wyborowa et du Château Branaire – même du 1987, une petite année.

Dans son petit bureau, aux éditions du Théorème, elle l'a su la première, avant ceux qui sont sur place, là-bas, à Venise : Gian-Baptisto Borgia a été inculpé, arrêté et incarcéré. Pendant trois jours, les congressistes, venus du monde entier, vont être en état de demande. Il faut créer un événement pour remplacer l'homme-événement. Elle demande au directeur commercial de venir la voir avec la liste des stocks disponibles. Ensemble, ils l'épluchent et leurs deux paires d'yeux s'arrêtent en même temps sur le même titre : *Astérie Dubois, l'orgasme obsessionnel avec apparitions.* La grosse bouche de Marthe se dilate en un rictus satanique, découvrant deux rangées de dents particulièrement acérées. Comment est-ce que j'ai pu me laisser baratiner par cette petite merguez ? Quinze mille exemplaires de cinq cents pages, un demi-hectare d'arbres abattus, pour en vendre deux cents !

Bogdanov, le directeur commercial, un mètre cinquante-deux, compétent, jamais assis, ajoute :

– Huit cents au service de presse, deux cents vendus ferme, il en reste quatorze mille. Comme neufs.

Marthe Riboud agit comme Napoléon : frapper vite et fort. Les deux attachées de presse sont convoquées et briefées. Elle téléphone elle-même à la petite merguez qui n'est autre que Guy-Pierre Benchétrit.

– Guy-Pierre, mon chéri, puisque les radios et les télés sont encore à Venise pour trois jours tous frais payés, je ne vois personne d'autre que toi et ton immense présence médiatique pour combler le vide laissé par Gian-Baptisto. C'est la vie, mon petit chéri. Une idole trébuche, une autre prend la relève. Dans vingt-quatre heures, tu fais une conférence, puis une signature sur ta meilleure œuvre, dont les critiques jaloux ont interdit l'accès au public.

A l'autre bout du fil, Guy-Pierre Benchétrit boit du petit-lait.

– De plus, reprend la belle Marthe, dans Venise bourrée d'analystes et de prêtres, ton Astérie Dubois va cartonner.

Les deux attachées de presse rient jaune. Bien sûr, quarante-huit heures à Venise, c'est une bonne surprise, mais pas avec Guy-Pierre Benchétrit.

L'éditrice essaye de se remémorer les événements qui l'ont conduite à accepter de publier *Astérie Dubois, l'orgasme obsessionnel avec apparitions*. Les Benchétrit l'avaient invitée à dîner chez Maxim's. Elle se souvient d'un magnum de Château-Margaux d'anthologie, suivi d'un armagnac que peu d'êtres humains connaîtront de leur vivant. Marthe était complètement pétée. Elle allait s'effondrer pour le compte quand Josiane Benchétrit avait ouvert le médaillon qui pendait à son cou.

Sur l'une de ses deux faces, on voyait une photographie de Josiane, jeune et, ma foi, mince et jolie. Sur l'autre face était sertie la photographie d'un très bel homme au sourire goguenard, aux yeux brillants de méchanceté. Jacques Lacan... La grosse loche s'était alors penchée à l'oreille de

Marthe, les lèvres humides, sa moustache lui irritant le lobe et avait murmuré : « C'est mon père. » Ça c'était passé ainsi. Beaucoup de Château-Margaux, quelques verres d'armagnac, une photo de Lacan, et elle avait balancé cent mille francs d'à-valoir à ce petit merdeux.

39

Les deux attachées de presse, Rolls d'époque vieillies sous le harnais, ont bien fait les choses. Dans le hall sublime de l'hôtel Danieli, Guy-Pierre Benchétrit, flanqué de Josiane, siège derrière une vaste table en fer à cheval tendue de velours vert. D'énormes piles de *Astérie Dubois, l'orgasme obsessionnel avec apparitions* encadrent le couple. Guy-Pierre, rasé de près, sourit, toute nicotine dehors. Il ôte son béret rouge, découvrant une chevelure noire et crépue. Il se fume une Marlboro sous les flashes des photographes. Le pari de Marthe Riboud était le bon : les journalistes sont plutôt contents d'avoir un événement de substitution à se mettre sous la dent, même de la taille de Benchétrit. L'éditorialiste de CBS a braqué sa caméra la première. La belle Léonora Spreiregen parle assez bien le français pour confesser un psychanalyste.

— Vous avez écrit qu'à chaque apparition de la Vierge, Astérie Dubois devait changer de petite culotte, à tel point que l'usage de couches lui était devenu indispensable.

— Parfaitement exact, répond Guy-Pierre.

Il tire une bouffée de sa Marlboro, jette à la belle Léonora un regard lubrique, s'applique à lui envoyer dans la figure deux parfaits anneaux de fumée et poursuit :

— Le spectacle était d'ailleurs très excitant pour les profanes. Astérie haletait, ahanait, se cambrait, arrachant son

corsage pour exhiber sa poitrine virginale aux pointes dur-
cies... Sa langue rose pointait. L'écume lui venait aux
lèvres...

— Vous y étiez?

— C'est comme si j'y étais. Je le sais, voilà tout. Donc...
Où en étais-je déjà?

— La petite langue rose, l'écume aux lèvres...

Léonora a du mal à garder son sérieux.

— ... sa main descendait alors le long de son jupon, le
remontait, cherchant le chemin de son sexe humide...

Maria Solar se tient debout derrière les caméras. Guy-
Pierre Benchétrit, aveuglé par les projecteurs, ne peut pas la
voir. Et dire qu'elle a été fascinée par ce charlot!... Elle
éclate de rire. Tout près d'elle, deux hommes, gagnés par ce
rire, se rapprochent et leur hilarité contagieuse se propage
dans toute l'assemblée.

Et c'est ainsi, tout naturellement, que Bruno Brunschwig présente Maria Solar à Gilles d'Avertin.

Malgré le rire collectif qui allait devenir un souvenir
mémorable pour le personnel de l'hôtel Danieli, le docteur
Guy-Pierre Benchétrit fait un carton, comme l'a prévu
Marthe Riboud.

Benchétrit est un moins grand coquin que Borgia mais
dans ce monde d'aveugles, il triomphe sans peine. Après
quoi, c'est l'exode. Quatre-vingts pour cent du beau linge
quitte Venise.

40

Le soleil réchauffe la lagune. Les embarcations quittent le ponton du Danieli pour voguer jusqu'aux rives enchanteresses du Lido. Cette chaleur inattendue pousse les visiteurs à utiliser la plage non pas pour se baigner, mais pour y déjeuner et prendre le soleil. Les tentes multicolores, patriciennes, ont été tendues et rappellent dans une gaieté mêlée de nostalgie le décor de *Mort à Venise*.

A la hâte, on a tendu les filets sur les courts de tennis et ratissé la terre battue, de cette terre au ton ocre inimitable, aux couleurs de la Vénétie.

Alma Spingler administre une correction au malheureux Gian-Carlo, professeur de tennis. Elle a été championne junior à Wimbledon. A trente-cinq ans, c'est un animal splendide, carnassier, montant à cru des chevaux sauvages en Camargue et ayant tué quatre maris sous elle.

Elle est une Mellon, une des héritières des Pères Fondateurs, des cent familles qui règnent sur l'Amérique. Ses dents sont tellement saines que les caries, effrayées, reculent en tremblant.

Coup droit, revers, coup droit, revers, lob, smash. Elle lui fait la totale à Gian-Carlo, qui, fourbu, demandant grâce, consulte son chrono comme un fou. Enfin, il

réussit à se tordre une cheville avec assez de vraisem-
blance pour que cesse son supplice.

Otto Spingler, mari d'Alma, ne se sent pas très bien
non plus. Alma l'a violé deux fois dès avant le déjeuner.
Il ne possède plus le moindre gramme de cocaïne, et ne
connaît aucun dealer dans le coin. Un court instant,
l'idée insensée de mettre fin à ses jours le traverse.

Alma a acheté de l'extrait de coriandre, de la poudre
de salamandre et de la corne de rhinocéros, sans parler
d'une réglisse à base d'ailes de mouches marocaines. Elle
lui a fait avaler le mélange, après que son ardeur eut
tourné court pendant le second assaut.

Il faut qu'il s'échappe, qu'il trouve un médecin ou
un pharmacien qui lui fasse une injection de papavérine,
directement dans le sexe. Ce n'est pas douloureux et à ce
prix seulement, il pourra faire illusion à nouveau pendant
quelques heures.

Demain, il retournera au bout du monde, dans ses
plantations d'hévéas, pendant qu'elle aménagera, pour
quelques petits millions de dollars, leur résidence dans le
Connecticut. Elle s'approche, en sueur, magnifique
Junon, ses seins pointés vers lui comme deux canons.

Elle le tue. Même sa transpiration sent bon. Jamais
malade, même pas un rhume. Jamais. Une envie de
meurtre le secoue tout entier. Déjà, elle le soulève sans
peine de son banc, se serre contre lui, lui introduit sa
langue dans l'oreille et lui murmure :

– On rentre ?

A-t-il vraiment la migraine ou la migraine vient-elle
à son secours ? Il se prend la tête entre les mains.

– Alma, un poignard me transperce le crâne. Vite,
une aspirine, un docteur !... Je vais m'évanouir...

Alma lui administre une petite claque sur les fesses :

– C'est un psy qu'il te faut, mon petit poussin...

Otto répond, prêt à tout :

– Oui, c'est ça... Oh ! que je souffre ! Il me faut un
psy...

Un sourire carnassier se dessine sur le visage de la sublime Alma. Ses beaux yeux bleus balayent les courts voisins. Un couple s'escrime tout près d'elle, raquette à la main. Guy-Pierre et Josiane Benchétrit...

41

Dans sa suite du Danieli, Guy-Pierre Benchétrit a improvisé un antre de psychanalyste. Près de la large fenêtre donnant sur la lagune, il a fait disposer un canapé tendu de soie.

Alangui, la tête reposant sur un confortable coussin, Otto Spingler, un mètre quatre-vingt-huit, quatre-vingts kilos de muscles, pas un gramme de graisse, nageur émérite, héritier d'une des meilleures familles de Boston, *Master in Law* de l'université de Californie, raconte à Guy-Pierre Benchétrit, psychanalyste de taille modeste, né à Ouarzazate de parents nécessiteux, ses avatars d'esclave sexuel.

Alma Spingler a négocié cette séance de psychanalyse contre toutes les règles.

— Non, je ne peux pas accorder une consultation à votre mari. Nous sommes l'un et l'autre de passage à Venise. Cela ne pourrait que lui faire du mal.

— Mais nous résiderons à Paris pour continuer à vous consulter.

— Je n'ai pas une heure de libre dans les trois ans à venir.

Ils sont seuls dans la tente qui fait office de vestiaires pour hommes derrière le club de tennis. Elle s'approche de lui. Sa bouche s'entrouvre. Elle exsude une bestialité quasi primitive. Le désir qui s'empare du docteur Benchétrit est si violent que son membre en devient douloureux. Elle avance la main, la pose sans vergogne sur le renflement, et dit d'une voix rauque :

– Mille dollars.

Incapable de parler, le docteur Benchétrit fait oui de la tête. A son grand regret, Alma disparaît aussitôt pour, dit-elle, annoncer la bonne nouvelle à Otto Spingler. Josiane, qui vient le chercher, devient la bénéficiaire d'un véritable festival. Il la besogne furieusement, les yeux fermés, tentant de substituer l'image rayonnante de la jeune Américaine à celle de sa malheureuse épouse. En se délivrant, il ricane. Quand Alma Spingler a prononcé le chiffre de mille dollars, c'est ce qu'il était prêt à donner pour coucher avec elle, là, sur-le-champ, dans cette tente ouverte à tous les vents.

– On l'aime, sa Josiane chérie, hein ?

Elle remet sa culotte en place. Guy-Pierre esquisse un faible sourire. Ce mois-ci, c'est du cinquante-huit...

42

Une véritable tempête s'abat sur Venise. Allongé sur le divan, le visage face à la fenêtre, Otto Spingler voit tomber la première rafale de pluie au moment où il s'apprête à prononcer les premiers mots de sa pénible confession. Guy-Pierre Benchétrit s'est confortablement installé dans un fauteuil derrière une table de l'hôtel. Il entend « Sale temps! », suivi d'un grand silence.

Après cette première phrase, Otto se met sur son séant, délace posément chacune de ses chaussures et les retire. Il fait jouer ses doigts de pied, s'allonge à nouveau et ferme les yeux. Dix bonnes minutes se sont écoulées. De la main, le docteur Benchétrit tapote nerveusement sur le plateau de la table. Ce grand veau a déjà utilisé dix des cinquante minutes que Guy-Pierre lui a accordées, soit deux cents dollars pour s'entendre dire : « Sale temps! »

A ce moment précis, Otto saisit une de ses chaussures, la regarde attentivement et dit :

— Ils se foutent du monde chez Berlutti...

Il repose la chaussure. S'établit un interminable silence.

Ah! c'est comme ça! pense Benchétrit. Il téléphone au service d'étage, commande une choucroute royale avec un supplément de jarret et de boudin blanc.

— Et comme boisson?

– Qu'est-ce que vous avez comme bière?

– Dab, Heineken, Paulaner, Tuborg...

– Une Dab. Et dépêchez-vous, j'ai très faim.

Spingler sort de sa somnolence :

– Pour moi, une Paulaner.

– Rien, pour vous! Vous êtes là pour me raconter. Les boissons ne sont pas comprises.

Spingler se le tient pour dit.

On frappe à la porte. Compte tenu du nombre modeste des clients, le service est d'une fulgurante rapidité. Guy-Pierre boit une longue goulée de bière et entame sa choucroute fleurant bon le champagne avec un féroce appétit. Le lard fumé est délicieux, le chou léger et parfumé, *al dente*.

– Alors, demande Guy-Pierre, la bouche à moitié pleine, quel est le problème?

Une miette de jambon s'est coincée entre deux molaires. Pour la déloger, il n'y a qu'une seule recette : appliquer sa langue sur la gencive et sucer en aspirant. Guy-Pierre obtient ainsi de très jolis claquements de langue avec chuintements de salive.

– Mon problème, il est banal. J'ai la quéquette-elbow.

– Qu'est-ce que vous entendez par là? demande Guy-Pierre Benchétrit crachant un grain de genièvre sur le tapis.

– C'est comme le tennis-elbow. Au lieu que ce soit le coude qui lâche, c'est Hans!

– Qui est ce garçon?

– Mon sexe, mon seul ami. Je l'appelle Hans. Alma me le malaxe, me le suce, me le lèche, me le tord. Tout ça pour qu'il durcisse et là, elle l'enfourne dans sa caverne et s'agite comme une possédée. Au début, Hans et moi, on était au paradis. Maintenant, c'est l'enfer.

Guy-Pierre Benchétrit aurait postulé sans hésiter pour cet enfer-là. Tout pouvait arriver. Josiane pouvait mourir dans son bain, électrocutée par son séchoir, tandis

qu'Otto serait kidnappé par la branche vénitienne de la
Cosa Nostra. Ainsi, il se retrouverait seul avec Alma, avec
assez de vigueur pour lui prouver qu'il est une sexe-
machine...

Grisé par cette pensée, il rote.

43

L'inspecteur principal Maurice a brûlé quelques feux rouges, emprunté quelques trottoirs et commis assez d'infractions pour mériter un retrait de permis pendant neuf vies successives, mais il est à l'heure avec, sur le siège arrière, le contrôleur général Martin au bord de la syncope. A cette minute précise, Bérénice Martin, sept ans, sort de sa classe de CE 1 rue du Sommerard, dans le Ve arrondissement.

La voiture fait un petit crochet et s'arrête 46 boulevard Saint-Germain, devant la pâtisserie Séphora, au coin de la rue Saint-Jacques.

Et là, une fois de plus, Bérénice devient incontrôlable. A peine a-t-elle fait un pas dans la pâtisserie qu'elle crie :
– Maman, maman, attends-moi!

(Adeline Martin, mère de Bérénice, a abandonné le foyer conjugal au bras d'un brillant ingénieur de l'Aérospatiale, depuis plus de deux ans.)

Par ce stratagème, Bérénice dépasse parents et enfants qui, eux, font la queue sans tricher. La boulangère, complice, admire les qualités d'actrice de Bérénice. Lorsque l'enfant arrive devant le comptoir, elle sert sa réplique :
– Ta mère est déjà partie, ma chérie...

A ces mots, selon l'inspiration du moment, Bérénice ouvre de grands yeux incrédules, éclate en sanglots ou, mieux encore, tourne le dos à la boulangère, regarde sans les voir les trente personnes qui attendent leur tour et qui, silencieuses, ont conscience de vivre un véritable drame. Elle abaisse alors les deux extrémités de sa bouche et laisse poindre une larme, une seule. En gros plan, l'effet est aussi pathétique que l'affiche de l'UNICEF sur laquelle un gosse du tiers monde, le ventre gonflé par la malnutrition, murmure avant de mourir : « Donnez-moi un bol de riz. »

Avant de se retourner, Bérénice a déjà en main soit un palmier bien gluant, soit un pain au chocolat à deux barres, ou encore un paquet de délicieux raisins secs enrobés de biscuit. Ceux que Benoît Martin préfère. Alors seulement, lui, Benoît Martin remonte à son tour la queue jusqu'à la caisse, paye, attrape Bérénice par la main et l'entraîne dehors, fixant le sol, mort de honte.

— La prochaine fois, je te dévisse la tête!

Mais elle saute dans ses bras, le lèche comme le ferait un petit chiot, le couvre de baisers sonores et il fond comme un bonbon.

L'affrontement du jour concerne l'ancienne appellation des M & M's. Bérénice soutient les Treets, qui d'ailleurs « fondent dans la bouche et pas dans la main », alors que Benoît est prêt à miser gros sur les Smarties.

Bérénice monte à l'arrière de la Renault 21. Maurice lui dit :

— Salut, Béré! Ta ceinture!

— Écrase, tu veux! répond Bérénice.

Elle tend son délicieux museau vers la veste de Maurice, renifle et dit :

— T'as encore fumé une Balto, hein?

Maurice rougit :

— Le dis pas, Béré, tu promets?

— Alors lâche-moi avec ta ceinture!

Benoît arrive, monte à son tour près de Bérénice, renifle, dévisage Bérénice et dit :

— T'as encore fumé une Balto, toi!

Maurice sifflote en regardant le plafond. Il est très mal.
Il jette un coup d'œil dans le rétro et les voit qui se marrent,
deux abrutis. Sa seule parade, démarrer comme un fou. Ce
qu'il fait. Il accélère. Benoît et Bérénice, livides, ne rient
plus du tout.

Maurice grommelle :

– Pour deux taffes...

Il descend le boulevard Saint-Michel, s'arrête dans le
couloir des autobus en face de chez Gibert Jeune, traverse le
boulevard au risque de sa vie, s'engouffre dans la librairie et
ramène la boîte de vingt-quatre Markers multicolores et la
pochette de vingt calques supérieurs Canson, référence 17-
149, objet du pari perdu par son chef.

Bérénice reçoit sa récompense avec un sourire
indulgent. C'est Treets qui fond dans la bouche.

Maurice applique le gyrophare bleu sur le toit, actionne
la sirène et s'engage sur les quais à toute blinde. Devant le
musée d'Orsay, il prend la voie expresse toujours tout droit
et sort devant l'hôtel Nikko. Il traverse la Seine à droite
devant la Maison de la Radio. C'est un jeu d'enfant pour
Maurice d'atteindre la rue de l'Assomption où il dépose
Bérénice Martin. Cette nuit, elle dort chez sa copine de
classe Clara Binet, adorable petite obèse aux yeux noirs.

44

L'enquête progresse lentement. Benoît Martin, chef suprême de sa Brigade, ne rencontre d'autre pression sur les épaules que celle qu'il se crée. Le docteur Charret, médecin légiste, est convaincu que le meurtrier a de solides connaissances médicales, tant la trajectoire de la lame est précise, efficace.

Voilà pour la première piste. Maigre, très maigre. Mais Benoît Martin connaît la réputation des jardins du Trocadéro. Y déposer la victime, même si elle a été trucidée ailleurs, n'est pas une démarche innocente : cet endroit est le rendez-vous nocturne où l'élite homosexuelle se mêle à la canaille.

La seconde piste amène donc Benoît Martin à enquêter dans ce milieu. Dans le quadrilatère limité par la rue du Nil et rue du Croissant, entre Réaumur-Sébastopol et Strasbourg-Saint-Denis, il a visité les officines de bains de vapeur-massages, les bars à partouzes, non sans être l'objet d'offres extrêmement flatteuses. Depuis l'avènement du sida, la gaieté a disparu de ce clan si friand de fêtes. Ses investigations ont tourné court. Benoît n'a pas le moindre portrait robot à se mettre sous la dent. Pourtant, ça l'aurait amusé, arrivant dans quelque sauna nu comme un ver, de brandir une photo et en demandant aux pédés, dans le plus simple appareil eux aussi :

– Connaissez-vous cet homme ?

Puis Charret a établi avec certitude que l'assassinat n'avait pas eu lieu dans les jardins du Trocadéro mais qu'on y avait bel et bien transporté le corps. En outre – détail délicat –, le sphincter anal de la victime a été exclusivement utilisé à sa fonction naturelle de défécation, sans avoir subi apparemment le moindre assaut sexuel.

Grâce aux empreintes digitales, le service d'identité judiciaire a découvert le nom de la victime : Hubert-Henri de Cazella, trente et un ans, orphelin, célibataire, petite noblesse bordelaise, HEC, directeur adjoint au département des fusions à la BNP. Une fiancée, Laetitia Charbonnier, vingt-cinq ans, secrétaire de direction. Même banque, même agence.

Extrait de l'interrogatoire de Laetitia Charbonnier :

« *Hubert-Henri était dépressif. Il sortait d'une cure de repos, après une désintoxication au Tranxène. Très drôle, toujours en train de raconter des blagues pour masquer un profond désespoir... Monsieur l'inspecteur, je rectifie. Pouvez-vous ajouter : désespoir existentiel ?*

« *Ce soir-là, il m'a quittée vers trois heures du matin. Nous avions passé une soirée très... active sur le plan sexuel. (Rougeur. Rire gêné.) Puis il m'a quittée et ce jour-là j'étais inquiète. Il m'a regardée fixement dans les yeux et m'a dit : "Nous nous aimerons encore des milliers de fois." »*

45

L'inspecteur principal Maurice n'a pas été étonné quand lui est arrivé l'avis de décès de la malheureuse Marie Derudder. Le docteur Charret lui a confirmé que la même arme avait mené de vie à trépas Hubert-Henri de Cazella, imprudent promeneur nocturne.

Et voilà Benoît Martin exhibant sa carte tricolore devant la herse de l'entrée de l'hôpital Sainte-Anne. On le laisse passer. Il roule jusqu'au sinistre pavillon de psychiatrie. Dans le hall misérable couvert de graffiti obscènes, il repère l'ascenseur sur la porte duquel est placardé un écriteau « Hors service ».

Benoît Martin ne croit jamais rien ni personne. Il appelle l'ascenseur qui arrive, dont les portes s'ouvrent et se referment. Il appuie sur le bouton du troisième. La cabine démarre et s'arrête à l'étage désiré, moins un bon mètre cinquante. C'était donc vrai, reconnaît Benoît Martin, beau joueur. Il actionne la sonnerie de secours qui s'avère d'une grande discrétion. Il sort de sa poche un chapelet de roudoudous multicolores et commence à les compter lentement. « Restons zen », dit-il tout de même agacé.

Enfin, dans un bruit déchirant de poulies et de gonds, l'ascenseur franchit le mètre cinquante qui doit le mener chez Berthold. D'ailleurs, un écriteau flambant neuf aux

couleurs fluos annonce en majuscules incontournables :
« Service du Professeur Berthold ».

Martin marche droit devant lui sans demander le moindre renseignement. Il aime se plonger dans un univers inconnu, peut-être hostile. Les médecins ne peuvent-ils pas donner la mort en toute impunité ? Dans sa poche, sa main étreint un roudoudou. Une sensation de plaisir l'envahit. Il pénètre dans une zone de danger. Son flair ne le trompe pas.

D'une porte entrebâillée lui parvient un cri horrible. Il voit un géant albinos en blouse blanche qui gifle violemment une femme extrêmement menue, le buste emprisonné par une camisole de force.

– Quelle salope celle-là ! hurle le soignant. Elle m'a pissé dessus...! T'arrives à pisser debout maintenant ? ajoute-t-il en lui balançant un bon coup de poing dans l'estomac.

La victime se plie en avant de douleur, le souffle coupé. Elle ne criera pas de sitôt. Le monde est cruel, pense Benoît Martin.

Il s'approche de la porte, prêt à intervenir. L'albinos la lui ferme au nez avec un tour de clef. Benoît Martin poursuit son chemin. Il est onze heures cinq précises à sa montre lorsqu'il arrive devant le bureau sur lequel le nom du professeur Berthold est inscrit cette fois en caractères plus modestes.

Un léger brouhaha lui parvient à travers la porte close. Il frappe. « Entrez », lui crie une voix forte. Il entre. Une dizaine de jeunes gens, debout ou assis, font cercle autour d'un grand rouquin baraqué, rigolard, assis dans un fauteuil Knoll.

– Vous êtes le super-flic ? lui demande Berthold. Ça va ?

– Ça va, répond Benoît un peu flatté.

Ricanements des jeunes internes. Il les regarde, les photographiant et les classant à jamais dans l'incroyable fichier niché au fond de son cerveau. Ils sont neuf. Sept résidus de bidet dont l'avenir lui apparaît bourré de compromis et de zones d'ombre, et deux autres plus grands, très beaux, presque des jumeaux, dont il émane une grande sérénité. Ces deux-là lui sourient. Gilles d'Avertin et Bruno Brunschwig.

— Moi, ça va, reprend-il. Mais à deux pas, une grande brute albinos massacre une patiente de quarante kilos.

— Ça fait deux fois qu'elle essaie de le poignarder, répond Berthold. Maintenant, je les laisse régler leurs comptes.

Benoît Martin parvient à esquisser un rictus, un peu choqué.

— A mon sens, elle ne passera pas l'hiver.

— Elle est entourée de médecins.

— Dans la soirée, il lui faudra un prêtre.

Bruno et Gilles se marrent franchement. Ce type est *différent.* Ils savent que l'homme a déjà recueilli sur les uns et les autres mille renseignements précieux. Le professeur Berthold va au-devant des pensées du policier.

— Dans cinq minutes, j'en ai fini avec ces remarquables jeunes gens. Voulez-vous visiter mon royaume ?

Quelle est la fêlure qui se cache sous l'apparence tranquille, bon enfant, de Berthold ? Le médecin ne cesse de plaisanter en brandissant son trousseau de clefs. Ces clefs... Benoît Martin les connaît. Les redoutables doubles pointes à triple marquage et les serrures incrochetables de chez Fichet... Seuls les quartiers de haute sécurité, en prison, en sont munis.

Quels sont donc les fauves qu'on enferme ainsi ?

— Professeur, Marie Derudder est violée et poignardée une heure après son hospitalisation. Vous voyez d'ici la manchette des journaux : « Crime sadique chez les fous. » Or, pas un mot ni à la télé, ni dans les journaux. D'où provient cet étrange silence ?

Berthold a cessé de sourire. Il dévisage gravement Benoît Martin et lui dit :

– Vous connaissez l'image de marque des hôpitaux de l'Assistance publique. Eh bien, on ne tire pas sur une ambulance. Comment j'ai fait ? L'exercice du pouvoir... Nous, les psychiatres, les psychanalystes, nous régnons sur les âmes. Cela n'est pas un mystère, nous sommes le remède mais aussi avant tout : « Ceux qui prennent en charge. » Un jour ou l'autre chacun de ceux qui comptent ou qui gouvernent passe entre nos mains.

Il actionne la première double porte, reverrouille soigneusement les deux serrures. Ils s'engagent dans le territoire des fous dangereux. Quatre créatures sont enchaînées sur leurs grabats. Deux hommes et deux femmes. L'homme qui se trouve le plus près des barreaux se lève d'un bond à la vue des deux visiteurs, tire frénétiquement sur l'anneau d'acier scellé au mur et les invective, l'écume aux lèvres. Benoît Martin toussote et baisse les yeux. Il fait un pas quand, soudain, une main l'agrippe. La femme, poitrine à l'air, balance son buste d'arrière en avant sans interruption. Dans le même temps, elle crie :

– Mets-la-moi ta bien grosse ! Vas-y, défonce-moi !

Lui lâchant le bras, elle tente de lui attraper l'entrejambes. Benoît Martin recule précipitamment sous l'œil goguenard du professeur Berthold.

– Elle a senti la bête en vous, monsieur Martin !

– Qu'est-ce qu'elle a ?

– Elle aime les hommes et là, elle a un peu faim.

– Et lui, là-bas ?

– Il a supprimé son Œdipe.

– C'est-à-dire ?

– Il a étranglé ses parents.

– Je vois... Et les deux du fond ? Ils ont l'air bien tranquilles.

– Bourrés de calmants... Un peu anthropophages.

Benoît Martin refuse d'en voir plus. Après un dernier regard aux quatre malheureux, condamnés à l'enfer de leur vivant, il préfère retourner chez les *gens normaux*.

Avant de faire demi-tour, il avise au fond du couloir une double porte capitonnée :

– Et qu'est-ce qui se passe derrière cette porte, au fond ?...

Berthold semble ne pas avoir entendu la question.

Benoît, tous ses sens en éveil, insiste :

– J'aimerais voir ce qui se passe derrière cette porte.

Visiblement gêné, Berthold répond :

– C'est une cellule, ... aménagée..., ... pour les gens de passage, disons...

– Un peu comme une garde à vue ? Intéressant... Allons voir.

Berthold ne peut plus se dérober. Benoît suit le médecin qui écarte la porte à double battant et découvre un pan d'acier bardé de gros boulons soudés. Une clef à triple mécanisme ouvre cet imposant blindage.

Berthold s'efface et invite Benoît à pénétrer dans une vaste cellule, aménagée comme une suite de palace. Elle n'a ni fenêtre ni barreau. Des trompe-l'œil représentant de vastes étendues sauvages recouvrent les murs. Les meubles, soudés au sol, sont en métal chromé, œuvre d'un styliste de grand talent. Près du lit, des menottes sont scellées au mur. Et surtout, inconcevable en ce lieu, Benoît découvre un piano à queue de concert.

Il se tourne vers le médecin :

– Qui a occupé cet endroit ?

Berthold, exécrable menteur, détourne le regard :

– Il y a longtemps... Un individu extrêmement dangereux, issu d'une famille aisée. Il a fini par guérir.

Il essaye de plaisanter :

– Ça arrive, vous savez...

– Comment s'appelait-il ?

– Il y a vingt ans de cela. Les registres ont été archivés, puis détruits... Sincèrement, j'ai oublié son nom...

– Je vois...

Dans le couloir qui les mène à la sortie, Berthold essaye de détendre l'atmosphère :

— Qui a tué cette malheureuse ? Un malade, peut-être, ou un garçon de salle, un laborantin, un infirmier, ou un de mes internes... Ou bien... pourquoi pas moi après tout ?

— Votre aide m'a été précieuse, professeur Berthold, répond Benoît Martin.

Il a très envie de lui balancer un coup de maillet sur la tête, à ce connard.

Il prend froidement congé du médecin. Il plonge la main dans sa poche et malaxe sauvagement un roudoudou.

46

L'appartement de fonction que l'administration lui a
attribué lui paraît immense depuis le départ de sa femme,
Adeline. Cinq grandes pièces, au dernier étage d'un bel
immeuble du quai d'Orsay, avec vue sur la Seine et de
l'autre côté de la rive, en se penchant au point de tomber,
loin sur la droite, la place de la Concorde.

Tour à tour, Benoît Martin et l'inspecteur Maurice
conduisent Bérénice à l'école et la ramènent. Yolande, la
concierge guadeloupéenne, une géante, monte à six heures
et demie pour tenter de donner le bain à Bérénice et la
faire dîner. Un incroyable désordre règne dans l'appartement. Bérénice en a fait son domaine et la plupart de ses
copines y résident à discrétion. Le mercredi, Bérénice n'a
pas école. Benoît a réussi à lui arracher la soirée du mardi,
quoi qu'il arrive. Ils peuvent enfin dîner en tête à tête.
Bérénice met la table et Benoît cuisine. Ils le reconnaissent
tous les deux aisément, la nourriture est loin d'être mauvaise : elle est infâme. Ça se termine à la pizza Sforzza.
Bérénice commande une margherita que Francesco, le garçon, lui découpe en tranches. Benoît, lui, a droit à une
escalope panée bien sèche, accompagnée de spaghettis
jaunes et rances.

Après ces agapes, ils remontent dans l'appartement.
Bérénice lui prend la tête pour dormir dans son lit. Elle le

lui jure, il va se régaler. Elle s'est procuré une cassette des *Simpson*, une de *Mordicus* et surtout, *Freddy 5*.

Leur vie en commun est riche de surprises, d'émotions et de tendresse. En les abandonnant, Adeline leur a peut-être fait le plus beau des cadeaux.

Ce soir-là, il est bientôt sept heures lorsque Benoît pénètre dans son immeuble. La porte de la loge s'ouvre et Yolande en surgit :

— Elle est revenue...

Benoît court vers l'ascenseur. En deux ans d'absence, Adeline ne lui a jamais donné la moindre nouvelle et, ce soir, sans s'annoncer, elle revient!

Dans l'entrée, un manteau gît à terre, près d'un sac de voyage entrouvert. Des bruits de voix lui parviennent de la salle de bain.

Il les trouve toutes les deux nues dans la baignoire, l'une savonnant l'autre, partageant des fous rires, comme si elles ne s'étaient jamais quittées.

Benoît est troublé en découvrant à nouveau le corps de statue, la peau mate, les yeux noirs brillants de celle qui porte encore son nom.

Bérénice s'est blottie dans ses bras. Toutes deux le regardent et lui sourient avec tendresse.

— Je reste deux jours, si tu veux bien, lui annonce-t-elle.

Il acquiesce.

— Dis donc, ça existe les bâtonnets pour les oreilles! Et regarde-moi ça! Les ongles, on les coupe, c'est pas interdit!

En deux phrases, Benoît se sent coupable. Il aurait dû veiller aux oreilles, aux ongles... Pourtant, il a pensé aux vaccins, au tutu rose et aux chaussons Reppeto, aux chaussures de tennis à scratch, au classeur cartonné pour l'archéologie, sans compter l'inscription au cours de nature, le rendez-vous chez l'orthodontiste pour l'appareil dentaire.

Tout cela devrait être sa priorité, maintenant qu'il a en

charge ce petit bout de femme. Alors, il lutte en vain contre la passion qui le possède corps et âme. Traquer les déments, les criminels, les psychopathes et les mettre hors d'état de nuire. Cela lui prend beaucoup de son temps, presque tout son temps.

Adeline n'en pouvait plus d'attendre...

47

A la Muette, au niveau du 12 rue de la Pompe, dans le XVIᵉ arrondissement, commence l'avenue Jules-Janin, la plus petite avenue de Paris. Elle ne comporte que vingt-quatre numéros. Quand on l'emprunte dans le bon sens, elle fait un coude au numéro dix-huit. On tourne à gauche et on retombe rue de la Pompe face au magasin Picard Surgelés.

C'est précisément au dix-huit, dans un petit hôtel particulier de cinq étages, que se trouve le siège de la Brigade des homicides étranges.

Olga du Charmel, aristocrate plus qu'octogénaire, a cédé le cinquième et dernier étage à une compagnie française qui exploite des plantations de bananes dans les pays africains. Une couverture qui avait amusé le ministre de l'Intérieur le jour où il donna carte blanche au contrôleur général Martin pour la création de cette cellule ultra-secrète dotée d'un budget conséquent.

Olga du Charmel a promis à Benoît Martin de lui vendre le reste de la maison juste avant sa mort. Elle apprendra ainsi à ses deux fils, des jumeaux de plus de soixante ans, qu'il faut un jour ou l'autre finir par gagner sa croûte. Comme tous les enfants, elle a un faible pour Benoît. Elle croit dur comme fer qu'il exploite des centaines d'esclaves pour récolter des tonnes et des tonnes de bananes. Elle lui demande de ne pas trop les fouetter. Elle apprécie sa modestie : avec une fortune comme la sienne, ne rouler qu'en Renault 21 et avoir un chauffeur si pauvrement vêtu!...

Benoît sera triste lorsqu'elle mourra. Son âme innocente s'envolera vers le ciel sous la forme d'un petit oiseau bariolé.

Parfois, le mercredi, il lui laisse Bérénice. Toutes les deux, elles vont au cinéma ou, quand il fait beau, elles se baignent dans la piscine municipale du XVIe arrondissement.

Ce mercredi-là lorsqu'il sonne au quatrième étage pour récupérer Bérénice, Olga du Charmel lui ordonne de s'asseoir et lui dit :

— Nous allons vous interpréter, Bérénice et moi, un sketch intitulé « La Serveuse et le Client ». C'est court mais vous aimerez.

Olga envoie la première réplique :

— Bonjour, madame la serveuse. Je voudrais un Coca-Cola aux glaçons.

La serveuse, Bérénice, répond aussitôt :

— Vous voulez un caca collé au caleçon ?

Benoît Martin éclate de rire. Il ne la connaissait pas celle-là.

Bérénice le supplie de la laisser avec Olga. Benoît accepte. Il se lève, embrasse les deux copines et monte à pied jusqu'au siège de la Brigade des Homicides Étranges. Il sonne. Trois coups longs. Trois coups courts. Deux coups longs. Un coup court. On ne lui ouvre pas.

— Qu'est-ce tu fous, Lucie ? crie-t-il à travers la porte, abandonnant tout protocole.

Voix de Lucie à travers la porte :

— Je change les piles de ma prothèse.

Lucie lui ouvre enfin. Son beau regard vert d'huître dévisage Benoît avec amitié. Ses cheveux blonds coupés court la font ressembler à un jeune étudiant effronté. Son blue-jean dissimule deux jambes en inox, bourrées de transistors et de circuits imprimés. Lucie faisait partie de la brigade antigang. Fauchée par une rafale de mitraillette. Malgré la rapidité de l'intervention, il a fallu l'amputer. Maintenant, avec une douzaine de détectives sous ses ordres et ceux de l'inspecteur principal Maurice, elle gère le service du contrôleur général Martin.

Elle lui serre la pogne et d'une démarche de danseuse – le prothésiste est un génie –, elle entraîne Benoît Martin jusqu'à la console de l'ordinateur. Elle introduit une fiche, appuie sur l'interrupteur « projection murale » et sur l'écran géant défilent les portraits de tous les tueurs, déviants, suspects ayant une relation avec le monde médical et qui présentent des points communs avec le peu d'indices réunis autour des deux crimes.

Le chuintement du fax les fait se retourner. Le commandant Azzuro, chef des carabiniers de Venise, un des correspondants italiens de Benoît Martin, l'informe d'une plainte qu'il a recueillie dans la Cité des Doges. La plaignante est une jeune fille du nom de Maria Solar. Un homme, grand, vigoureux, plutôt jeune, le visage en partie dissimulé, les cheveux bruns et drus, l'a agressée. Il s'apprêtait à la poignarder. Il a arrêté son geste et a disparu.

Curieux... Très curieux... Venise abrite en ce moment une convention de psychanalystes présidée par Gian-Baptisto Borgia. *Nota bene :* Gian-Baptisto Borgia, organisateur du Congrès, a été arrêté hier pour tentative d'extorsion de fonds. La ville est bourrée de journalistes, de psychanalystes, de psychiatres, de riches oisifs et de curieux. Il n'est pas impossible que l'agresseur soit le tueur qui a récemment frappé deux fois à Paris. Faites-moi savoir par fax ce que vous en pensez et si, agréable surprise, vous décidez de venir nous rendre visite. Dépêchez-vous.

Lucie regarde Benoît comme un gosse du Sahel contemple un millefeuille. Puis son regard se fait rêveur :

– Vous, moi, mes deux prothèses... Nous quatre à Venise sur une gondole...

Benoît a imperceptiblement baissé la tête. Lucie restera à Paris.

48

En accostant au ponton chichement éclairé de l'Hôtel de Police, Benoît Martin éprouve un air de déjà vu. Ses homologues italiens sont logés à la même enseigne que les policiers français : locaux vétustes, misérables et difficiles d'accès. Seuls deux puissants chris-craft flambant neufs témoignent de la puissance de persuasion du commandant Judas Azzuro auprès de sa hiérarchie.

Là où se trouve Azzuro règne toujours une sacrée ambiance. Deux carabiniers, torse nu, s'affrontent à un jeu très ancien : le catch tabouret. La règle en est simple : il faut disposer de deux paires de tabourets fartés aux extrémités comme le seraient des skis. Ainsi, les tabourets glissent mieux sur le parquet. Chacun des adversaires pose un pied sur chaque tabouret et saisit la main de celui qui lui fait face. L'autre bras se place en arrière en une gracieuse arabesque, à la manière des escrimeurs. Quand l'arbitre donne le signal, les deux hommes se livrent l'un contre l'autre à deux actions simultanées : ils délivrent de furieux coups de tabouret dans les tabourets ennemis et, dans le même temps, essaient de se déséquilibrer en se tirant ou en se poussant à l'aide de la main qui les unit.

A l'arrivée de Benoît Martin, une quarantaine de carabiniers encourage les combattants, un gros très coléreux à la tactique primitive, contre un petit rusé, roi de l'esquive, surnommé « N'a-qu'un-œil ». Des bouteilles de bière vides jonchent le sol. Ça sent le cigarillo bon marché, la sueur et le vieux mégot. Derrière son bureau, Judas Azzuro prend les paris.

Le gros balance un terrible coup dans un des tabourets de N'a-qu'un-œil, si fort que le bois vole en éclats.

Avec l'agilité des borgnes, N'a-qu'un-œil tient le choc. Il lui suffit de s'effacer comme un torero en tirant légèrement sur le bras ennemi pour accentuer le déséquilibre que son adversaire a amorcé. Et comme un taureau auquel on vient de plonger l'épée jusqu'à la garde, le gros choit lourdement à terre, assommé pour le compte.

N'a-qu'un-œil vient de se faire deux cent mille lires. Le montant des enjeux étant de trois cent mille lires, les cent mille qui restent, Judas Azzuro, avec une belle équité, se les attribue.

En dehors de ces activités ludiques, le commandant des carabiniers est le flic le plus honnête de la péninsule. Au moment où il enfourne la liasse dans sa poche revolver, il aperçoit son ami Benoît Martin s'avançant dans la demi-pénombre. Il se lève, radieux. Il trébuche soudain sur une bouteille de bière vide, ce qui projette son dentier hors de sa bouche. Avec une habileté stupéfiante, il le rattrape au vol, le réintroduit, grince un bon coup pour le remettre en place et sourit à nouveau.

La septième brigade des carabiniers de Venise a le sens de la fête.

Nul besoin d'être un cerveau pour réunir le faible faisceau de présomptions concernant cette série de crimes. A la veille de son départ de Paris, Benoît a reçu communication d'un nouvel élément. Il émane de la troisième brigade criminelle, avec laquelle la Brigade des Homicides Étranges est en conflit ouvert. Une guéguerre qui ne profite qu'au crime.

L'information leur est parvenue avec quinze jours de

retard. Il s'agit du crime perpétré dans les sous-sols de la Sorbonne. Pressé par le temps, Benoît Martin n'a pas pu se rendre sur les lieux de la tragédie. Mais le rapport de la brigade criminelle est bien fait et, pour une fois, semble complet. Les photographies sont remarquables. Il y en a même en couleur.

Benoît Martin s'arrête longuement sur l'une de ces photographies. Il éprouve un trouble violent, tant la scène qu'elle évoque est chargée d'un érotisme macabre. Sur un fauteuil de velours rouge, une très jolie jeune fille est assise. Tout, dans son attitude, indique l'abandon. Son chemisier déboutonné laisse apparaître une poitrine ravissante. Sa jupe largement retroussée découvre de longues jambes dont le galbe est souligné par des bas de soie fumée. L'expression de son visage est surprenante. Elle semble sourire à un amant invisible, de ce sourire unique que seule donne la certitude d'être aimé.

La victime s'appelait Daphné Lebel. Elle était étudiante en philosophie. Elle fêtait ses vingt ans en cette terrible nuit où un inconnu avait tranché le fil de sa vie. Seule empreinte laissée par le tueur : une petite goutte de sang coagulé sous le sein gauche.

De quels éléments dispose-t-on à présent dans le panier à présomptions ? Trois meurtres.

Premier meurtre : Hubert-Henri de Cazella, poignardé en un lieu inconnu et transporté dans les jardins du Trocadéro.

Second meurtre : Marie Derudder, torturée et poignardée dans une chambre du service psychiatrique de l'hôpital Sainte-Anne.

Troisième meurtre : Daphné Lebel, poignardée sur un fauteuil du théâtre de la Sorbonne.

Points communs : un seul coup de poignard, précis et mortel. Aucun indice, aucun témoin.

Dans deux des trois cas, les docteurs Gilles d'Avertin et Bruno Brunschwig se trouvaient à proximité des drames. Et ils sont encore là, à Venise.

Benoît ne peut les imaginer, l'un ou l'autre, capables de commettre ces crimes. Psychanalystes célèbres, riches, reconnus, personnages publics dont la vie ne comporte pas la moindre zone d'ombre, ils semblent au-dessus de tout soupçon.

Le meurtrier n'a pas tué Maria Solar. Pourtant, il allait le faire. Personne n'aurait pu l'en empêcher.

Il allait le faire et il a changé d'avis. Pourquoi ?

Maria Solar a peut-être la réponse. Benoît Martin contemple longuement son portrait, reproduit avec une rare fidélité sur le fax que Lucie lui a fait parvenir. Le papier de piètre qualité ne diminue en rien ce visage bouleversant de présence et de beauté. Benoît ne peut quitter des yeux le regard sombre, profond, qui semble soutenir le sien, la bouche qui paraît esquisser un salut à son adresse exclusive. Il sourit au portrait. Il ne peut s'empêcher de penser : « Sa plus grande force réside dans son extrême faiblesse. »

Même sa fille Bérénice, sept ans, est mieux armée que Maria Solar pour le combat de la vie. Comment ne pas avoir envie de la protéger ?

49

Malgré l'exode qui suit l'arrestation de Gian-Baptisto Borgia, une grande partie des congressistes – médecins, psychiatres, analystes, curieux et surtout journalistes du monde entier – décide de rester jusqu'à la date de clôture de ce Congrès décapité.

Benoît en a la conviction, le tueur est toujours dans la Cité.

Une fois de plus, Marthe Riboud justifie le salaire scandaleusement élevé qu'elle reçoit de son éditeur. Elle a vu juste.

Bien sûr, Emiliana Taviani est, aux yeux de la loi, considérée comme une mineure, mais cette joueuse compulsive de soixante-dix printemps, belle à damner la totalité des mâles des maisons de retraite et peut-être leurs fils, n'en a vraiment rien à cirer. Jusqu'à son dernier souffle, elle restera une délicieuse jeune fille, à ses yeux et aux yeux du reste du monde. Et rien ne l'empêchera de rançonner par mille procédés malins sa richissime famille qui tente de la dépouiller.

Comme Joséphine Baker, mais avec une peau moins mate et un peu moins de bananes, elle a deux amours : les hommes et le jeu.

C'est principalement en deux occasions que l'on ressent

le plaisir le plus extravagant, le plus démesuré : pendant l'acte sexuel, et lorsque l'on retourne, au chemin de fer, la carte qui vous fera tout gagner ou tout perdre.

La princesse cueille les fleurs de son automne miraculeusement prolongé. Son dernier banco demeurera Gian-Baptisto Borgia. En ce dernier jour de la convention, la princesse a organisé, dans le hall du Danieli, une fête de clôture qui brille de mille feux. Outre les participants au Congrès, la meilleure société et les plus savoureuses arsouilles, choisies dans son éclectique carnet d'adresses, composent dans la vaste salle un bouillonnement électrique. Judas Azzuro a négocié pour son ami Benoît, au dernier étage de l'hôtel, sous les toits, une jolie « chambre avec vue ».

Entre deux monumentales colonnes de marbre, Emiliana a fait accrocher un portrait géant de Gian-Baptisto Borgia, œuvre de Chantal Cauchy, célèbre peintre hyper-réaliste française. Une centaine de chaises ont été disposées en demi-cercle autour de la toile et les invités s'y assoient au hasard, sans souci de préséance, dans un joyeux désordre. Certains essayent en vain de faire un sort au succulent buffet. D'autres se baladent, bavardent, s'interpellent. Des escouades de serveurs rapportent sans cesse de nouveaux plateaux de canapés, de gâteaux, de friandises de toutes sortes.

Près de l'escalier de marbre qui mène aux étages, Bruno Brunschwig, Gilles d'Avertin et Maria Solar, resplendissants de beauté et de grâce, attirent tous les regards, faisant de leur intimité un invisible rempart.

La princesse toussote dans un micro puis demande le silence.

– Mes amis, je suis émue de vous voir tous ici. Vous avez répondu à cette invitation, pourtant formulée à la dernière minute. Cela prouve que vous êtes fidèles en amitié, mais aussi à quel point vous chérissez ce génie vivant...

Elle éclate d'un rire aigu, moqueur.

– ... auquel je finirai bien, quoi qu'il arrive, par léguer ma fortune...

L'assemblée entière se met à rire, tendrement complice. Guy-Pierre Benchétrit, emprisonné dans les bras de la grosse Josiane, peut à peine respirer. Il regarde la vieille en salivant : « Putain, tout ce pognon, et c'est Borgia qui va l'engranger !... »

Furieux, il se dégage, se retourne et voit Maria Solar flirtant outrageusement avec ses deux ennemis jurés : « Quelle salope, celle-là ! Et ces deux voleurs, là-bas... Rendez-moi ma petite Solar, enfoirés ! Je meurs !... »

A ce moment précis, la belle Alma Spingler fend la foule, s'approche du docteur Benchétrit, le plaque contre elle et lui plante un baiser sonore sur la bouche. Puis elle lui dit avec un regard de gratitude :

– Merci, vous m'avez sauvée.

Tous les regards se sont tournés vers eux. Guy-Pierre Benchétrit demande, incrédule :

– Vous voulez dire que... Otto... ça fonctionne à nouveau ?

La ravageuse Américaine lui sourit.

– Non, mais il me quitte.

– Les plantations d'hévéas ?

– Il entre dans les ordres. Merci. Vous êtes un... chéri.

Puis, dans un sillage de Chanel n° 5, elle disparaît comme un mirage.

Josiane Benchétrit se saisit alors du malheureux Guy-Pierre et lui balance un grand coup de boule dans la tête. Il pousse un hurlement puis, portant les mains à son front, recule en chancelant.

Josiane hurle, prenant l'assemblée à partie :

– Comment ai-je pu me marier avec ça ? C'est pas un homme, c'est un échantillon... Il est si petit que je suis forcée de faire des revers à ses slips !

Guy-Pierre glisse lentement contre le mur. Knock-out. Josiane se précipite sur lui en gémissant :

– Ma petite *pastilla*! Mon petit tajine aux pruneaux! Au secours!... Aidez-moi... Je l'ai tué!...

L'atmosphère devient chaude. Emiliana Tavinia reprend.

– Après cette touchante scène de la vie quotidienne, je vous propose d'observer attentivement le visage de Gian-Baptisto Borgia. Bien sûr, ses yeux fiévreux au regard romantique, sa bouche faite pour séduire, convaincre et... aimer, vous les verrez bientôt à nouveau, et pour longtemps. Vous pourriez me répondre : cela est dû, en grande partie, au talent du peintre... Vous pourriez me dire, il ne lui manque que la parole. Eh bien justement, non. Gian-Baptisto Borgia va vous parler.

Avec la simplicité d'un chef d'orchestre s'apprêtant à interpréter la *Neuvième Symphonie*, elle appuie sur la touche « Play » d'un magnétophone et l'on entend effectivement le grand Gian-Baptisto :

« ... *Du réel distancié à la réalité différée, la culture dénature la nature par destitution et éradication du surcodage originaire dans le double mouvement refoulement-défoulement. D'où la Révolution. Inévitablement infra-signifiante, elle demeure résolution fantasmatique de la paranoïa d'être-Lui (léninisme) ou d'être-le-Lui (stalino-maoïsme). En fait, pas de métalangage logique. Rien que des langues. L'organe est le plus corps du corps.* »

Ce galimatias confus est accueilli avec admiration par une grande partie des invités. Toutefois, quelques âmes simples, persuadées qu'il vaut mieux comprendre pour apprécier, toussent, sifflent ou se marrent franchement.

50

Maria Solar quitte Bruno Brunschwig et Gilles d'Avertin avec regret.

Benoît Martin semble les connaître. Il les salue. Il esquisse un sourire mais ses yeux restent d'une froideur minérale. Il est venu à Venise pour rencontrer la jeune fille. Elle peut l'aider à retrouver son mystérieux agresseur. Elle accepte de le suivre.

Ils quittent le Danieli, chaudement emmitouflés. Il fait très froid et le vent est glacé. Benoît Martin change de physionomie. Il sourit, un peu gêné, comme un gamin. Sans les stigmates dont sa fonction l'a marqué au long des années, il pourrait passer pour un jeune étudiant.

— J'ai un énorme problème.

Maria lui fait face, inquiète.

— Il fait nuit. Je ne connais pas la ville et pourtant, il me les faut. Je suis en manque.

Maria Solar le regarde, stupéfaite, ne sachant quoi répondre.

— Et puis je ne connais pas un seul mot d'italien.

Maria parvient à sourire.

— Expliquez-vous... Je pourrais peut-être vous aider.

Benoît Martin hésite puis se décide.

— Comment dites-vous Haribo en italien?

Ils débouchent sur une petite place où se trouve une boulangerie-pâtisserie ouverte malgré l'heure tardive. Assis sur les marches, deux gamins d'une dizaine d'années s'en racontent des biens bonnes avec un accent chantant. Benoît Martin les entraîne avec lui dans la boutique et point ne leur est besoin de parler le même langage pour puiser ensemble dans les boîtes transparentes, des bonbons de toutes les couleurs et de toutes les configurations.

En remerciement, les deux jeunes garçons héritent d'un cornet de gondoles en sucre rose et violine et d'un collier de minuscules bouteilles de Coca-Cola en acétate de glucose.

Adossés à un petit pont, entourés d'eau de toutes parts, Benoît Martin et Maria Solar bavardent amicalement. Ils se sont reconnus comme des personnes fréquentables. Un léger clapotis et la lumière vacillante d'une faible lanterne annoncent l'arrivée d'une gondole. Le gondolier interprète à pleine voix une chansonnette qui semble à Maria si réjouissante qu'elle éclate de rire.

— Qu'est-ce qu'il raconte ? demande Benoît.
— Oh! il improvise... Ça donne à peu près ça :
«*Avec ton petit pull de laine,*
tu ressembles à Sophia Loren... »
Benoît sourit.
— Maria... Vous permettez que je vous appelle Maria ? Il n'est pas impossible qu'un de vos agresseurs ne soit autre que Bruno Brunschwig ou Gilles d'Avertin. Je sais, ça paraît fou, mais les présomptions se transforment parfois en preuves. Il est trop tard. Je vous l'accorde, on ne peut pas être en meilleure santé que ces deux hommes-là. Tout le prouve, depuis leur naissance. Aucun d'entre eux, pas une seule fois, n'a commis le moindre délit. Mais ce sont des individus hors norme, capables d'une totale dissimulation.

Maria ne semble pas impressionnée par ce discours.
— Monsieur le... ou plutôt Benoît ?... Un homme tel que

vous sait garder un secret. Alors, voilà... J'éprouve pour Bruno Brunschwig un sentiment très fort. Nous ne sommes pas amants mais nous nous... connaissons. Nous avons... disons... flirté. Il m'a tenue dans ses bras, je connais son odeur, ses odeurs, la douceur de son haleine et le velours de sa peau. Quant à Gilles d'Avertin, nous n'avons pas flirté, quoique... Je le trouve très séduisant. Ce soir, nous avons dansé. J'ai été très près de lui, tout contre lui. Aussi intimement que je le suis avec Bruno. Je ne peux confondre son corps avec celui d'aucun autre homme. Or, mon agresseur m'a serrée contre lui. Je me souviens de la forme de sa main et de la pression que ses doigts exerçaient sur moi. J'ai respiré son souffle. J'ai vu son regard, la forme de son front, le dessin de ses sourcils, j'ai senti son odeur acide... Je peux vous assurer qu'il ne s'agit ni de Gilles d'Avertin ni de Bruno Brunschwig.

« La texture de ses cheveux bruns, de ses grosses boucles frisées m'a semblé bizarre... ajoute-t-elle, songeuse.

51

Peut-être le déluge a-t-il commencé comme cela ? D'abord une pluie légère, presque hypocrite. Puis le ciel s'entrouvre sur des trombes violentes, comme du métal liquide. Les éléments n'hésitent pas à user de ces manières grossières pour nous rappeler qu'ils sont les maîtres.

La rue Albéric-Magnard est déserte. Par coquetterie, Maria Solar met tout de même son clignotant. Elle arrête sa BMW face à la porte imposante de l'hôtel particulier des Avertin. C'est son premier rendez-vous avec Gilles. Son cœur bat. Elle l'a relu cent fois sur son agenda presque vierge, cette inscription portée d'une main hâtive : « *Docteur d'Avertin, 3 rue Albéric-Magnard, mardi 17 h 30...* »

Elle s'est habillée et maquillée avec soin. La pluie à présent s'est changée en grêlons qui tambourinent violemment sur la voiture. On n'y voit pas à vingt centimètres. Elle n'a que trois pas à faire pour sonner à la porte et se trouver à l'abri. Elle ouvre la portière de l'automobile et descend.

Aussitôt, ses talons aiguilles sont noyés dans la véritable crue qui court le long du caniveau. Elle fait les trois pas qui la séparent de la porte et de son renfoncement protecteur. Mais ses cheveux ondulés sont déjà plaqués misérablement de chaque côté de son adorable visage, son petit Saint Laurent de flanelle entièrement trempé en a pris un sacré coup – et tout cela en deux secondes ! Elle jubile. Qu'est-ce que ça peut foutre ? Elle sonne. Un très vieux domestique, vêtu d'une veste noire fatiguée, lui ouvre la porte. Ses yeux bridés, sa bouche aux dents magnifiques, tout sourit en lui. Il a plus de soixante-dix ans peut-être. Il s'efface pour la laisser entrer. Elle découvre un vaste hall dallé de marbre au plafond duquel est suspendu un lustre monumental.

Près de la première marche du large escalier se dresse une des œuvres d'art les plus connues de la planète, une statue de bronze de Rodin, *Le Souffleur de verre*.

Le domestique l'invite à le suivre. Elle gravit derrière lui une trentaine de marches de pierre et accède au premier étage. Là, un large couloir recouvert de moquette les mène jusqu'à une épaisse porte de chêne entrebâillée. Le domestique frappe. La porte s'ouvre aussitôt et Gilles d'Avertin apparaît.

— Entrez, Maria.

Le domestique lui adresse un dernier sourire pendant qu'elle pénètre dans la pièce. Gilles d'Avertin ferme la porte et invite Maria à s'asseoir dans un des deux gros fauteuils de cuir qui font face à la cheminée.

— Enlevez vos chaussures, séchez-vous, vous êtes trempée. Vous êtes venue à pied ?...

Maria éclate de rire.

— Il a suffi de quelques pas.

Des voilages et des doubles rideaux de brocart occultent en partie la lumière des deux hautes fenêtres du cabinet. Aucun bruit ne parvient de l'extérieur.

Gilles considère les cheveux plaqués et le tailleur trempé de Maria. Il sourit.

— N'y voyez pas le moindre geste de familiarité, mais je vous conseille vivement d'aller enlever vos vêtements dans la salle de bain. Vous y trouverez des peignoirs en éponge. Accrochez vos vêtements, faites-les sécher. Ainsi, notre première entrevue se déroulera... comme si nous étions deux vieux amis bavardant au coin du feu.

Maria accepte. Elle s'absente quelques minutes dans la

salle de bain et revient vêtue d'un gros peignoir en éponge blanc dont elle a retroussé les manches. Elle a emprisonné ses cheveux dans une serviette rouge nouée en turban. Elle a enlevé ses bas et marche pieds nus sur l'épais tapis.

Elle se pelotonne dans l'énorme fauteuil de cuir et regarde le feu brûler joyeusement dans la cheminée. Puis elle tourne son visage de madone vers Gilles.

— La patiente, lasse d'arriver masquée chez tous les psychanalystes de la planète, décida de se présenter au dernier d'entre eux entièrement nue sous son peignoir...

Elle n'a pas quitté Gilles des yeux pendant cette tirade, une lueur effrontée brillant dans ses yeux sombres. Mais malgré ses propos, il n'y a ni dans sa pause, ni dans son regard, la moindre provocation. Un inconnu qui aurait assisté à ce spectacle aurait simplement vu deux amis contents de se retrouver et de bavarder ensemble autour d'un feu de bois...

Dans un repaire secret, quelque part dans Paris, une batterie de télévisions occupe la totalité d'un mur. Au centre, sur un écran géant, se déroule la scène choisie par l'inconnu. Il est assis derrière un vaste plateau de chêne ciré dans lequel est inséré un pupitre de commande. Il peut, à son gré, voir ce qui se passe dans n'importe quelle pièce de l'hôtel particulier des Avertin, choisir les cadres à sa convenance, s'éloigner ou s'approcher du sujet désiré.

Tout ce qui se voit et se dit lui parvient avec une parfaite netteté.

Il est le témoin invisible...

— Alors, chère patiente, de quoi souffrez-vous, à part du terrible symptôme des cheveux trempés?

Le visage de Maria Solar devient grave.

— Vous connaissez la pièce de Brecht *La Bonne Ame de*

Sé-Tchouan? L'héroïne tient un modeste commerce, mais jeune orpheline sans parent, sans appui, on la moleste, on l'humilie. Alors, elle s'invente un oncle, dangereux bandit, auquel elle donne vie en se déguisant elle-même. Les habitants du village, voulant s'attirer les bonnes grâces de ce puissant personnage, deviennent avec l'héroïne aimables jusqu'à la servilité.

— Précisez votre pensée.

— Etre contrainte à dissimuler, à feindre, à n'être pas ce que l'on est, ne pas être appréciée pour ce qu'on est mais pour ce qu'on peut obtenir de vous, existe-t-il une plus grande souffrance?

Tourmentée, Maria Solar a fermé les yeux. Gilles se lève, remet une bûche et vient se rasseoir.

— Ne pas pouvoir dévoiler ses origines, occulter la passion que l'on porte à son...

Elle ne termine pas sa phrase et se tait. Elle a ouvert les yeux. Les coins de sa bouche généreuse s'abaissent en une grimace de défiance.

Après tout, qui est cet homme auprès duquel elle est assise, presque nue? Un frisson la secoue de la tête aux pieds. Elle tire les pans de son peignoir sur un genou qui s'est découvert et croise les bras sur sa poitrine. Tout en elle semble à présent hostile.

Gilles a assez d'expérience pour ne pas s'étonner de ce changement soudain. Maria Solar semble habitée par de terribles secrets. Sa naissance, sa culture, son intelligence, sa réflexion sont pourtant loin d'en faire une proie facile. Elle peut réfléchir, analyser, distancier tel événement, construire un plan. Elle a sûrement assez de sang-froid pour le mettre ensuite à exécution, même s'il comporte du danger.

Gilles connaît la véritable identité de Maria Solar. Avant même sa conférence à la Sorbonne!...

Cela ne lui facilitera en rien l'analyse de sa nouvelle patiente.

Les cheveux de Maria ont maintenant repris leur pli

naturel. La chaleur rosit son visage. Elle a conscience de s'être réfugiée dans un mutisme que Gilles a pu juger offensant. Elle lui adresse un petit sourire d'excuse.

En une seconde, la physionomie de Gilles d'Avertin se modifie. Il prend soudain possession du regard noir de la jeune fille, braquant sur elle son regard d'acier. Maria sursaute sous l'impact, essaye d'échapper à ce faisceau brûlant sans pouvoir y parvenir. Dès que Gilles détournera son regard, il libérera Maria et elle ne se souviendra de rien. Mais il faut auparavant qu'il force les défenses que la formidable méfiance de Maria a bâties.

Ailleurs, l'Homme fixe son regard brûlant sur celui de Gilles. Plus un son ne lui parvient du cabinet de l'analyste. Il actionne le zoom avant. Les deux visages se rapprochent puis les cous et les mentons disparaissent ne laissant plus sur l'écran, en très gros plan, que les yeux et la base du front.

L'envoûteur et l'envoûtée.

Soudain, Gilles d'Avertin cesse d'essayer d'imposer sa volonté. Sa tentative de prise de possession s'est heurtée à un mur infranchissable.

L'Homme esquisse un petit sourire. Il appuie sur le bouton « Off ». L'écran s'éteint. De sa main droite, il se frotte le poignet gauche d'un geste familier, à la fois massage et caresse.

Comme pour calmer une douleur ancienne, presque oubliée et dont le souvenir vous fait parfois souffrir.

52

Benoît Martin, au volant de sa Renault 21, est surpris
par la violence du déluge. Toutefois, il réussit à ne pas
perdre de vue la grosse cylindrée de Maria Solar. A dix-sept
heures trente précises, elle quitte son véhicule et se trans-
forme en deux pas en une véritable serpillière avant de
pénétrer dans la demeure du docteur d'Avertin.

Ainsi, le docteur d'Avertin l'a acceptée comme patiente,
à moins que cela ne soit un rendez-vous d'amoureux. Il en
saura plus dans la soirée. Avenue Jules-Janin, au siège de la
Brigade des homicides étranges, Lucie a mis le psychanalyste sur écoute téléphonique. Un accord secret avec le
ministère de l'Intérieur donne à son service l'autorisation de
telles pratiques sans en référer au procureur de la République...

A dix-sept heures quarante, la pluie cesse. Face à l'hôtel
particulier, sur l'autre trottoir, presque au coin, près de La
Rotonde, Benoît Martin avise l'enseigne d'une boutique
dont les néons violet et fuchsia clignotent. Il gare son véhicule derrière la BMW.

A l'intérieur de la confiserie-salon de thé « Aux Délices
de la Muette », ses narines palpitent de plaisir. Tout ici est
charmant, vieillot, désuet. De grands miroirs au bord doré
agrandissent la minuscule boutique. Une dizaine de petites
tables rondes et de chaises d'osier, toutes peintes en rose,

portent la marque d'un paradis perdu. Mais c'est derrière le comptoir en verre transparent que se trouvent les merveilles. Dans des présentoirs et des bocaux largement ouverts, les biens les plus désirables s'offrent aux yeux concupiscents du policier. Il y a tout d'abord les grands classiques : les nounours couleur vert prune pas mûre, blanc banane, orange-rouge bizarre. Il distingue la variante rarissime du Carambar, le Caranouga. Et puis toutes les réglisses avec, surprise, le Coco Boer, divine poudre fine rousse, couleur safran foncé, dans sa petite boîte ronde en métal peint au couvercle argenté. Son cœur bat en apercevant les petits sachets de plastique transparent tout saupoudrés de sucre blanc contenant les précieuses fraises Tagada. Paroi contre paroi se prélassent les Car-en-sac, les frites incontournables, coincées entre les torsades de guimauve, les cigarettes en chocolat et les Crocosucres.

La jeune vendeuse l'accueille avec un amusement mêlé de respect. Au premier coup d'œil, elle a reconnu l'« accro »...

53

— Pendant que Jack l'Éventreur éventre, vous sucez des bonbons...

C'est par ces mots que Lucie l'accueille quand il arrive à la Brigade des Homicides Etranges, les bras chargés de ses trésors. Au bout de cinquante-cinq minutes, à dix-huit heures vingt-cinq, exactement, Maria Solar a franchi dans l'autre sens la porte du docteur d'Avertin, s'est engouffrée dans sa BMW et a démarré aussi sec.

Benoît Martin a cessé la filature devenue inutile. Il a hâte de savoir ce qui s'est dit au cours de ce premier rendez-vous. Lucie actionne le magnétophone. Le policier se concentre sur le dialogue ponctué de longs silences. A plusieurs reprises, un chuintement aussi désagréable qu'un effet Larsen affecte la qualité de l'enregistrement.

— Qu'est-ce que c'est que ce bruit?

— Nous ne sommes pas les seuls à l'avoir mis sur écoute...

Benoît sent monter en lui les prémices d'une irritante contrariété. Il fouille dans un des sacs, en sort deux sucettes Pierrot Gourmand, en déchiffre l'emballage coloré.

— Je me suis fait piéger! On met une sucette orange dans sa bouche et c'est de la fraise... Vous devriez vérifier...

Lucie finit la question et donne la réponse:

– ... auprès des Renseignements généraux, de la PJ, la Gendarmerie, de la DGSE... C'est déjà fait...

– C'est vraiment de l'orange.

Benoît ferme à moitié les yeux, s'immobilise dans son fauteuil, sage comme un mandarin. Il lèche la sucette avec un plaisir évident.

– Allez... Ouverture de la chasse au pirate... Détection radio-gonio...

Il regarde Lucie en poussant un soupir.

– Évidemment, c'est déjà fait...

Il se lève, s'approche de Lucie la Prothèse, et lui délivre enfin la vérité.

– Y a pas que le crime dans la vie. Il y a aussi les bonbons et les bonbecs... Nuance... Les bonbons sont fabriqués en formes rassurantes, bon genre, avec des ingrédients nobles : fruits, sucre, lait, miel. Les bonbecs, c'est du plastique, des colorants, des formules chimiques dangereuses comme les ulcères, la liberté, la fantaisie.

Magnanime, tel saint Martin partageant son manteau, Benoît répand la totalité de ses trésors sur la console informatique. Il esquisse un large geste de la main et dit :

– Prenez ce que vous voulez.

54

Bruno Brunschwig parcourt à nouveau le relevé du compte à terme que la Charge Lambert, agent de change, lui expédie chaque mois...

– ... Alors... Perrier... Il n'y a rien à Perrier...

Son index descend le long de la colonne « Désignation des valeurs » jusqu'à la ligne « Sources Perrier ». Il relit à deux reprises le montant du cours précédent, 1 395 francs, et celui du cours de clôture, 1 458 francs, soit une différence de 63 francs par action. Il en a acheté dix mille, et les a revendues au plus haut quelques secondes avant la clôture.

Deux coups de téléphone et le voilà plus riche de 630 000 francs en vingt-quatre heures...

Il rit avec la fraîcheur d'un enfant recevant un bon point. 630 000 francs sans rien faire... Le salaire annuel d'un patron de PME. Quel scandale !... Comment est-ce possible un truc comme ça ? Une fois de plus, les avantages et le pouvoir que lui confère son métier lui apparaissent à nouveau pervers.

Ça s'est produit deux jours auparavant. Frédéric Gorski est son dernier client. La séance a commencé à dix-neuf heures et s'est terminée quarante-cinq minutes plus tard. Bruno respecte à peu près la durée des entrevues établie par Freud.

Frédéric Gorski, petit gros d'une quarantaine d'années, cheveux frisés, lunettes rondes de métal, costume bleu marine croisé à fines rayures, Churchs super cirées, s'est allongé sur le canapé. Comme d'habitude, il en a tout d'abord épousseté de la paume les miettes imaginaires, a examiné les coussins à la recherche de quelque cheveu égaré et a conclu qu'il pouvait s'étendre sans trop de risques.

Frédéric Gorski rêve beaucoup et prétend s'en souvenir avec la minutie d'un notaire. Il espère que Bruno acceptera aujourd'hui d'interpréter ses vagabondages nocturnes.

– Je n'ai pas bu la moindre goutte de Zoubrovka et pourtant, ma tête est déjà lourde. Je cherche le sommeil. Nadia est près de moi. Elle a réussi à s'endormir avant que je ne ronfle et là, une odeur très nette de curry d'agneau envahit mes narines. Je me lève – c'est dans le rêve ça, docteur Brunschwig –, je vais dans la cuisine, tout nu, précédé par mon gros ventre dont Nadia prétend qu'il m'empêche de voir mon sexe. J'arrive dans la cuisine. Je mets un tablier, je m'assieds sur un tabouret prêt à manger de ce ragoût délicieux. Pas de ragoût. Je le cherche en vain. Rien dans le four, rien dans le micro-ondes, rien dans le lave-vaisselle, ni dans le frigo. Pourtant, l'odeur est toujours plus proche. Je suis tout contre le curry. Je m'accroupis, tout prêt de la bonne piste... Je brûle... Je dois me rendre à l'évidence : le curry d'agneau n'est constitué par rien d'autre que mes dix doigts de pieds ! Je m'assieds sur mon séant. Le contact du carrelage froid ne suffit pas à me réveiller tant mon appétit est grand. Un à un, phalange par phalange, je détache mes doigts de pied, en mâche la viande savoureuse, en croque les osselets – et voilà, je n'ai plus faim et je me pourlèche les babines.

– Continuez...

– C'est fini. Je n'ai plus de doigts de pied mais je n'ai plus faim. Alors, docteur, qu'est-ce que vous pensez de ce coup-là ?

Bruno s'est retenu de ne pas éclater de rire pendant le récit. Il connaît son Gorski par cœur. Mythomane, affabulateur, bourré d'imagination. Il est son patient depuis peu, et Bruno, qui déteste les longues randonnées, est convaincu que ce coco n'est pas près de lui lâcher la grappe. Depuis deux mois, à raison de deux séances par semaine, Gorski lui a conté *Les Mille et Une Nuits*.

C'est le dernier rendez-vous de la journée. Après, Maria arrivera, venant de sa première séance avec Gilles...

– Les affaires reprennent, monsieur Gorski ! Voici ce qui me vient à l'esprit après avoir écouté votre rêve fort nourrissant. L'odeur du curry d'agneau, c'est la recherche du plaisir. Vous vous rendez seul à la cuisine, cela démontre votre révolte contre la dictature que Nadia, votre femme, vous fait subir... Mais ce qui me semble intéressant, c'est que vous mangiez chacun de vos doigts de pied. Vous êtes enfin à votre compte. Vous vous privilégiez enfin. Finie votre obsession dépréciatrice : *je suis une merde humaine...* Dorénavant, vous allez mordre dans la vie à pleines dents, et sans partage. Nadia peut crever... tant pis pour sa gueule... La crudité de cette dernière phrase n'est exagérée que pour illustrer mon propos... Bravo, monsieur Gorski ! Manger tous ses doigts de pied sans en offrir le moindre morceau à qui que ce soit, cela me semble un progrès considérable !

Frédéric Gorski agite ses petites jambes d'aise. Il a raconté des cracs au célèbre docteur Brunschwig et l'autre a tout gobé !...

Ses grosses lèvres s'arrondissent jusqu'à ressembler très exactement à un trou du cul ; et cet anus émet la phrase fatale, annonciatrice du délit d'initié :

– Achetez du Perrier dès demain et revendez-le après-demain avant la clôture. Mettez le paquet ! Vous allez gagner gros... Attention, c'est un secret absolu. C'est moi qui ai les cartes en main.

Frédéric Gorski se relève à présent, époussette à nouveau puis tapote chaque coussin du canapé, comme s'il vou-

lait par ce geste faire disparaître la moindre trace de son passage. Il est un des rares patients à garder ses chaussures
lacées, à ne jamais desserrer le col de sa cravate, ni ouvrir
son gilet. Ainsi, à peine debout, impeccable, ingénument
masqué, tellement prévisible, il peut s'en aller.

Il tend sa main un peu humide à la poigne ferme et
sèche du docteur Brunschwig.

— On avance un peu, hein?...
— On avance un peu.
— Bon, bah... à mardi.
— A mardi.

55

Gorski et Maria se sont croisés dans le couloir. Bruno en est sûr dès que Maria, ses longs cheveux voletant autour de son visage comme un voile peint par Titien, pénètre dans la pièce. Elle se jette dans les bras de Bruno puis éclate de rire. Dans l'entrée, Frédéric Gorski a eu pour elle les yeux exorbités du loup dans un dessin animé de Tex Avery.

— Je ne sais pas quels sont les problèmes de ce type mais il a une sacrée libido!

Bruno approuve. Il meurt d'envie de lui raconter le rêve, avec les doigts de pied en ragoût de curry – mais pas question de détricoter, même d'une maille, l'obligation du secret médical.

Maria raconte les vêtements trempés, le peignoir prêté par Gilles d'Avertin, le feu de bois devant lequel s'est déroulé le premier rendez-vous.

— Si Gilles n'était pas mon ami, j'irais lui...

Malgré le ton de la plaisanterie, un serpent a mordu les entrailles de Bruno. Il est stupéfait d'être aussi « immédiat ». Maria l'attire sur le canapé, l'embrasse tendrement sur les lèvres, porte ses mains à son corsage de soie et en défait lentement deux boutons.

— Bruno, mon amour... Toi seul a le droit...

Elle prend sa main et tous deux achèvent de déboutonner le corsage. Bruno écarte les deux pans de soie. Deux seins parfaits, satinés, à la pointe minuscule, apparaissent. Il les emprisonne délicatement dans ses longues mains brunes.

– Ceci est la propriété exclusive du docteur Brunschwig. Aucun autre docteur n'est autorisé à s'approcher de cette zone.

« Jaloux, moi ? » pense Bruno. Et sur ce canapé où flotte encore la présence de Frédéric Gorski, Maria et Bruno s'abandonnent pour la première fois.

L'appartement est situé au dernier étage. Attenant au cabinet, Bruno Brunschwig a installé une vaste chambre qui donne sur les jardins. Un petit escalier mène à une partie du toit dont il a la jouissance exclusive. L'ancien propriétaire y a fait installer une rotonde dont les parois sont en vitraux. Les motifs et les couleurs des années folles créent dans la pièce une lumière chaude, ludique. Par un mécanisme ingénieux, la rotonde s'entrouvre et l'on peut bronzer à ciel ouvert sans crainte d'être vu des voisins.

Bruno fait jouer le mécanisme. Les deux pans de la rotonde glissent, s'encastrant l'un dans l'autre. Un vent frais caresse les jeunes gens. Maria se blottit dans les bras de Bruno. Comme Paris leur semble confortable, cette nuit, du haut de ce dernier étage ! L'avenue Hoche est brillamment illuminée. Sur l'arc de Triomphe, on a planté un drapeau tricolore qui flotte au vent, éclairé par de puissants projecteurs.

Tout semble douceur de vivre. Soudain, Maria se raidit dans les bras de Bruno, devenant en une seconde une véritable statue de pierre. Il lui fait face. Ses yeux regardent à travers lui avec une effrayante fixité. Il cherche en vain quelle vision a pu opérer chez la jeune fille un si terrible et si soudain changement. Maria fixe un point, quelque part, loin, au-dessus des maisons, au-dessous du ciel. Elle ne fixe rien qui soit visible par Bruno ou par qui que ce soit d'autre...

56

    — Les temps sont durs pour les guette-au-trou, se dit Sarah.

    Les années ont passé. Et où en est-elle, aujourd'hui? Encore plus vieille, bien seule, bien maigrichonne.

    Super-Gilles et Bruno le Messie, ses deux oiseaux, se sont envolés chacun de leur côté. Dès qu'ils sont partis, Sarah Grosswasser n'est pas restée longtemps dans l'expectative. Elle a vendu vite fait l'appartement de la résidence Élysées, en réalisant un bénéfice substantiel. Bruno, son petit-fils chéri, lui a offert un très beau deux-pièces rue de Chazelles, dans le XVIIe arrondissement juste en face du Gymnase-Club et du centre des impôts, pas très loin de l'avenue Hoche où se trouve son cabinet.

    Elle n'a pas eu besoin de son télescope pour se rendre compte qu'elle n'était plus la première dans le cœur de son petit Messie. Cette *schiksé* a éliminé impitoyablement toute concurrence. A la place de Bruno, elle aurait fait le même choix. Cette Maria Solar est diaboliquement belle. Son allure de princesse, ses cheveux de jais, ce nez charnu à peine busqué, ses pommettes hautes, cette bouche si expressive, qui vous embarque dans la joie ou dans la désolation à la moindre moue, tout cela est vraiment du premier choix. Et puis elle se déplace tellement bien dans l'espace...

« Mon petit Bruno, si tu savais combien je passe peu de temps dans l'appartement que tu m'as trouvé. Je ne peux pas me passer de toi, mais je ne peux pas non plus me passer de l'autre pomme... Alors voilà, j'ai déniché cette chambre de bonne, là, au septième étage, juste en face de sa maison, rue Albéric-Magnard, et je le guette... Il va bien finir par se trahir... Tu ne me crois pas ?... Ton meilleur ami, c'est le Diable !... »

La chambre est minuscule. Un étroit lit-cage y est déplié, sur lequel reposent un matelas rachitique, un oreiller recouvert d'une taie et une méchante couverture. Une lampe halogène dispense sur les murs, recouverts d'un papier peint particulièrement abominable, une lumière de commissariat. Un voilage sur lequel l'humidité a imprimé des cicatrices de rouille empêche les voisins de voir cette vieille dame occupée à coller son œil à l'objectif d'une longue-vue.

En face, un vieux domestique. Sarah l'a baptisé « Tête de Chien ». Il écarte enfin les rideaux du cabinet du docteur d'Avertin. Première fois depuis huit jours !...

Un de ces quatre, Bruno ou quelqu'un d'autre la surprendra. Il faudra qu'elle s'explique, qu'elle se défende, qu'elle se justifie.

Pourquoi je guette...
Derrière ma lunette ?

« Tu crois que je peux oublier quand j'étais jeune, belle, désirable ? Quand c'était mon tour d'être aimée ? Quand on me touchait, pas seulement Brunschwig le Taciturne, mais les enfants, ta tante, ton père ?

« Tu crois qu'on peut oublier quand on a été à la tête d'une affaire prospère avec un tel défilé de gens, de clients, de fournisseurs de toutes sortes, et tous ces ouvriers et les rendez-vous chez les sous-traitants, et les discussions avec les banques, cette fièvre, et les débats au Consistoire avec les rabbins, cette vie pleine, riche, surprenante, dont j'étais, il faut bien le dire, le centre d'intérêt. Toi, Bruno, tu sais bien que je n'exagère pas. Tu sais à quel point nous sommes à part, nous, les Brunschwig, les Grosswasser, depuis si longtemps, depuis la nuit des temps, de génération en génération, ça se transmet. C'est nous qui sommes le soleil autour duquel tourne le reste du monde. C'est nous qui avons le premier rôle dans la pièce. Tous les autres ne sont que des figurants. Alors, à côté de ce fourmillement humain, de cette densité à peine concevable, dont j'étais la brillante comète, tu comprends à quel point, maintenant, je ne me souviens plus de mon âge. Mais l'image que me renvoie mon miroir n'est pas ma vérité. Je suis si jeune, si curieuse. J'ai tant d'énergie pour entreprendre, tant d'amour à donner.

« Alors, c'est vrai, je chaparde quelques miettes de la vie des autres... Et tu ne peux pas imaginer à quel point cela m'excite, comme ça me garde en vie, comme ça m'enivre... Quelle leçon d'amour... Les gens, chez eux, sont tellement mignons, tellement sans défense... Comment ne pas aimer ces déshérités, quand tu les vois seuls, dans leur chambre, devant leur glace, avec ce regard d'enfant, passant leurs mains sur leur visage, ne sachant pas eux-mêmes qui ils sont, ayant si peur que les autres cessent de les reconnaître, et toujours, cette peur, ce désarroi...

« Et si tu les voyais s'habiller, se maquiller, se préparer au combat quotidien perdu d'avance, à la confrontation avec le reste du monde, avec toujours cette interrogation, ce pauvre sourire devant le miroir...

« Et ils se déchirent alors qu'ils ont envie de dire : On arrête, on s'embrasse... Et ils s'essayent à faire les gestes de l'amour avec tellement de maladresse... comme un bébé qui fait ses premiers pas... Et quel bonheur quand ils s'embrassent, quand ils s'aiment enfin...

« Si je ne pouvais plus chaparder ces petits bouts de tragi-comédie, ma vie n'aurait plus d'intérêt. Parce que toi,

Bruno, ta vie est neuve, magnifique. Ton corps est beau, chaud, dur, ta peau est douce, tout le monde vient se réchauffer à la lumière de tes yeux, apprécie ton intelligence, admire ton génie. Combien de gigolettes t'ont serré dans leurs bras, ont défailli sous tes assauts amoureux? Veux-tu qu'on essaie de compter toutes les caresses qu'on prodigue à ton corps, à ton âme, à ta vanité?

« Et maintenant, cette Maria Solar, cette fée à la peau du Sud, comme la tienne, dont l'étreinte est celle d'un volcan, ça j'en suis sûre...

« Laisse-moi vivre un infime instant de ta vie, et je te le jure, je jette cette longue-vue et je renonce à ce voyeurisme pathétique. »

LE CARNET NOIR

*Après l'Ancien Testament, le Nouveau Testament, voici –
c'est nouveau ça vient de sortir – le Tout Nouveau Testament
de Sigmund Super-Moïse.*

Premier chapitre : les débuts de l'humanité.

*L'humanité était, aux origines, constituée de hordes pri-
mitives dominées par un père tyrannique, qui se réservait
toutes les femmes et tuait ses fils rivaux. Ils ne tardèrent pas –
ce que vous auriez fait à leur place – à s'associer pour tuer ce
père qui les tuait... Ce meurtre originel serait à l'origine de la
société et aurait laissé dans l'inconscient collectif une culpabilité fondamentale. Cette culpabilité expliquerait le complexe
d'Œdipe et l'angoisse de castration.*

*Peur du petit garçon de perdre son pénis... Frustration de
la fille et de la femme de l'avoir perdu... Un malaise pour
chaque sexe.*

*Et voilà l'origine des différentes névroses dont souffre
l'humanité.*

*Comme d'habitude, Freud se drape dans une scientificité
qu'il est le seul à s'être conféré. Sur ce point, la confusion de sa
pensée l'amène à une réaction qui serait savoureuse si elle ne
rappelait pas les procédés de l'Inquisition : tout essai de critique
scientifique de la psychanalyse est ressenti par Sigmund
comme une critique... de la science. Freud finit par demander
aux savants d'où leur vient leur « pouvoir ».*

Les fils de Freud sont eux aussi en plein déjantage. Un certain Kipman évoque la nécessité « d'intuiter », ce qui signifie « se servir de son intuition pour obtenir des intuis » mais en raison de la difficulté à reconnaître les bons « intuis » des mauvais, il est nécessaire d'avoir recours à une dimension supplémentaire : la foi. Kipman est incapable, bien entendu, de préciser ce qu'il entend par ce mot. Toujours est-il que « la foi devient donc une force supplémentaire du chercheur ». Mais Kipman, célèbre chez ses voisins et ses parents, fait appel à une autre célébrité de quartier, un certain Bion, pour qui « l'acte de foi est une proposition scientifique parce que la foi est un état d'esprit scientifique qui doit être reconnu comme tel ». Or, Kipman, champion de bonneteau, arrive à se montrer encore plus confus dans son chapitre « Psychanalyse quantique ». Il prétend que la psychanalyse est « la science quantique de la pensée ». Et pourquoi ? Parce que la physique quantique et la psychanalyse s'intéressent toutes deux « à des objets invisibles dont la trajectoire est aléatoire ».

L'incertitude dans laquelle ce Kipman nous plonge nous donne froid à l'inconscient.

Changeons de Gugusse. Un certain Joël Dor écrit dans L'A-scientificité de la psychanalyse *que la psychanalyse n'a rien à voir avec la science. Si elle se voulait science, elle serait d'autant rabaissée car elle est irréductiblement réfractaire aux critères de la science. La raison d'être de la psychanalyse étant la compréhension de l'individu, considérer l'individu comme un concept scientifique, revient à le mutiler, le réduire et méconnaître le caractère unique de la psychanalyse...*

Au secours...

Je vous le dis en vérité : comment s'en remettre à des individus qui sous leurs costards amidonnés comme une Samsonite dissimulent des slips merdeux ?

57

Sarah Brunschwig tressaille. Elle ôte prestement son œil de l'objectif, s'empêtre les jambes dans le trépied de la lunette qui, déséquilibré, chute sur le sol. Elle porte la main à sa bouche, étouffe un cri, puis se trouve stupide... Qui peut la voir ou l'entendre derrière sa fenêtre au cinquième étage ?

Gilles vient de sortir de sa tanière...

Comme Sarah, imaginons que Gilles d'Avertin soit Jack l'Éventreur, que ce soient ses mains admirables qui enfoncent jusqu'au cœur, et à coup sûr, le poignard mortel... Désormais, il ne pourra plus proférer la moindre parole ou esquisser le geste le plus anodin, sans que nous ne soyons terrorisés. Il arrête un passant pour lui demander du feu : on tremble pour le passant. Qu'à la nuit tombée, il ralentisse le pas alors que s'avance une jeune écolière, aussitôt nos fantasmes pervers et les crimes monstrueux dont on le crédite transformeront son hésitation en un possible et irrémédiable massacre.

Or, Gilles d'Avertin se livre à cet acte lourd de conséquences : il sort de chez lui et va jusqu'à la librairie du coin où Sarah, qui a dévalé les escaliers et lui file le train, le voit très distinctement acheter *France-Soir, Libération* et *Le*

Canard enchaîné. Et la libraire qui lui tend ses journaux, qui lui rend la monnaie en souriant, sans se douter une seconde à quelque point chaque regard, chaque geste peut être fatal!...

« Mais tu n'es pas du tout sûre que ce soit lui... » Puis elle frissonne car il fait un peu frais, et un autre frisson lui vient parce que Gilles est sorti en costume et qu'il va prendre froid sans son manteau.

A la porte de sa demeure, Tête de Chien lui ouvre, lui sourit – évidemment. Clac, la lourde porte se referme. Sarah remonte en agitant vite vite ses petites jambes.

Le gros volume de la BMW envahit l'objectif de Sarah. Il est dix-sept heures trente et c'est la deuxième fois que la jeune fille débarque, précise comme un coucou suisse. Donc, c'est plutôt professionnel. La jeune fille sonne. Tiens! C'est Gilles lui-même qui ouvre dans l'instant. Il attendait donc derrière la porte? Bizarre. Maintenant, il va falloir que j'attende cinquante minutes, habillage et déshabillage compris. Mauvaises pensées, vieille jalouse. Et si Maria aime vraiment Bruno et que Bruno l'aime? Le cœur de la vieille femme se serre. Les larmes lui viennent aux yeux. Ce serait merveilleusement affreux. Enfin, cinquante minutes de pause. Elle balaye la rue une dernière fois. La Renault 21 à l'antenne banalisée ne s'y trouve pas. Pas très accrocheur, ce flic.

58

Maria, allongée sur le canapé, regarde le plafond. Depuis plus de vingt minutes, elle n'a pas prononcé un seul mot. Elle avait claqué la portière de la voiture et avait sonné à la lourde porte. Elle allait compter jusqu'à vingt. La porte s'ouvrirait, le vieux domestique aux yeux bridés lui sourirait, s'effacerait pour la laisser pénétrer dans la maison et l'emmènerait lentement à l'étage.

Elle sonne. C'est Gilles d'Avertin qui lui ouvre. Dès qu'elle a sonné. Elle n'a même pas commencé à compter. Maria est décontenancée. La brutale proximité de celui vers lequel elle vient pour tenter de lui confesser l'indicible l'a surprise et choquée.

Établir un *rituel*, même dès la seconde visite, elle en éprouve le besoin. Dans toutes les relations humaines, l'usage est d'apprivoiser la crainte de l'autre par des préambules où il ne se passe apparemment rien, mais qui sont le passage obligé pour aller plus avant ou renoncer à poursuivre.

Gilles d'Avertin ressent la gêne de Maria. Il aurait dû sacrifier au protocole, attendre la jeune fille dans son cabinet, il le sait. Mais il lutte contre ces schémas convenus. La relation entre le médecin et le patient est comme une traversée à deux, dans une fragile pirogue, sur une mer démontée. Bien sûr, l'analyste est censé diriger l'embarcation, connaître les écueils, mais face à la tempête, son savoir-faire devient dérisoire.

Gilles se rend à l'évidence. Il attendait, il espérait Maria Solar. L'analyste en lui se maîtrise à grand-peine pour ne pas laisser place à un adolescent dont le cœur bat dans l'attente du rendez-vous.

Malgré son refus d'appartenir à quelque club ou coterie psychanalytique que ce soit, les plus grands le reconnaissent comme un des leurs. Bien sûr, il a éprouvé des pulsions sexuelles envers des patientes particulièrement attirantes, mais il a su se servir de la force de ces désirs pour être plus attentif encore.

Aucun acte, aucun sentiment suspect n'est venu altérer le sens moral qui l'anime dans l'exercice de sa fonction. Mais Maria le bouleverse. Elle incarne le fruit défendu. Sa faiblesse, son innocence, sa fragilité même la rendent plus séduisante. Ses silences, sa souffrance, son mystère, dont il ne connaît qu'une infime partie, tous ces éléments réunis dans le même être font chanceler sa rigueur professionnelle.

Comprimé sous le ciment de la culpabilité et du devoir, un désir terrible, vénéneux, ébranle ses structures mentales et bouleverse douloureusement son ordre établi.

Gilles s'assied derrière son bureau. S'il ne tente pas quelque chose, la magie de la première séance s'évanouira. La relation de confiance sera alors difficile à rétablir.

– Je crois savoir ce qui vous préoccupe. J'ai moi-même ouvert la porte dès que vous avez sonné, alors que vous pensiez que Chan Li vous ouvrirait, qu'il vous sourirait, qu'avec lui vous monteriez lentement à l'étage et entreriez dans mon cabinet. Souvent, les masques, les usages, *la politesse* nous permettent d'appréhender avec plus de confiance les relations que nous souhaitons entreprendre. Dans ces conventions, je joue loyalement mon rôle. Juste avant votre arrivée, j'ai couru au kiosque acheter quelques journaux. A peine étais-je rentré que vous sonniez. Je vous ai ouvert, c'est simple.

Maria, stupéfaite de la justesse de ses propos tout autant que de la franchise avec laquelle Gilles d'Avertin les a formulés, change sensiblement d'humeur. Elle retrouve l'atmosphère de complicité, l'impression de confort qu'elle a ressenties lors de leur première rencontre au coin du feu et qu'elle voulait retrouver. Elle se sent bien à nouveau. L'homme qui est derrière elle ne lui veut pas de mal. Elle s'abandonne sur le divan. Elle pense à Bruno, elle a très envie d'être dans ses bras. Elle rêve. Elle est sur le point de s'endormir.

De son fauteuil, Gilles ne la quitte pas des yeux. Même si elle ne prononce pas un mot pendant toute la séance, il n'interviendra pas.

Près du mur qui fait face à l'écran géant, l'Homme est assis derrière un Steinway. Il joue une valse de Chopin. Il s'interrompt. Son index répète mécaniquement un *mi bémol,* dans l'aigu, comme une goutte d'eau qui tomberait au même endroit, répétitive et irritante.

A l'aide d'une commande à distance, il rapproche le visage de Gilles d'Avertin. Il le fixe intensément. Le visage, tourné vers Maria dans une attente bienveillante, change soudain d'expression. Il se vide de toute bonhomie, se tourne peu à peu face à l'écran, et sans le savoir, face à l'inconnu. Un rictus de totale méchanceté se peint alors sur le visage de Gilles d'Avertin. Il est sur le point de se laisser envahir par cette influence maléfique, qu'il combat de toutes ses forces. Il secoue brutalement la tête, comme s'il s'éveillait d'un cauchemar, se lève, fait quelques pas et dit :

— Il vaut mieux qu'on arrête pour aujourd'hui, Maria. Laissons faire le temps.

59

Face à la demeure de Gilles d'Avertin, derrière la fenêtre, la longue vue est en berne. Sarah s'est assoupie.

Il est trois heures du matin. De l'hôtel particulier de la rue Albéric-Magnard, un homme de haute taille sort par la porte de service. Une cape sombre au col relevé dissimule ses traits.

Il s'engouffre dans une longue Cadillac noire aux vitres fumées. Au volant, Sargatamas, en livrée de drap noir, la tête couverte d'une casquette à visière, démarre lentement.

La limousine quitte les beaux quartiers, s'engage sur les quais, passe devant le musée d'Orsay, arrive au Châtelet et emprunte le boulevard de Sébastopol jusqu'à la place de la République. Là, elle pénètre dans une petite ruelle sur la droite qui l'amène au canal Saint-Martin. La limousine longe maintenant le quai de Valmy. La lune éclaire faiblement les eaux sombres et calmes du canal.

De chaque côté des eaux stagnantes, les rues sont désertes. Sans bruit, l'immense Cadillac avance lentement, ses deux phares trouant la nuit. Elle s'immobilise devant l'Opus-Café. Sargatamas coupe le contact. D'un paquet rouge frappé de lettres dorées, l'homme sort une cigarette Dunhill, la porte à sa bouche et l'allume. Ses yeux très clairs sont empreints d'une expression rêveuse, absente.

Puis il dit :
— Va.

Sargatamas descend de la voiture et pénètre dans l'établissement immense. Au rez-de-chaussée, on prend un verre dans un confortable fauteuil de cuir face à l'estrade où se produisent des ensembles de musique classique. Le maître d'hôtel vient vous chercher pour vous conduire au premier étage où, sur une mezzanine, sont disposées une trentaine de tables pour le dîner.

Sargatamas s'assied sur un tabouret près du bar. Il commande un verre d'aquavit au cumin. Il le savoure à petites gorgées, inspectant la salle. Son regard dédaigne les groupes et les couples. Il cherche celui ou celle qui aura besoin de l'Homme.

Elle est là, seule à table. Elle a largement entamé une bouteille de vodka. Son cendrier déborde de mégots mal éteints. L'une après l'autre, elle allume des Camel. Tout en elle indique le désespoir. Chaque verre d'alcool, chaque cigarette pourrait être la dernière. Ses yeux contemplent la salle sans aucune curiosité. Elle fait signe au garçon, esquisse un sourire qui révèle la surprenante beauté de son visage défait. Le fond de teint dissimule à peine une peau dégradée par les excès. Elle paye, puis se lève en chancelant. D'un pas incertain, elle se dirige vers le vestiaire. Elle récupère un lourd manteau à la coupe masculine qu'elle enfile avec peine. Un serveur lui ouvre la porte.

De la limousine, l'Homme voit la silhouette se découper. Il actionne la vitre fumée qui s'abaisse. Des fragments de musique lui parviennent. Un quatuor à cordes de Haydn. La jeune femme contemple la masse sombre de la limousine. A l'arrière, elle distingue le rougeoiement d'une cigarette qui éclaire faiblement une ombre qui la regarde. Elle frissonne, serre son manteau épais sur son corps fragile. Elle contourne la limousine. Son sac s'est entrouvert. Elle essaye

en vain de le refermer et parvient enfin à enclencher le bou-
ton-pression du fermoir. Elle traverse alors la rue et marche
le long du canal.

L'Homme sort de la voiture. Il jette sa cigarette dans le
ruisseau.

Il avance maintenant dans la rue. Ses pas ne font aucun
bruit. Il suit à quelques mètres le martèlement des talons sur
l'asphalte. La jeune femme se retourne, le dévisage puis
poursuit son chemin jusqu'à l'escalier de pierre qui l'amène
à la berge. Elle l'emprunte et se traîne avec difficulté sur les
pavés. Elle s'adosse à un pylône, face à l'escalier. Elle attend.

Lentement, l'Homme descend à son tour, marche après
marche, comme dans une tragédie dont chaque acteur
connaît chaque réplique mais dont la conclusion, finalement, sera dans l'ordre des choses : *heureuse.*

60

Dans l'appartement de l'avenue Hoche, Maria et Bruno sont assis face à face devant une table basse, vêtus de kimonos japonais. On sonne à la porte. Maria sursaute.

– Qu'est-ce que tu as ?

– J'ai peur.

– Ce n'est que le livreur de sushis...

Maria tente de sourire. Bruno va prendre livraison du repas japonais, revient et dispose les plats. Dans deux tasses minuscules, il verse du saké. Puis il fait le tour de la table, s'agenouille tout près de Maria et la prend dans ses bras.

– Tu trembles... Calme-toi, mon amour. Nous sommes en sécurité. Il ne peut rien nous arriver.

D'une voix blanche, Maria murmure :

– Le danger est à l'intérieur.

– Explique-toi.

– Gilles...

Bruno couvre son visage de baisers.

– Pardon de paraître un Monsieur Je-sais-tout, mais il est normal de douter au début d'une relation avec un nouvel analyste. Tu as été de déception en déception. Partage mon intime conviction : Gilles est un des rares psychanalystes qui puisse essayer de résoudre tes problèmes avec une bonne chance de succès. Il est un grand médecin. Mais il est aussi un homme avec des appétits... Je ne suis pas un amant complaisant, cela me ferait horreur, mais je peux concevoir, avant qu'il établisse avec toi une relation professionnelle, que l'amateur de femmes qui est en lui ne puisse faire l'impasse sur ton adorable personne. Laisse le temps mettre les choses en place. Tout rentrera dans l'ordre.

Maria frissonne à nouveau et serre Bruno à l'étouffer. Ses ongles s'enfoncent dans ses reins.

— A part toi, très peu d'hommes sont aussi séduisants que Gilles. Fais crédit à ma sensibilité, même si elle est un peu névrotique... Alors que notre relation semble normale, j'ai soudain l'impression que Gilles a deux visages. Il s'en défend, mais dans ce combat à l'issue imprévisible, je ne peux déterminer lequel va sortir victorieux.

La physionomie de Bruno devient grave. Il dit avec sérénité :

— On ne peut rien savoir en deux séances. Donnons-nous un ou deux mois et nous verrons.

Il regarde la jeune fille avec une infinie tendresse et lui dit :

— Tu sais Maria, je te crois. Je crois tout ce que tu me dis.

61

Bien peinard dans la cabine, le marinier serre dans ses bras sa femme, douce et grassouillette. Après l'amour, apaisés, tranquilles, les époux papotent tendrement.

Leur péniche est appontée depuis hier. Derrière l'écluse qui les emprisonne, les eaux ne se remettront à niveau qu'à l'aurore.

Une interview de Marilyn Monroe passe à la télévision.

— Elle est plus belle que moi ?

— Tu es la plus belle.

Le commentateur demande à la vedette quelle est la lingerie qu'elle porte au moment du coucher. Elle répond : un soupçon de Chanel n° 5.

La femme du marinier se rapproche de son homme, lui enlève la cigarette qui lui pend au bec et en tire une bouffée avec volupté.

— Si tu veux me faire un cadeau, je préférerai Loulou de Cacharel.

Elle éteint la cigarette, se colle a lui et se prépare manifestement à mériter un flacon de très grande taille. Un cri plaintif, un râle plutôt, se fait entendre, tout près.

Le marinier prête l'oreille :

— Tu as entendu ?

Elle n'a rien entendu. Elle le caresse à nouveau.

De l'autre côté de l'écluse, la masse fantomatique d'une

péniche, qui elle aussi attend le passage, émet le signal plaintif d'une corne de brume.

Le marinier se dégage de la tendre étreinte :

– Je vais voir ce qui se passe. Je reviens vite.

Il s'habille à la hâte et monte sur le pont. Sur la berge, une silhouette humaine, tassée au pied d'un pylône, s'agite faiblement. D'un bond, il est prêt d'elle. C'est une jeune femme brune. Ses yeux sont grands ouverts. Un nouveau râle s'échappe de sa bouche, tordue en un rictus d'effroi. Le manteau sombre est largement ouvert. Le corsage a été arraché. Sur la poitrine dénudée, sous le sein gauche, près du cœur, pointe une petite larme de sang. Soudain, un craquement se fait entendre. Le marinier se tourne vers l'escalier où une ombre impressionnante gravit lentement les marches et disparaît.

Un claquement de porte, un moteur de voiture qui démarre et s'emballe. Le marinier fonce vers l'escalier, l'escalade à toutes jambes, arrive sur l'asphalte juste à temps pour voir disparaître les feux arrière d'une immense limousine. Il baisse les bras, ne sachant que faire. Face à lui se détache en lettres noires, sur un caisson lumineux, l'inscription « Opus-Café ». Il traverse la rue et entre dans l'établissement.

62

La limousine roule rue Lafayette, emprunte le pont de métal qui mène rue du Faubourg-Saint-Martin jusqu'à la gare de l'Est. Quelques mètres avant l'écriteau « Grande Lignes », se dresse un porche dont l'accès est interdit au public par deux chicanes d'acier. Sargatamas descend, ôte les goupilles de sécurité et écarte les barrières. La limousine s'avance, tous feux éteints, sur un quai sombre et désert. A gauche, désertes également, les voies des grandes lignes sont faiblement éclairées par les lampadaires de service. Le quai se prolonge jusqu'à la gare de triage. Des rails d'acier courent jusqu'à l'infini, enchevêtrement capricieux ponctué par les lourds leviers rouges des aiguillages.

Des rames de wagons multicolores, flambant neuves ou ternies par leurs trop nombreux voyages, reposent paisiblement en longues caravanes parallèles.

Il est quatre heures du matin. Le ciel est exceptionnellement étoilé et couronné par une lune brillante en forme de mince croissant. Sargatamas coupe le contact. L'Homme descend et fait sèchement claquer la portière. Des bruits de musique, de conversations, de cris lui parviennent. Il marche dans l'obscurité, droit devant lui. Bientôt, il arrive à la fête.

Ce ne sont pas vraiment des clochards ni des « sans domicile fixe ». Dans les gares de triage, à l'abri des trains

qui leur servent de maison, ils organisent des fêtes connues
de quelques initiés, ceux dont la nuit est le royaume, la vie
véritable, les membres de la maçonnerie des plaisirs dangereux, des frissons vertigineux... jusqu'à l'enfer.

Une dizaine de jeunes gens en robe du soir et smoking
ont amené des alcools et des drogues aux squatters. Ceux-ci
sont quatre, une jeune métisse d'une grande beauté, accou-
trée et fardée comme une gitane, un Noir et deux briscards
vieillis dans la marginale sédentarité de ce lieu.

Tous se sont réunis autour d'un brasero que le Noir
surveille et alimente. On boit du champagne dans des gobe-
lets, on se passe un énorme joint de *sinsémilla,* l'herbe qui
dispense l'extase. Sur un miroir, à l'abri du vent, un jeune
homme en habit, au visage pâle, réduit en poudre fine des
petits cailloux tranchants de cocaïne et les ordonne en lignes
parallèles.

La jeune mulâtresse introduit une cassette dans un
ghetto-blaster. Une voix incroyablement belle se fait
entendre. C'est une longue mélopée, le rituel de l'amour,
chanté par Oum Kalsoum. La jeune fille se lève, se cambre,
se convulse, vibrant à chaque inflexion de la voix érotique,
en reproduisant chaque nuance avec son corps.

Les braises crépitent. Arrivées à l'incandescence, elles
explosent avec un claquement sec. Une odeur de naphte
emplit l'atmosphère. Tous se sont levés et font cercle autour
de la danseuse. Ils tapent dans leurs mains en une mesure
approximative.

L'Homme s'est maintenant avancé si près qu'il peut
scruter chacun des visages. La mulâtresse tourne sur elle-
même, bras et visage levés vers le ciel. Elle s'interrompt soudain et arrête la cassette. Le silence s'établit.

– Que se passe-t-il? demande un jeune homme.

La jeune fille ne répond pas. Son regard fiévreux scrute
la nuit impénétrable. Les braises ont faibli. Le feu s'éteint
dégageant une épaisse fumée. Comme dans un incendie de
forêt où les animaux fuient bien avant que ne se déclare le

sinistre, les visiteurs saluent leurs hôtes et partent rapidement, envahis par une sourde inquiétude.

Les trois squatters qui restent seuls boivent à présent un dernier gobelet de champagne. Dans un large sac poubelle, le Noir jette les reliefs de la fête. Il souffle sur le miroir, éparpillant dans la nuit les restes de cocaïne. Les autres sont déjà montés dans leur wagon.

La jeune femme marche vers Celui qu'elle ne distingue pas encore et qui l'attend.

63

La limousine arrive rue Albéric-Magnard. La silhouette de Sarah Brunschwig se découpe dans la lumière des phares. Sargatamas freine, ouvre la porte, court à la vieille et lui assène un bon coup de matraque derrière la nuque. Il s'apprête à la frapper à nouveau quand, de l'intérieur de la voiture, l'Homme lui intime l'ordre d'arrêter. Sargatamas range sa matraque à regret. Il traîne Sarah devant les Délices de La Muette, avise son sac abandonné sur la chaussée, le ramasse et le pose près du corps inanimé. Après quoi il remonte dans la voiture.

— Elle commençait à me gonfler, celle-là. Toujours à espionner.

L'Homme le réprimande :

— Tu n'aurais pas dû. Prends garde à toi s'il lui arrive quoi que ce soit.

Le visage de Sargatamas se tord en une grimace contrite.

— Pardon, Monsieur... Jamais je ne discute vos décisions mais elle en sait beaucoup, maintenant. Elle est quand même incroyable, cette vieille, toujours à mater! Qu'elle se trouve une maison de retraite et qu'elle nous lâche...

Elle a Bruno Brunschwig, son petit-fils, qui s'occupe d'elle en plus! Quoiqu'avec sa réussite et Maria, elle ne doive plus le voir souvent.

L'homme, le regard absent, semble ne pas entendre le moindre mot. Il répète machinalement :

– Bruno... et Maria...

Une expression de cruauté se peint sur ses traits. Sargatamas, effrayé, a un mouvement de recul.

– Venez, Monsieur, on rentre. Quelqu'un finira bien par trouver la vieille. Elle n'est pas près de crever, celle-là.

L'homme descend de la voiture, s'approche de la forme allongée et lui prend le poignet pour évaluer son pouls. Il se relève, la contemple avec tendresse et murmure :

– Toi, tu connais la vérité... Et pourtant, tu ne diras rien... Jamais...

LE CAHIER NOIR

Être le maître, le dieu de Sandor Ferenczi, quelle jouissance pour Sigmund ouistiti!

Sandor respire la joie de vivre, rayonne d'appétits sexuels.

Sigmund ne connaît ni la rue ni la vie quotidienne des plus défavorisés. Dans sa bâtisse petite-bourgeoise, il est protégé par sa cohorte hystérique de richissimes princesses juives. Après tout, ces êtres humains qu'il a aidés à vivre mieux, à quelle classe sociale appartenaient-ils, sinon à la plus privilégiée? Courait-il le moindre danger, prenait-il le moindre risque à faire se confesser des névroses mondaines à l'aspect plutôt aimable?

Les patients atteints de psychose profonde ou bien dont le statut social n'était pas élégant, il fallait qu'ils sonnent à une autre porte.

Sandor, lui, va au charbon. Il se bat à l'office alors que Sigmund, terrorisé par la « vraie vie », ne quitte pas son salon. Sandor souffre de la souffrance de ses patients, il la comprend, la partage. Il l'empoigne à bras-le-corps.

Chaud lapin, il transgresse gaillardement les lois du maître. Sigmund est pur esprit, sublime spéculation intellectuelle. Il ne « touche pas ». Ferenczi exerce une relation beaucoup plus physique avec ses patients : il les touche, les caresse, avec l'amour que le vétérinaire prodigue aux animaux blessés. Sandor invente le contre-transfert, luttant ainsi contre une des plus vilaines trouvailles du système freudien : dans la position de force où se trouve l'analyste, ne pas oublier que c'est le patient qu'il faut ménager, guérir et conduire d'une main charitable jusqu'au bout du douloureux chemin. Ne pas séjourner dans les sentiers glauques, incontrôlables du transfert.

Sans vergogne, le ouistiti intègre le contre-transfert dans son œuvre. Désormais, cela lui appartient. Ferenczi n'est pas près d'en toucher les droits d'auteur...

Freud a été l'analyste de Ferenczi. Il souhaitait manifestement avoir un tel fils. Dans leur correspondance, il l'appelle son fils chéri.

Le temps passe. Dans le crâne du ouistiti, les fusibles sautent. Ferenczi vole au secours du vieux Moïse dont le berceau d'osier prend eau de toutes parts.

Sigmund l'envoie chier.

64

Bruno Brunschwig montre son caducée au cerbère qui garde la guérite de l'entrée de l'hôpital Bichat, porte de Clignancourt. Il gare sa voiture devant la porte du bâtiment principal. L'hôpital, flambant neuf, est d'une rare laideur.

Dans le vaste hall, devant le kiosque à journaux, il s'arrête stupéfait. Sur la couverture du magazine *L'Express* s'étale le portrait de Gilles d'Avertin avec, en accroche, dans un jaune agressif, la mention : « Freud meurt une seconde fois ». A côté, sur le même présentoir, la couverture de *L'Événement du jeudi* représente son propre visage couronné du titre : « Le parricide manqué des fils de Freud ».

Les journalistes sont décidément moutonniers. Les rédactions s'espionnent sans répit. Ainsi paraissent dans le même temps des éditoriaux calqués les uns sur les autres. Mais Bruno n'est pas là pour flâner. Une batterie d'ascenseurs rapides dessert quatre sous-sols et vingt étages. Il monte au neuvième, sort et se dirige vers l'aile ouest, où se trouve le service du professeur Benhamou, traumatologie et chirurgie générale.

Elle est là, petite créature émaciée occupant une infime partie du lit, chambre 917. Sur l'écran de la télé câblée, le couturier Louis Féraud présente un défilé de ravissantes créatures enserrées dans des costumes inspirés des habits de lumière de la tauromachie. Les arènes de Nîmes servent d'écrin à cette collection d'une exceptionnelle beauté.

Sarah regarde le spectacle avec un sourire d'enfant. Elle est coiffée d'un turban, mais ce n'est pas un turban. C'est un véritable casque de gaze sous lequel se trouve bel et bien un hématome de taille respectable.

Le visage de Sarah semble renaître à la vue de Bruno. Elle est heureuse. Comment a-t-il su si vite ?

– Police Secours m'a prévenu. Tu n'avais pas de papiers mais, plié en quatre dans ton sac, un petit bout de journal avec mon numéro de téléphone.

Il rit et ajoute :

– Pourquoi moi ?

Ils rient tous les deux. Sarah attire le visage aimé et le couvre de baisers.

– Mon petit Messie, l'assassin, c'est Gilles d'Avertin. Pourquoi il n'a pas tué Maria, je n'en sais rien... Peut-être parce qu'il m'avait vue...

– Parce que tu m'as suivi à Venise ?

– Qui d'autre je pourrais suivre... Elle est tombée. Il a brandi son poignard... Quel suspense !... J'avais peur. J'ai pissé dans ma culotte et puis... Il la regarde, il range son couteau et il s'en va...

– Tu es complètement folle. Il aurait pu te tuer...

Elle montre du doigt son impressionnant pansement.

– Et ça, on me l'a fait avec une crêpe suzette ?

– Parce que c'est Gilles qui t'a assommée...

– Non, c'est son tueur à gages. Un type affreux. Petit, les jambes arquées, une grosse tête, avec des yeux globuleux... Il m'a balancé un de ces coups de matraque !

– Et Gilles ?

– Il était là, à deux pas, tranquille, tirant sur sa clope...

– Tu as fait de sacrés progrès en français.

A ce moment précis, Bruno ressent pour sa redoutable

grand-mère un mélange de tendresse et d'agacement. D'abord, qu'est-elle allée faire à Venise ? Et maintenant, la voilà qui planque devant la rue Albéric-Magnard, comme un détective de seconde zone. Elle est toujours seule à **présent**. Elle doit beaucoup souffrir pour se conduire d'une **manière** aussi insensée...

Des souvenirs anciens lui reviennent en mémoire. Depuis son plus jeune âge, il a subi les pressions religieuses, fanatiques même, de cette hystérique de synagogue. A chaque fois qu'il pense à cette cérémonie annuelle, païenne, dégoûtante, il lutte pour ne pas perdre tout contrôle.

– Cela te va bien de parler de Diable ! Tu ne t'es jamais demandé pourquoi j'ai en aversion les rites de la religion juive ? Comment la foi peut-elle survivre au sacrifice du poulet ?

Malgré son état, Sarah se redresse vivement, les yeux brillants, prête à en découdre :

– Quelle ingratitude ! Il n'y a rien de plus beau que le sacrifice du poulet, le poulet émissaire... qui garantissait ton salut pour un an – et chaque année, je recommençais à donner cette offrande au Seigneur, paniquée à l'idée qu'Il puisse ne pas S'en contenter et abattre sur toi Sa lourde main.

– Arrête, tu veux ? Tu me vends cette négociation avec Jéhovah comme un marchand de tapis. Imagine les dégâts pour un tout jeune garçon affublé d'une grande serviette blanche qui l'enveloppe, comme chez le coiffeur, qui voit ensuite tourner autour de lui, telle une furie, une femme vêtue de noir, brandissant sur sa tête – la mienne, en l'occurrence – d'une main un poulet vivant qui se débat comme un possédé et de l'autre un couteau bien coupant. Et ça, chaque année. Imagine qu'on commette au-dessus de ta propre tête un crime, car c'en est un. A quoi sert le couteau sinon à égorger cette volaille, malgré ses légitimes protestations ? Maintenant, le sang gicle de la blessure par saccades, et où gicle-t-il ? Sur ma tête ! Et toi qui tournes autour de moi comme une vraie folle en criant : « Pour toi le salut ! » et menaçant le poulet : « Pour toi la géhenne !... » Dix fois, tu répètes ce cri en volant autour de moi sur ton balai de sorcière, jusqu'à ce que le malheureux volatile, dans un dernier sursaut, rende son âme innocente au dieu des poulets !...

Deux petites larmes humectent le visage fripé. Mais Bruno ne se laisse pas attendrir par la rouée. Il s'assied sur le lit, tout près d'elle, la prend par les épaules et la serre contre lui.

— Sarah Bernhardt est une débutante à côté de toi. Arrête, pour une fois. Avoue que tu es une sorcière. Tu as peut-être oublié le jour où une voisine m'a désigné du doigt en disant : « Comme il est beau, ton petit Bruno. » Par hasard, une migraine m'a aussitôt saisie et qu'as-tu fait ? Tu lui as lancé une malédiction et la voilà paralysée du bras. Tu appelles cela un acte religieux ?

Sarah s'accroche à son petite Messie chéri et se défend avec malice :

— Ces actes, je les revendique. La plupart d'entre nous, à cette époque, vivaient dans la peur et l'ignorance. Les pogroms, ces actions abominables qui nous cloîtraient, qui nous confinaient dans notre différence, nous les ressentions comme l'œuvre du Diable. Le Diable est partout. Et c'est vrai, la lutte s'est instaurée sous la houlette de notre Seigneur contre celle, maléfique, terriblement efficace du Maître des Ténèbres. Alors quand Jéhovah ne suffit plus, un peu de magie...

Elle continue d'une voix solennelle.

— Sache-le, pour toi, je suis prête à donner ma vie à chaque seconde, jusqu'à la dernière goutte de mon sang.

Bruno essaye d'éviter l'enflure mélodramatique dans laquelle Sarah est experte.

— Les poulets me suffisent.

Sarah éclate de rire. Il est trop malin, celui-là. Il l'empêche d'aller jusqu'à la fin de sa représentation.

En cet instant, il y a beaucoup d'amour entre eux.

65

Cette fois-ci, elle a tourné trois fois autour du pâté de maisons, parcouru la rue de la Pompe dans tous les sens, guetté chaque emplacement de l'avenue Octave-Feuillet pour finalement se garer près de l'ancienne gare devenue agence immobilière, tout au début du boulevard Beauséjour qui longe les rails recouverts d'herbes folle.

Enfin, la voilà devant le 3 rue Albéric-Magnard à dix-sept heures trente tapantes. Elle est chaussée de Timberland montantes, porte un jean matelassé et une doudoune. Pas un de ses cheveux ne dépasse de son bonnet de laine multicolore. Le ciel est gris. L'hiver hésite à s'affirmer, délivant quelques flocons de neige anémiques.

Elle sonne et là se déroule le *rituel*. Elle compte jusqu'à vingt. Chan Li lui ouvre la porte, lui sourit chaleureusement, comme à une vieille connaissance. Il s'efface et lui fait signe d'entrer. Puis il fait basculer son buste vers l'avant, tout en courbant la tête. Quel accueil! Il se redresse maintenant et l'invite à le suivre vers l'escalier. Il la précède, montant lentement chaque marche jusqu'à l'étage. Dix mètres plus loin, arrêt devant la porte du docteur Gilles d'Avertin. Chan Li frappe, s'efface. Maria Solar entre dans le cabinet.

Gilles d'Avertin lui serre la main. Sourire amical. On se connaît. On se revoit avec plaisir.

Quelque chose a changé. Qu'est-ce qui a bien pu changer ? Les fleurs. D'énormes bouquets de tulipes blanches, jaune pâle et rouges dans deux superbes vases bleus de l'époque Ming colorent d'une note chaleureuse l'austérité du vaste cabinet.

Des bûches ronronnent dans la cheminée.

Maria Solar s'allonge sur le canapé, cherchant la position la plus confortable. Un léger bruit sur le parquet indique à la jeune fille que Gilles d'Avertin a pris place dans son fauteuil, derrière le bureau. Tout est en ordre.

Tiroir qu'on ouvre. Froissement de la cellophane que l'on déchire puis du papier d'argent que l'on écarte pour saisir la cigarette. Gilles pose le paquet doré. Il allume sa Dunhill.

Le silence s'établit, conversation muette où les liens de la confiance se tissent timidement.

Sans effort, d'une voix douce, comme si elle se racontait sa propre histoire, Maria Solar relate pendant une vingtaine de minutes sa longue errance et ses déboires avec les psychanalystes. Sa confession, elle va la bâtir en deux étapes. D'abord, la quête initiatique. Ensuite, si de tout son être elle est convaincue que la première partie du récit a reçu un accueil attentif, elle tentera alors de confesser les raisons qui font qu'elle se trouve là, dans ce divant, en ce mardi neigeux, à dix-sept heures cinquante-cinq. Elle a évoqué avec drôlerie la thérapie de groupe du professeur Tourgueniev, puis a terminé avec la vanité du docteur Benchétrit, son béret à pompon et son chapelet d'ambre gris.

A plusieurs reprises, Gilles a souri, s'est retenu pour ne pas rire, a admiré la justesse du ton, le timbre de la voix, la qualité et la chronologie du récit. A la fin de la première partie, il a simplement dit :

— Continuez.

Maria toussote, hésite un instant puis raconte.

Les rapports d'amour, de fougue et de sexe avec son père Amos. La passion incestueuse avec son frère Nikos. Le suicide de Nikos.

Dans son antre secret, après avoir entendu cette confession, l'Homme s'est levé de son fauteuil et a poussé un cri. Son visage se convulse. Il étreint ses mains si fort que leurs jointures blanchissent. Il se rassied dans le fauteuil, foudroyé, sur le point de perdre connaissance. Son doigt tremblant atteint l'interrupteur avec difficulté.

L'image disparaît.

66

A la Brigade des Homicides Etranges, au dernier étage de l'hôtel particulier de l'avenue Jules-Janin, Lucie n'a pas perdu un seul mot de l'histoire de la jeune fille, malgré les stridences dues à une écoute parasitaire. Soudain, l'écoute devient parfaite. Le « parasite » s'est retiré.

Dans le cabinet de Gilles d'Avertin, le récit devient impressionniste. Par petites touches, comme si elle allait composer une délicate œuvre d'art, Maria écarte peu à peu les murailles qui la conduiront à dévoiler... *sa véritable identité...*
– Continuez, dit la voix rassurante derrière elle.
Maria avoue alors qu'elle est une Hadji-Nikoli, l'unique héritière d'un empire colossal. Elle est à la tête d'une fortune et d'une puissance difficiles à évaluer. Tout cela, Gilles le sait depuis longtemps. Mais la confiance, le soulagement que ressent Maria en se délivrant de son secret sont tels que Gilles a l'impression qu'il lui est révélé pour la première fois.
Maria ne s'arrête pas en si bon chemin. Elle parle. Elle dit qu'elle est en danger. Les ennemis de l'Empire la poursuivent pour la réduire, la dépouiller, la tuer peut-être.
Un bonheur extraordinaire la submerge.
Elle a été entendue...

Ce pouvoir que lui donne sa naissance, elle n'en a pas le goût. Cette richesse colossale dont elle est la seule détentrice, elle n'en a pas l'usage. Qu'en ferait-elle ?

Le visage de Gilles s'est assombri. Il semble lutter contre une force qui essaie de le pénétrer à nouveau. D'une voix dont Maria ne remarque pas la légère altération, Gilles lui demande :

— Bruno a dû vous le dire, je suis loin d'être freudien. Je ne me contente pas de guider de quelques mots la confession d'un patient. Comme Jung ou Lacan, je suis « interventionniste ». La procédure que j'ai mise au point me semble plus proche de la condition humaine. Voulez-vous savoir en quoi consiste cette procédure ? J'espère que vous l'approuverez... Après, après seulement, je saurai si nous pouvons continuer.

Alors qu'elle vient de se confesser avec une confiance jamais connue, qu'elle a l'intime conviction de toucher enfin au port, Maria Solar sursaute, alertée par la dernière phrase de Gilles qui comporte pour elle une menace : *Après, après seulement, je saurai si nous pouvons continuer.*

Elle respire profondément. Tout faire pour ne pas perdre l'espoir d'une paix entrevue.

— Pourquoi m'éprouver par le détail de votre procédure ? J'ai confiance en vous.

— Je préfère que vous me fassiez confiance en connaissance de cause... Chacun de nous est multiple, épars, anarchique, contradictoire. Cette faiblesse originelle est la composante de la presque totalité des êtres humains. Ce qui explique leur médiocrité, leur manque de volonté, leur manque de distance et, par voie de conséquence, la *maladie : leur manque d'unité*... La naissance, la richesse ou la pauvreté ne veulent rien dire. Le patient doit abandonner toutes les « marques » de sa vie antérieure. Il faut le casser, le déshabituer pour le faire *re-naître*.

Qu'importent les convictions spirituelles ou les biens terrestres... Les plus opulents abandonnent leur fortune... Débarrassés de ce fardeau, retrouvant enfin la pureté originelle, ils sont prêts à travailler à *leur unité.*

La voix de Gilles d'Avertin a caressé l'âme de Maria Hadji-Nikoli. Les mots qu'il a employés sont autant de clefs qui ont enfin ouvert autant de portes.

— Ma fortune, je peux l'abandonner. Mais à qui?

— Ne vous hâtez pas trop, Maria. Réfléchissons. Ensemble nous en déciderons en temps utile.

A ces mots, une sonnette d'alarme se déclenche dans l'esprit de Maria. Elle ressent, avec un trouble extrême, que plusieurs personnalités se combattent en Gilles d'Avertin. Le discours qu'il vient de tenir est confus, paradoxal.

Pourtant, il l'a fait se raconter comme elle n'eût pas espéré une seconde y arriver après sa quête, interminable comme un chemin de croix.

Ne jamais remettre son destin entre les mains de qui que ce soit. JAMAIS...

Aura-t-elle la capacité de lutter pour extraire en Gilles le bon grain de l'ivraie, quelle qu'en soit la difficulté? Les analystes les plus brillants ne prétendent-ils pas que c'est le patient qui est le créateur et que, parfois, il est bon de lui laisser diriger la frêle embarcation?

Gilles serre fortement sa tête entre ses mains. Il se débat manifestement contre une forte influence extérieure. Enfin, il écarte ses mains de son visage. Empreint d'une détermination farouche, il se lève, va vers la jeune femme, tout en essayant de calmer le tumulte qui l'a envahi.

— Maria, protégez-vous, même contre moi. Un court instant il m'a semblé si facile... et j'ai été tenté, habité par je ne sais quel démon, de vous *séduire* de la manière la plus ignoble, profitant du transfert dont j'ai la conviction qu'il s'opère déjà en vous. Surtout gardez, confortez votre pou-

voir... Gardez-vous bien d'abandonner votre fortune, si toutefois cela vous convient. Vous serez guérie quand vous
aurez enfin accepté d'être *ce que vous êtes.* J'ai le devoir de
lutter contre le... penchant... le mot est mal choisi, contre le
sentiment... très fort que vous m'inspirez. Je devrais renoncer à être votre analyste, mais ce serait une défaite pour chacun d'entre nous. Je chasserai les pulsions délétères qui me
pénètrent dès que je baisse la garde.

Maria écoute ces propos avec surprise puis avec plaisir.
Elle commence à aimer cet homme si intelligent et qui
avoue ses faiblesses. La confiance est revenue, ainsi qu'un
sentiment de bonheur d'autant plus exaltant que, tout près,
se tapit le danger.

67

A la fin de cette séance où la passion l'a emporté sur la raison, Maria s'approche de Gilles et lui pose un léger baiser sur la joue. Gilles se retient pour ne pas la prendre dans ses bras, la serrer très fort, ne plus jamais la laisser partir. Plus jamais...

Comme un oiseau auquel on entrouvre la porte de sa cage, Maria disparaît de la pièce, sans un bruit, irréelle.

Une main d'acier emprisonne le cœur du docteur d'Avertin qui bat à tout rompre. La main resserre encore son étreinte. Le sang lui monte à la tête.

Son regard s'obscurcit. Les battements de son cœur se font encore plus forts, comme s'il allait bondir hors de sa poitrine.

– Je vais mourir comme ça ?

« *Et Gilles d'Avertin, qui a franchi tous les obstacles en tête, se désunit dans la ligne droite...* »

La douleur devient intolérable. Il tombe à genoux. Il ferme les yeux et son propre visage s'imprime dans son esprit, en occupe tout l'espace.

Qu'est-ce qui nous arrive ?

Pourquoi me fais-tu ça ?...

La douleur cesse peu à peu. Gilles se lève. Sa physionomie est grave. Il regarde fixement le mur comme s'il voyait au travers.

– Tout peut encore rentrer dans l'ordre... J'ai tenu mes promesses. Tu le sais, je t'aime autant que je peux m'aimer. Dans la création artistique, on peut recommencer indéfiniment un brouillon jusqu'à ce que l'œuvre achevée convienne enfin à l'artiste. Dans la vie, c'est tout le contraire. Chaque moment qui passe est un brouillon. On ne peut pas recommencer. Alors, toi, qui es moi, je t'en supplie, épargne-nous. Remplis ta part de ce contrat d'amour qui nous lie à jamais... Que l'un de nous dérive, et pour nous deux c'est le naufrage.

L'Homme, face à son écran, n'a pas quitté des yeux le visage de Gilles qui l'adjure, le supplie. Une intense expression de souffrance envahit ses traits. Des larmes lui viennent aux yeux.

Il étreint machinalement son poignet où se trouve la trace bleutée de la cicatrice indélébile...

68

Avenue Hoche, chez Bruno Brunschwig, les épais rideaux sont tirés. Le jour ne parvient pas dans la chambre à coucher hermétiquement close. Seule une bougie, qu'on a collée sur une petite assiette, dispense une lumière douce.

Les corps enlacés de Maria Solar et de Bruno Brunschwig, immobiles, muets, allongés dans les draps de satin pâle font penser à deux gisants qu'un sculpteur amoureux de l'amour aurait enlacés, face à face, pour l'éternité.

Il y a une heure peut-être, Bruno a pénétré lentement Maria et est resté en elle, immobile. Maintenant ils se contemplent, les yeux grands ouverts. Maria a apprécié la curiosité et la générosité de Bruno dans leurs relations sexuelles. Tout d'abord, il a commenté l'essai de Finkielkraut et de Bruckner, *Le Nouveau Désordre amoureux*.

Les hommes, anxieux d'affirmer leur domination, ne peuvent pas concevoir de prémisses, de tendres investigations par des caresses qui pourraient rendre leur partenaire heureuse, consentante, enfin reconnue comme une personne avec laquelle on désire loyalement un véritable échange et non pas réduite, comme la civilisation occidentale les a incités, à un objet sexuel, à un trou, qui doit se sentir flatté, comblé par le pénis souverain qui lui fait l'insigne honneur de le pénétrer.

Pénétration et éjaculation rapide. Le mot même d'éjaculation ne ressemble-t-il pas au cri répétitif et dérisoire du perroquet : « Jacul, Jacul, Jacul !... »

Maria commence à se mouvoir lentement, au rythme des marées, comme un astre qui s'inscrit dans l'exacte trajectoire de sa galaxie.

— Parle-moi de ta grand-mère. Apprends-moi. Parle-moi des Juifs. De toi, comme Juif.

Bruno sourit. Il ferme les yeux. Les souvenirs reviennent.

— Impossible de trouver un Dieu aussi pesant, répressif, aussi dénué d'humour que Jéhovah. Je pourrais répondre à ta question pendant deux ans sans m'arrêter, mais je préfère oublier la singularité du Peuple Élu, son génie, son arrogance, sa fatalité de victime expiatoire et commencer par une anecdote.

« Alors, voilà, Sarah essaye de me contraindre à accomplir ma bar-mitzvah depuis l'âge de dix ans. Je ne crois ni au Dieu des Juifs, ni à quelque Dieu que ce soit. Les années passent. J'ai quinze ans, je suis très brun et très poilu (il éclate de rire), mais cela tu le sais... et je porte toujours des culottes courtes — mesure de rétorsion — alors que mes amis ont tous des pantalons longs.

Il se tait, pose un baiser sur ses lèvres et reprend :

— C'est toujours pour de mauvaises raisons qu'agissent les grands hommes. Donc, je négocie avec Sarah un costume sur mesure en échange de la bar-mitzvah. J'accepte la synagogue la plus huppée, rue Notre-Dame-des-Victoires. Un rabbin m'accorde une dispense, m'enseigne en quelques heures les mots sacrés que j'aurai à prononcer et me voilà en culottes courtes, avec de la moustache, déjà un mètre quatre-vingts, parmi cinquante moutards de dix ans, super-sapés, qui se foutent de ma gueule. Sarah, ma grand-mère, veut absolument que les Avertin, Gilles et sa mère, assistent à la cérémonie. Alors, j'exige, pour cette honte supplémentaire, un blazer croisé à boutons dorés.

Maria se marre. Ses jambes enserrent le bassin de Bruno.

— ... Et je te fais grâce du sacrifice rituel du poulet...

Tout près du lit, la sonnerie du téléphone se fait soudain entendre. Étonné, Bruno décroche. Seuls deux êtres au monde connaissent ce numéro, Sarah et Gilles.

— Je t'en supplie, écoute-moi.

C'est Gilles. Sa voix est grave.

— Maria est avec toi?

— Oui.

— Écoute attentivement... Je te supplie de croire tout ce que je vais te dire et je te conjure de ne pas me demander la moindre explication... Tu ne connais que la moitié de moi-même... Je suis... double... J'avais un pacte avec l'autre moitié. Je ne le contrôle plus. Ce prolongement, qui m'échappe, possède des pouvoirs maléfiques... Et cette autre partie rôde tout près de vous, prête à tuer... Je te supplie de me croire... De te préparer au pire.

Après un court silence, Gilles reprend, la voix chargée d'émotion.

— Cet autre peut imposer sa volonté à la tienne, te pousser à commettre les pires méfaits...

— Arrête tes conneries, Gillou.

— Je te jure sur ce que j'ai de plus cher au monde, sur notre amitié, que tout ceci est vrai.

Derrière la porte, le visage de l'Homme s'est pétrifié. Tout son être est tendu, concentré vers les bruits de voix qui lui parviennent.

Une douleur atroce assaille Bruno. Il lâche le récepteur. Dans son cerveau déferle une folie meurtrière.

L'écouteur est tombé à terre. On entend la voix de Gilles:

– Tu m'entends Bruno ? Bruno, tu m'entends ?

Bruno mobilise toutes ses forces pour chasser cette influence. Son regard se voile. Sur le pas de la porte, il distingue une haute silhouette immobile et qui le regarde.

Le malheur va s'abattre sur eux s'il ne tente pas quelque chose. Il s'allonge sur Maria, enserre son cou de ses mains et feint de l'étrangler. Il lui murmure à voix basse :

– Je t'en supplie, fais la morte.

Le spectacle qu'ils offrent à l'Homme s'apparente à s'y méprendre à l'accomplissement de l'acte sexuel. Désormais, Maria, immobile, les yeux clos, semble sur le point de mourir.

A la vue de ce visage, dont la mort prochaine n'altère en rien l'extraordinaire beauté, l'Homme pâlit, chancelle. Sans bruit, il quitte la pièce.

Bruno desserre son étreinte. Il roule sur le côté, agité de légers tremblements. Près de lui, Maria gémit doucement. Elle respire à pleins poumons. Ses yeux s'ouvrent à nouveau, remplis d'effroi. A ses côtés, Bruno la regarde et lui sourit avec tendresse. Il parvient à lui parler d'une voix douce, rassurante.

– Maria, mon aimée, Gilles court un grand danger. Pour nous protéger, il n'a pas hésité à risquer sa vie. Il est à présent ton ami comme il est le mien. Quoi qu'il arrive, garde-lui ta confiance.

Puis il prend Maria dans ses bras et la serre très fort.

69

Benoît Martin ne s'habituera jamais à l'odeur de la mort, à ces longs couloirs blancs et glacés, à cet alignement inhumain de tiroirs en inox de la Morgue de Paris, qui chacun recèlent un cadavre dont la vie a été interrompue – accident ou meurtre – par un acte d'une insoutenable brutalité.

Il pousse la porte à claire-voie qui le mène au laboratoire de Christian Charret. Là, même le formol ne parvient pas à masquer les miasmes nauséabonds qui émanent des corps éventrés. Sur un tabouret de bois, lui tournant le dos, Christian Charret semble absorbé dans la lecture d'un rapport. Benoît Martin s'approche de lui sans bruit, lit par-dessus son dos et éclate de rire. Charret bondit comme un pantin et tente en vain de dissimuler un exemplaire de *New Look*. Benoît tapote amicalement sur l'épaule du médecin légiste.

– Allez, Christian, ce n'est pas grave... Au fond, je préfère... Un affreux soupçon m'était venu à l'esprit.

Le visage de Charret tourne au blanc crayeux.

– Quel genre de soupçon ?

– Eh bien, voilà... J'ai cru que... enfin...

– Que je sodomisais les cadavres peut-être ?

– Non, beaucoup moins grave, le rassure Benoît... Je croyais que tu préférais les garçons.

– S'il te vient une autre connerie à l'esprit, n'hésite pas...

Il le faut. Benoît Martin et Christian Charret se livrent à une macabre besogne : sortir de leur cercueil de métal chacune des victimes du criminel qu'ils appellent, faute de plus amples informations, Jack l'Éventreur. Alignés les uns contre les autres, ces pauvres corps, rafistolés tant bien que mal après que Charret les a charcutés sans ménagement, ne livrent que bien peu d'indices au policier.

Pas une empreinte digitale... Les victimes n'avaient apparemment rien en commun. Ni l'origine sociale, ni l'appartenance à un même parti politique, à une quelconque maçonnerie, confrérie ou secte qui eût pu fournir ne fût-ce que le plus ténu des fils conducteurs.

Toutefois, grâce au fichier informatique de Lucie dont les sources flirtent sans vergogne avec l'illégalité, une hypothèse prend corps dans l'esprit agile de Benoît Martin : chacune de ces victimes avait connu un état dépressif clinique passager ou avait entamé une psychothérapie ou une analyse. Toutes présentaient des symptômes de dépression au moment de leur mort. Deux d'entre elles, Hubert-Henri de Cazella et Kristina Lioubova, la morte du canal Saint-Martin, avaient à plusieurs reprises tenté de se suicider. Marie Derudder, Bonnie Washington (la mulâtresse de la gare de l'Est) voulaient aussi mourir. Tous sauf Daphné Lebel, que son entourage décrivait comme un être habité par une constante joie de vivre... Souffrait-elle d'une névrose qu'elle dissimulait ? Ou bien le tueur s'était-il trompé ? Ou encore y avait-il deux tueurs ?

Bonnie Washington entre dans la logique de cette hypothèse. Benoît a retrouvé son psychiatre. Après quelques simagrées, le médecin ouvre le dossier de la jeune fille. Elle présente les symptômes de ce que Debray-Ritzen a baptisé « personnalité hystérique », ou bien « histrionique » : besoin d'attirer l'attention, de se faire valoir par des attitudes exagérément théâtrales. Cela décèle un profond mépris de soi, conclut le psychiatre.

Et aucune victime n'a eu assez de courage pour se livrer elle-même à l'acte ultime.

Le moment venu, dans un lieu connu d'elles seules, à l'issue d'une quête mystique, elles savaient *où trouver enfin Celui qui allait les délivrer.*

70

Dans son antre, étendu sur un lit spacieux, l'Homme semble dormir. Une menotte d'acier enserre fortement un de ses poignets, tellement serrée que la chair bleuit. La menotte est fixée à une chaîne, elle-même scellée au mur.

De l'autre côté du mur – en fait dans son propre cabinet –, Gilles a fait glisser un panneau invisible qui découvre un code. Il hésite, puis appuie lentement sur chacune des sept lettres composant le nom : « G.A.L.L.O.I.S. ». Tout un pan, cheminée incluse, bascule. D'un pas hésitant, il entre. L'Homme endormi, enchaîné au mur, est une saisissante réplique de Gilles, plus que son jumeau, son exacte reproduction.

Même la mort ne pourrait altérer l'amour que Gallois et Gilles ressentent l'un pour l'autre. Leur gémellité a fait de leurs deux esprits, pourtant bien distincts, un maelström de sensations, de pulsions et de folie partagées, plus grisant que la plus désirable des drogues.

Gilles s'approche de Gallois. Qu'a-t-il bien pu se passer ? Depuis des années, Gallois n'est plus enchaîné et, même s'il l'était, Sargatamas le délivrerait sur-le-champ.

Soudain, rapide comme un fauve, Gallois se libère de ses menottes, bondit sur Gilles et le frappe à la tempe. Sous la violence du coup, Gilles perd connaissance. Il se saisit de lui et l'allonge sur le lit. Il s'empare des menottes. Un claquement de mâchoires d'acier et voilà Gilles prisonnier, là où quelques secondes auparavant Gallois feignait de l'être.

Gallois s'éloigne de quelques pas, contemple pensivement Gilles enchaîné à son tour et dit :

– Quel homme peut jouir des plaisirs les plus condamnables sans éprouver la moindre culpabilité ? Quel être humain peut commettre les crimes les plus affreux, ceux dont la bête ignoble qui est en nous n'ose même pas rêver, sans remords, sans état d'âme, et surtout sans encourir le moindre châtiment ? Tu es celui-là, Gilles. Ce tueur unique qui n'a jamais tué, ce fou sanguinaire aux mains vierges de la moindre goutte de sang.

Gilles se tait, abasourdi, stupéfait. Les actions abominables commises par Gallois ne l'étonnent pas. Il ne peut les prévoir. Personne ne le pourrait. Mais jamais leur cruauté ne lui a causé la moindre terreur. Il lui a toujours paru inconcevable que Gallois puisse avoir à payer, devant quelque tribunal que ce soit, sur cette terre ou dans l'au-delà, le moindre châtiment pour les crimes qu'il a commis et dont Gilles a partagé, par procuration, l'ignominieux plaisir.

Gallois vient de lui rappeler leur relation unique, loin de toutes les lois et de tous les juges. Un mouvement de poignet de Gilles s'accompagne d'une douleur immédiate. Il ressent à présent ce que Gallois a ressenti de longues années. Être enchaîné comme une bête, privé de liberté, sans pouvoir faire le moindre pas, appeler à l'aide pour satisfaire un besoin naturel, pour boire ou manger. Est-ce la leçon que Gallois veut lui administrer ?

– Gallois, tout cela est vrai. Mais pourquoi me frapper ? Pourquoi ces menottes ?... N'oublie pas, mon frère aimé, que j'ai aussi ma part d'enfer. Je te cache, je te protège, je te permets de vivre comme tu le souhaites, sans la moindre entrave. Tu n'as pas d'identité. Tu n'existes pas pour le reste du monde. Je te permets d'accomplir ta Mission en toute liberté.

« Je t'en prie, mon Gallois, tiens tes engagements ! Ne

traverse pas la frontière. Malgré ma totale complicité avec
tes désirs et tes actes, il faut bien que l'un de nous reste dans
la réalité, donne le change, rassure pour nous permettre de
continuer. C'est toi qui as le beau rôle, celui du démon de la
nuit, celui du fantôme insaisissable, celui du rédempteur,
celui de l'Ange noir – aussi puissant que Dieu puisque tu
peux détruire si tu le souhaites ce qu'Il a créé, puisque tu
peux exercer la Charité Suprême, donner la mort à ceux qui
t'en supplient. A moi, il reste l'indigence de la vie ordinaire,
l'obligation de jouer la comédie d'une vie raisonnable,
conforme, rassurante.

Gallois ressent une vive émotion. Gilles pense l'avoir
convaincu. Tout va rentrer dans l'ordre.

– Enlève-moi ces menottes.

Gallois regarde son frère avec tristesse.

– Je ne peux pas. Nous arrivons à la fin de notre longue
course. L'un de nous doit disparaître... Tu vas enfin me voir
comme je te vois.

Il jette la commande à distance sur le lit, tout près de
Gilles.

– Appuie donc sur le bouton *On...*

Gilles atteint péniblement la commande. Face à lui, sur
le mur, un écran apparaît. L'écran s'illumine et bientôt se
précise l'image de son cabinet de consultation.

– Il y a longtemps que tu m'espionnes ?

– Des années.

71

Gilles, enchaîné, impuissant, lutte pour ne pas se laisser envahir par la peur : les quatre comprimés que Gallois a réduits en poudre, dissous dans la tasse de thé, et qu'il tend maintenant à Maria, sont un hypnotique dangereux à forte dose, un désinhibant qui soumet celui qui en prend à la volonté du premier venu : l'Alcyon... Et Maria est là, tout près de Gallois. Elle lui sourit.

Elle croit sourire à Gilles. Comment ferait-elle la différence ?

Elle prend la tasse et boit... L'effet de l'Alcyon est foudroyant. En quelques secondes, Maria chancelle. Elle est à la merci de Gallois.

Gallois à présent s'approche de la jeune fille, la prend dans ses bras. Maria se serre contre lui et l'enlace. Il cherche sa bouche, elle vient au-devant de lui. Il déchire son corsage, lui malaxe les seins, arrache son soutien-gorge. Puis il relève sa jupe et enserre ses fesses. Maria se colle à lui, s'abandonne totalement. Il l'amène jusqu'au fauteuil de Gilles où il l'assied. A l'aide d'un rouleau de Chatterton, il entrave chacune de ses chevilles à un pied du fauteuil. Les poignets sont attachés à leur tour sur chacun des accoudoirs. Sa jupe est retroussée. Ses genoux sont largement écartés et ses seins sont mis à nu.

Il s'assied près d'elle, sur le bureau. Il la caresse d'abord doucement, tendrement, puis il la pince, la gifle avec violence.

Non seulement Gilles assiste à cette scène mais il entend avec une affreuse netteté le bruit le plus infime.

– Maria, mon amour, je vais vous raconter un conte pour enfants... En réalité il s'agit de l'apprentissage de la vie. Cela se passe il y a des années, dans un pays d'Amérique du Sud. Mes parents ont une immense hacienda. Mon frère jumeau et moi, car je vous dévoilerai tout à l'heure, Maria ma chérie, qui je suis et qui est mon jumeau... Mon frère et moi, donc, avions cinq ans. Nous suivions les chasseurs. La chasse avait été abondante, agréable. Une tuerie, un vrai massacre. Pendant que mon frère accompagnait les valets et les chiens qui rassemblaient le gibier, je suivais mon père et quelques-uns de ses amis jusqu'à l'hacienda, dans la grande salle à manger. Les hommes se tenaient debout autour de la longue table dont le plateau de chêne massif brillait à la lumière des lampes à pétrole. Les servantes leur versaient de larges rasades d'un épais vin rouge. Les hommes entrechoquaient leur verre, les vidaient d'une traite. Ils parlaient, plaisantaient, c'était la fête.

« Ils étaient une douzaine, tous vêtus d'amples vestes de chasse. La plupart d'entre eux étaient chaussés de bottes que leur longue traque avait maculées de terre maintenant séchée. Pour le petit garçon que j'étais, ces hommes paraissaient démesurément grands. Leurs bottes formaient autour de la table une sombre forêt de cuir. Mon visage arrivait à peine à la hauteur du plateau de la table massive. Par une des portes largement ouvertes entra soudain un tout jeune lapin. Cet animal dont le destin est d'être abattu par les chasseurs venait se mettre entre leurs mains. En deux bonds, il fut sous la table, croyant y trouver la sécurité.

« Hormis moi, personne n'avait remarqué l'arrivée de ce visiteur. Sauf Fausto, le chat. Fausto fixa tout d'abord le lapin. Longtemps, il demeura immobile, ses yeux jaunes brillant dans la faible clarté des lampes. Le lapin l'avait vu. Ses oreilles s'agitèrent dans tous les sens. Il se mit à trembler.

« Lentement, Fausto alla vers lui, se frayant un chemin entre les jambes des chasseurs. Il arriva tout près. Je me souviens parfaitement de la manière dont l'événement se déroula. Fausto approcha son museau de celui du lapin, à le toucher. Le lapin avait cessé de trembler. Ses oreilles étaient immobiles, ses yeux rouges hallucinés étaient rivés aux yeux jaunes du félin.

« Alors Fausto ouvrit sa gueule, et posément, sans que le lapin esquisse le moindre geste de défense, il commença à lui dévorer la tête...

Malgré les effets de l'Alcyon, cette abomination fait sortir Maria de sa torpeur. Que fait-elle sur ce fauteuil, entravée, à moitié nue, la poitrine offerte ?

La chimie remplissant son office, elle ne ressent nulle crainte, mais une certitude lui vient à l'esprit : ce n'est qu'un rêve. Gilles, le bon docteur, va la détacher. Ses vêtements se reconstitueront sur son corps. Ils iront s'asseoir devant un bon feu de cheminée et bavarderont. Parce que Gilles ne peut pas faire ça.

Et pourtant, il continue son affreuse histoire.

Gallois s'approche de Maria, se glisse entre ses jambes largement entrouvertes, lui saisit les seins à pleines mains, se penche vers elle et lui murmure :

— Voyez-vous, mon aimée, je suis le chat. Vous êtes un lapin parmi des millions de lapins. Je vous aime trop pour vous prendre. A Venise, j'ai renoncé à vous tuer. Avant de vous connaître, jamais je n'aurais envisagé de pouvoir aimer une femme, de lui devoir peut-être mon salut. J'ai imaginé que vous m'étiez destinée, à moi et à moi seul. Vous n'auriez

jamais dû vous donner à Bruno. Vous n'auriez jamais dû
entrer dans la vie de Gilles...

Dans sa poche, Gallois se saisit de son couteau. Il
applique la lame d'acier sur la gorge de Maria.

– ... Vous allez mourir, mon amour.

72

L'inspecteur principal Maurice allume sa dixième Balto. Il est maintenant dix-sept heures.

Bérénice, la fille de Benoît Martin, devait sortir à seize heures trente précises de l'école de la rue du Sommerard. Elle n'a toujours pas montré le bout de son museau.

En flic habitué à la morale fluctuante des malfaiteurs, il est arrivé en avance de dix minutes. Non que Bérénice soit un malfrat, mais elle est quand même un sacré numéro et depuis quelque temps, elle fait des bêtises. Là, il semblerait qu'elle ait disparu. Tout simplement.

Il a fouillé l'école de fond en comble, accompagné de Mme Battu, la directrice, une petite femme douce au regard de Mère Teresa. Mlle Gandebœuf, l'institutrice qui se débat comme elle peut avec les vingt mômes du cours élémentaire première année, crache le morceau :

— Bérénice est partie après la cantine. A treize heures trente. Elle a prétendu que son père l'attendait au coin de la rue. Aujourd'hui c'est son anniversaire et il voulait lui faire une surprise.

L'institutrice l'a cru, ça Maurice en est sûr, connaissant les qualités d'actrice de la petite. Il fonce à la boulangerie-pâtisserie Séphora, boulevard Saint-Germain. Personne n'y a vu Bérénice aujourd'hui, pas plus le marchand de farces et attrapes que le café-tabac Le Celtic, rue des Écoles.

Ahmed, le poissonnier de la rue Monge, le met sur une piste. Il a vu Bérénice traverser le boulevard Saint-Germain en courant. Il est sûr de l'avoir vue : elle est passée au vert et un taxi l'a évitée en freinant à mort.

Le mégot brûle le doigt de l'inspecteur Maurice. Il le jette, remercie Ahmed et court vers sa voiture en suçant furieusement son index.

S'il retrouve Bérénice, il le jure, il arrête de fumer. Dans la voiture, il transpire à grosses gouttes. Il met son gyrophare, prend la rue Saint-Jacques en sens interdit et arrive sur les quais à toute vitesse. Il se range près de l'éventaire de Mme Duclos, la bouquiniste qui lui vend des vieux polars de James Hadley Chase. Elle n'a pas vu Bérénice et pourtant, rien de ce qui se passe entre Saint-Michel et Notre-Dame ne lui échappe.

Suant, transpirant, fou d'angoisse, Maurice descend les marches qui mènent au bord de Seine. Il court sur les pavés et jette un coup d'œil sur les péniches. La plupart restent hermétiquement closes. Elles sont aménagées en appartements, habitées par des cadres qui bossent à la Bourse. Le soir, en chemise hawaïenne, ils prennent un punch coco sur le pont et, à huit heures du mat, en costume trois-pièces, armés de leur attaché-case, ils foncent dans le quartier Quatre-Septembre rejoindre les temples de la Finance.

Il arrive enfin à la cabane métallique de la Brigade Fluviale. Par chance, Théo, le sergent, est de garde. C'est un pote de Maurice. Il lui montre la photo de la petite. Le sergent se précipite au belino. Dans la minute, l'appareil diffuse la photo de Bérénice à tous les flics de la Fluviale.

De sa voiture, l'inspecteur Maurice essaye de contacter Benoît Martin. Lucie, au bout du fil, l'engueule :
— Il te cherche depuis plus d'une heure. Il est fou de

rage. Il vient de foncer rue Albéric-Magnard. Il paraît que Jack l'Éventreur s'y est enfermé.

– Il y est allé tout seul, ce malade?

– Avec Guy et Edmond. Qu'est-ce que t'as? T'as une drôle de voix...

– J'ai un très gros ennui.

– Eh bien dis-le! A moi tu peux...

– Je te rappelle dans une demi-heure.

– Si t'as fait une connerie, dis-le-moi. Tu sais bien, on peut tout dire à Sœur Prothèse...

– J'ai paumé Bérénice...

– QUOI?

Une main se pose sur l'épaule de l'inspecteur qui se retourne brutalement, prêt à frapper. C'est Théo, le sergent de la Fluviale, qui le regarde en se bidonnant:

– Je viens de recevoir un coup de bigo. Tu sais où elle est, la petite? Avec les clodos, quai Tino-Rossi, près du quai de Bercy, avant la gare d'Austerlitz.

Maurice, fou de joie, reprend son radiotéléphone:

– Eh, toi, là-haut!... Je l'ai retrouvée. Je vais lui mettre un de ces pains...

Il raccroche.

Théo l'embarque sur la vedette de police. Par le fleuve, ce sera plus rapide. Toutes sirènes dehors, dans un hurlement de chevaux-vapeur, Théo met moins de cinq minutes à atteindre le quai Tino-Rossi. Il amarre la vedette au ponton et les deux hommes sautent sur le quai.

A même le sol, on a aménagé trois pistes de danse en petites pierres polies qui rappellent les ruelles de Saint-Paul-de-Vence. Autour de ces trois pistes, en demi-cercle, courent des escaliers de pierre. Des parterres fleuris, des arbres rares ont fait de cet endroit un Éden très convoité par les clodos.

Les deux policiers s'avancent vers une piste surmontée de trois mobiles de Calder. Ils s'arrêtent, stupéfaits. Une douzaine de clochards – Théo connaît chacun d'eux par son nom – sont en train de biberonner en assistant à un spectacle. D'une petite silhouette, vêtue d'un pull-over rouge et d'une jupe plissée écossaise, s'élève un charmant poème que les deux hommes écoutent avec soulagement :

> *J'aime l'âne si doux,*
> *Marchant le long des houx.*
> *Il prend garde aux abeilles*
> *Et bouge ses oreilles.*
> *Il va près des fossés,*
> *D'un petit pas pressé.*

La petite fille se tait. Les clodos, suspendus à ses lèvres, réclament la suite. Bérénice termine d'une voix mélodramatique :

> *Et il rentre à l'étable,*
> *Fatigué, misérable.*

Théo balance une bonne tape dans le dos de l'inspecteur Maurice :

— Dis donc, Maurice, le contrôleur Martin, ton patron... Quand tu lui raconteras, jamais il ne te croira.

Maurice le regarde, accablé :

— Oh ! si, il me croira.

73

– Allô! Lucie? J'arrive avec la petite. Descends dans dix minutes. Je te la dépose et je fonce rejoindre Benoît.

A sa grande surprise, la circulation est fluide. Il n'a pas à actionner son gyrophare. Sans un mot, Bérénice s'est assise à l'arrière de la voiture et a bouclé sa ceinture de sécurité.

L'inspecteur Maurice jette des coups d'œil furtifs dans le rétroviseur. Elle essaye de faire la tronche mais il voit bien qu'elle se retient pour ne pas éclater de rire.

Il sort une Balto, la porte à sa bouche et s'apprête à l'allumer. Soudain, il se souvient. Il a juré – et on ne plaisante pas avec ce genre de serment. Il jette la cigarette par la portière, ainsi que le paquet presque plein.

Bérénice, curieuse comme une pie, se mord les lèvres pour ne pas poser de questions. Il la regarde dans le rétro, il sourit et lui dit de sa voix enrouée de fumeur pathologique :

– C'est par amour pour toi.

Lui, si coincé, est stupéfait d'avoir lâché cette phrase. Mais il a été ému; tout d'abord par l'intonation mélodramatique de sa déclaration, mais aussi par le soulagement d'avoir récupéré cette petite fée qui ferait craquer le plus cruel des bourreaux. Son métier est de fouiller dans les poubelles de l'humanité. Il sait que le pire est toujours certain. Il a eu très peur.

Bérénice tire sur sa ceinture, se lève à moitié et lui colle un gros bisou sur la joue.

— Moi aussi, je t'aime.

Après le départ d'Adeline, la femme de Benoît Martin, les premières semaines avaient été un paradis pour l'enfant. Elle avait pris la place de sa mère dans le grand lit. Elle racontait à ses copines de classe combien c'est extra d'avoir un papa pour soi toute seule, d'être en quelque sorte sa propre maman, de se mettre à table avec des mains très sales, de ne pas prendre de bain tous les jours, de manger dans le lit, devant la télé, en faisant des miettes. Bref, la vie...

Puis Benoît était devenu triste. Quand il dînait en tête à tête avec sa fille, il se taisait, le regard absent. Bérénice agitait sa petite main devant ses yeux :

— Houhou, papa ? t'es dans la lune ?

Alors, pour un rien, elle éclatait en sanglots. Elle retourna spontanément dormir dans sa chambre et les cauchemars commencèrent à déferler. Elle se rongeait les ongles jusqu'au sang. Quand Benoît lui faisait la moindre réflexion, elle se giflait violemment.

Sur les conseils de Lucie, Benoît emmena Bérénice chez une psychanalyste spécialiste des enfants, le docteur Anselme. Cette belle femme blonde d'une quarantaine d'années habitait un immense appartement au 29 rue Théodule-Ribot dans le XVIIᵉ arrondissement. A sa demande, Bérénice attendit dans le salon rempli de jouets déglingués. Seul avec cette femme, Benoît Martin avait raconté brièvement la faillite de son foyer. Son métier le passionnait. Les fous homicides, les hold-up inexplicables, les disparitions mystérieuses sont beaucoup plus excitants qu'une vie familiale, monotone.

C'est vrai, il avait éprouvé une passion pour cette belle brune, nerveuse, hystérique, capricieuse, vraiment une névrosée, conclut-il avec un charmant sourire.

– Et elle vous a quitté comme ça, tout d'un coup, sans prévenir ?

– Elle n'arrêtait pas de me prévenir... Et puis un beau soir... Pourquoi est-ce qu'on dit toujours un beau soir ?... Il était deux heures et demie de l'après-midi. Je suis rentré. Elle avait mis son manteau. Elle était sur le pas de la porte, sa valise à la main. « Ah ! te voilà !... Ça me permettra de te dire au revoir. – Tu t'en vas ? – Je ne " m'en vais pas ", je me casse. – Pourquoi ? » Elle me regarda droit dans les yeux et me répondit, excédée : « Benoît, c'est sûrement merveilleux pour les autres que tu sois resté un enfant, mais un enfant, j'en ai déjà un. – Tu pars seule... comme ça ? – Non. Avec un homme... »

Edwige Anselme savait écouter. C'est une belle âme, pensa Benoît. Il se confia.

– Comme la plupart des hommes qu'on abandonne, j'ai souffert dans ma vanité. Mais à ma grande surprise, ma vie devint meilleure. Adeline ne lit pas un seul livre, ne s'intéresse à rien. C'est un animal délicieux et sensuel. J'avais fait le mauvais choix. Mais Bérénice ne va pas très bien. Elle porte des traces de coups. J'ai l'impression qu'elle se les donne elle-même.

Mme Anselme lui dit, grave :

– Il faut que vous la rassuriez. Elle se sent peut-être responsable de cette séparation, alors elle se punit.

A ce moment, la porte du cabinet s'ouvrit. Le jeune Mathieu, un des sept enfants du docteur Anselme, entra avec un cornet de glace au chocolat. Il avait à peu près l'âge de Bérénice. Sa maman s'adressa à lui d'une voix douce :

– Mathieu, je t'ai demandé de ne pas me déranger quand je travaille.

– C'est juste pour te montrer que ça existe, les glaces à trois boules...

Il s'approcha d'Edwige, le cornet en avant. Une des boules tomba sur la jupe claire de la psychanalyste qui lui balança aussitôt une bonne gifle.

Mathieu sortit en hurlant. Edwige Anselme avoua alors à Benoît :

— Ne jamais frapper un enfant... Jamais... Sauf les miens!

Elle lui délivra un sourire éclatant.

— S'il doit devenir Mozart ou Einstein, ce n'est pas une claque qui l'en empêchera... Et puis... ça m'a soulagée.

Bérénice s'attacha rapidement au docteur Anselme. Les automutilations cessèrent mais, de temps en temps, la petite piquait un peu dans les magasins et faisait l'école buissonnière.

L'inspecteur principal Maurice freine pile devant Lucie qui attend Bérénice de pied ferme devant le siège de la Brigade des homicides étranges, menottes à la main. Et clac! une menotte sur le poignet de Bérénice. Et clac! une menotte sur son propre poignet. Lucie entraîne Bérénice vers l'ascenseur tandis que la Renault 21 démarre sur les chapeaux de roue.

74

La BMW de Maria Solar est garée un peu loin du trottoir, devant la confiserie Aux Délices de La Muette.

Guy Amon est au volant d'une voiture de police banalisée, une Ford turbo. Près de lui, Edmond Lajoie écarte sa veste. Il porte la main à l'arme fichée dans sa ceinture.

— C'est pas un western. On va chez un psychanalyste. En principe, il n'est armé que d'un stylo, dit Benoît.

Edmond Lajoie lâche son arme à regret, reboutonne sa veste et se tourne vers son chef :

— Peut-être, mais si ce type est le fou homicide, je préfère lui balancer un pruneau à travers la porte plutôt que de recevoir un coup de couteau.

L'inspecteur Amon intervient à son tour :

— Nous, on tire pas mal, mais lui, quand il vous poinçonne, c'est l'aller simple !

— C'est là, dit Benoît. Gare-toi.

Les trois hommes descendent de voiture. Benoît s'élance vers la porte de l'hôtel particulier. Il sonne. Longuement. Rien ne se passe. Sur un signe de Benoît, Guy Amon met la main à sa poche, en sort un petit étui noir où se trouvent un certain nombre de pointes et de crochets d'acier de petite taille.

Edmond Lajoie se marre :

— Cadeau de l'École Supérieure de Serrurerie...

Mais Guy est déjà au boulot. Il donne un léger coup de poing dans le haut de la porte, suivi d'un petit coup de pied dans le bas.

– Ça va, il y a juste le pêne.

Il introduit dans le trou de la serrure une courte lame dont l'extrémité est marquée de deux petits crans et la fait tourner d'un geste sec. La porte s'ouvre à la première sollicitation.

Tous trois entrent rapidement dans le hall. Les deux inspecteurs s'arrêtent, impressionnés. Ils découvrent un immense espace dallé de marbre au plafond duquel pend un lustre monumental.

Benoît les bouscule et fonce au pied de l'escalier. Tout près de la statue de Rodin gît un corps inanimé. C'est Chan Li, le maître d'hôtel. Benoît s'accroupit et pose l'oreille contre sa poitrine. L'homme est en vie. Benoît se relève. De l'index, il montre l'escalier aux deux hommes.

Guy et Edmond s'apprêtent à s'y engager quand une créature jaillit en hurlant de derrière la statue. L'inconnu brandit une matraque à la main. Ses jambes arquées, son torse anormalement développé, ses bras démesurément longs, sa grosse tête aux yeux rapprochés et sa toute petite taille constituent un mélange effrayant.

Edmond Lajoie, expert en arts martiaux, lui porte un atémi meurtrier, mais la créature, plus rapide, lui assène un coup de matraque très sec sur l'avant-bras. Edmond hurle de douleur. Au même moment, Guy Amon lui a envoyé son poing au visage mais la créature évite le coup. La matraque siffle tout près de la tête de Guy mais sans le toucher.

Benoît commence à être terriblement agacé. De son holster, il dégaine son Magnum 747, un calibre énorme. Concentré comme au stand de tir, tenant fermement son arme au bout de son bras tendu, il crie :

– Bouge plus où ce sera la dernière fois.

L'homme bondit sur Benoît, qui sans hésiter tire. La balle frôle l'oreille de la créature qui s'arrête net, pétrifiée, et lâche sa matraque.

Du bout de son Magnum, le policier intime à Sargatamas l'ordre de les précéder.

Les trois policiers suivent Sargatamas qui s'engage dans l'escalier. Il porte la main à son oreille. Elle est en sang. Il a eu chaud. Il faut être vigilant : ce dingue est capable de l'abattre.

Les trois policiers progressent dans l'escalier, quelques marches derrière. Benoît Martin tient toujours en joue la créature mais, arrivée au premier étage, elle leur fausse compagnie en s'élançant soudain dans le couloir, droit devant elle. Elle ouvre une porte et on l'entend crier : « Les flics!... »

Ils se précipitent à sa poursuite et débouchent dans le cabinet de Gilles d'Avertin où Sargatamas s'est planté devant son maître, les bras écartés, lui faisant un rempart de son corps. Benoît aperçoit Maria Solar, assise, entravée sur le fauteuil de l'analyste, seins à l'air et jambes écartées. Maîtrisant difficilement sa colère, il braque fermement son arme en direction de celui qu'il prend pour Gilles d'Avertin. Son index appuie dangereusement sur la détente.

— Toi, dit-il à Guy Amon, détache-la et donne-lui ta veste.

L'Homme ne fait pas un geste. Ses bras pendent le long de son corps. De sa main droite, il étreint son couteau. Ses doigts s'ouvrent lentement. La lame tombe à terre. Il sourit. Il écarte Sargatamas, s'approche de Benoît et lui dit d'une voix lasse :

— Enfin...

Guy Amon a détaché Maria et lui a passé sa veste sur les épaules. La jeune fille se lève, baisse sa jupe, fait quelques pas dans la pièce, l'air égaré, puis va vers Benoît en qui elle a reconnu le policier rencontré à Venise. La frayeur quitte peu à peu son visage. Elle se souvient de sa gentillesse. Elle est rassurée, maintenant.

Les inspecteurs se saisissent de l'Homme qui ne leur oppose aucune résistance. Il les domine pourtant d'une bonne tête. On sent qu'il a la force, s'il le souhaite, d'échapper à toute capture, mais manifestement il n'a pas l'intention de lutter. Les deux policiers l'emmènent hors de la pièce.

Benoît croit avoir arrêté Gilles d'Avertin. La jeune fille lui raconte alors ce qui s'est passé.

Sargatamas est resté près du bureau, debout, accablé, comme privé de toute vie. Son maître l'a abandonné. Que va-t-il devenir ? A-t-il encore la moindre raison de vivre ?

Épuisée, Maria pleure doucement :

– Il a sûrement tué Gilles...

Que reste-t-il à Sargatamas, sinon aider ce qui lui reste de Gallois, *l'autre*, celui qui s'appelle Gilles ? Il s'approche de la cheminée et fait glisser un panneau, sous lequel se trouve un clavier de métal. Sargatamas compose le code. Le mur pivote, découvrant Gilles d'Avertin enchaîné.

75

La Ford turbo arrive en trombe à la Préfecture de Police. La barrière de métal rouge et blanc s'ouvre, la laissant pénétrer dans la cour qui mène au Dépôt. Depuis son arrestation... mais peut-on parler d'arrestation? Gallois d'Avertin les a suivis si docilement que Guy Amon s'est presque excusé d'avoir à lui passer les menottes. L'homme lui a tendu ses poignets sans un mot. Guy Amon a noté la cicatrice ancienne.

Après les formalités de garde à vue, les deux hommes conduisent Gallois d'Avertin jusqu'aux cellules. Il doit y rester une ou deux nuits, pour être présenté au juge d'instruction.

Compte tenu du statut social des Avertin, de l'entregent de Gilles et de Bruno, on affecte à Gallois la cellule la plus confortable, loin de la promiscuité des malfrats, des toxicomanes et des prostituées.

Après une suite de couloirs étroits aux murs jaunis par les ans, à la lumière chiche, un parcours sinueux, compliqué – la maison est ancienne et son architecte possédait une bonne dose de démence créatrice –, on arrive aux cellules les plus spacieuses, une dizaine, séparées les unes des autres. D'épaisses portes de métal glissent électriquement. Des grilles aux barreaux épais s'ouvrent et se referment.

Gallois d'Avertin se trouve à présent seul dans sa cellule.

Avant de le quitter, impressionnés par son détachement, les deux jeunes inspecteurs lui demandent s'il n'a pas besoin de rien, rasoir, savon, cigarettes, boissons...

Il les remercie. Non, il n'a besoin de rien. La porte se referme avec un sifflement pneumatique.

Le voici emprisonné. Il s'assied sur un tabouret, devant une planche scellée au mur, à la fois table et bureau. D'une poche de sa veste, il sort un cahier noir et un stylo.

Le plafonnier, protégé par un épais grillage, lui dispense une faible lumière. Il ouvre le cahier et écrit :

Sigmund ouistiti, t'es vraiment un voyou.

Toi qui aurais pu déterminer le sexe des anges puisque tu as presque trouvé le sexe des anguilles, avais-tu un tel besoin d'argent, de reconnaissance sociale, de pouvoir ?

Était-il vraiment nécessaire d'imaginer, ô toi, borgne au royaume des aveugles, une condition humaine soumise à des lois si obscures, si fluctuantes, si peu vérifiables, sujettes à tant d'interprétations, que chacun de tes disciples y trouve de quoi affirmer une chose et son contraire ?

Comment as-tu pu être assez orgueilleux, « dément » pour te croire un Messie, pour te croire, après Jésus ou Moïse, Celui autour duquel s'écrirait le Troisième Testament ?...

Au lieu de nous apporter la peste, de générer des enfants sans foi ni loi, marchands de vent, voleurs de vie, ne pouvais-tu pas te contenter de régner sur tes quelques richissimes bourgeoises, aux névroses si élégantes ? Pourtant, elles se sont données à toi, corps et biens. Elles t'ont aimé, vénéré, désiré, idolâtré.

Permets à un homme libre de te donner ce conseil un peu tardif sur la vanité humaine :

« Sage est celui qui consent à ne régner que sur son village. »

Sur cette planète, nous sommes aujourd'hui cinq milliards d'habitants. Les deux tiers d'entre eux meurent de faim.

Pour les autres, ceux qui ont les richesses, ceux dont la vie pourrait être bonne, tu as créé une armée malfaisante dont l'utilité, dont l'existence ne se justifie en rien. Elle ne peut faire que le mal, même si certains de ses soldats ont, par chance ou par talent, guéri quelques détresses.

Nous n'avons pas besoin de toi ni des tiens.

Tu es notre Ennemi.

En cette fin du xxᵉ siècle pré-apocalyptique, ailleurs, sur d'autres continents, des tribus primitives, de leur naissance à leur mort, pour exister, aimer, communiquer, chasser, combattre ou se défendre, n'utilisent que dix objets.

Nous, les nantis, les bénéficiaires de la civilisation, de la technologie, nous disposons de millions d'objets. Ils nous pervertissent, nous menacent, nous coupent de nos racines.

Dix d'entre eux suffiraient.

Vous n'en faites pas partie.

Vous êtes inconcevable.

L'Homme relit attentivement le texte qu'il a écrit d'une traite. Il semble satisfait et referme le cahier noir.

Des bruits de pas se font entendre. Il tourne lentement la tête vers les barreaux d'acier qui donnent sur le couloir. Deux gardiens en uniforme amènent un homme de petite taille qui les injurie et se débat.

Arrivé devant sa cellule, le prisonnier cesse soudain de se démener. Pétrifié, il fixe à travers les barreaux l'Homme qui semble ne pas le voir.

– Monsieur, Monsieur! C'est moi, Sargatamas...

L'Homme n'entend pas. Il détourne son visage.

Sargatamas baisse la tête et se laisse emmener sans résistance.

76

Çà et là, dans ce monde où tout est harmonie, soudain, en quelques secondes, s'accomplit un forfait ou un crime. Projectile aveugle, imbécile, le malheur fait irruption dans votre vie et la ravage.

Stoïque, elle ne compte plus les heures. Sarah Brunschwig est debout, face à l'hôtel particulier de la rue Albéric-Magnard, l'œil vissé à sa lorgnette.

Dix-sept heures trente. Maria gare sa voiture.

Dix-huit heures. Les flics arrivent, forcent la porte et entrent.

Dix minutes se passent, pas plus. Gilles d'Avertin sort de l'hôtel particulier, encadré par deux inspecteurs...

C'est donc lui!... Désespérée d'avoir eu raison, elle éclate en sanglots. Elle en prend conscience maintenant, elle l'aime presque autant que Bruno. Arrive maintenant le flic en chef, poussant devant lui un être affreux, une erreur du Créateur. Elle le reconnaît et comment!... C'est « Grosse Tête », le sale type qui lui a fendu le crâne.

Une voiture de police arrive avec deux gardiens en uniforme. Le chef monte aussitôt à l'arrière avec « Grosse Tête » et tous repartent.

Et Maria ? J'espère qu'on ne lui a pas fait de mal à la petite...

Dis donc, la vieille, est-ce que par hasard tu aurais un cœur ?

Et là, ce que voit Sarah est incroyable... Maria Solar, le visage défait, sort de l'hôtel particulier avec *Gilles*. Ils montent dans la BMW. Gilles s'installe au volant. Comment est-ce possible ?... Sarah l'a vu partir entre deux flics.

Le voile se déchire... Il y a deux Gilles...

L'un d'eux est le tueur. Lequel est donc l'ami de Bruno ?

Sarah chancelle. Le sang lui monte à la tête avec violence. Son regard se voile. L'odeur abominable du Malin envahit la pièce. Sarah ne connaît pas la peur. Cent fois, elle a combattu le Démon.

A voix haute, elle implore le Seigneur, l'adjure, fulmine, enrage. Elle se met en prière, quitte les versets convenus de la Torah et plonge dans le gouffre sulfureux de la Kabbale. Issue d'une illustre lignée de rabbins, elle connaît les chemins interdits.

Un bruit de tonnerre fait vibrer les vitres. Des éclairs zèbrent le ciel.

Sarah tremble, le visage déformé, la bave aux lèvres.

Puis, soudain, la paix revient. Par la fenêtre ouverte, une odeur de soupe au chou chasse les miasmes du Prince des Ténèbres.

Le malheur s'est éloigné, mais elle le sent, là, à deux pas, prêt à frapper.

La vieille femme est épuisée. Elle rassemble ses forces, enfile sa fourrure et dévale l'escalier comme une furie.

– J'arrive, Bruno. N'ouvre à personne !

77

Avenue Hoche, les lumières sont éteintes dans la chambre à coucher de Bruno Brunschwig. Maria s'est glissée dans les draps de satin, a remonté la couette et s'est endormie d'un profond sommeil. Il lui suffirait d'ouvrir la porte pour rejoindre Bruno et Gilles qui bavardent paisiblement.

Entre les deux amis s'installe un long silence que Bruno rompt le premier :

— La première fois, dans la salle des jouets, c'est Gallois qui jouait du piano ?

— Oui. Tu te sens trahi... A travers moi, tu aimes Gallois... Et c'est à son génie, à sa force, à sa *différence* qui m'habitent que je dois ton amitié.

— Tu n'as pas à te justifier. Tu es un être humain extraordinaire et mon seul ami. Jaloux, je pourrait l'être de ce privilège insensé qui vous a été accordé. Chaque être humain est aussi seul que le sont les étoiles. Comme elles, nous gravitons si loin les uns des autres, terrifiés, dans un univers hostile et glacé... ... Et vous seuls, vous êtes ensemble. Deux soleils apparemment distincts, mais soudés en vérité, bénéficiaires de cet incroyable don de recevoir, de donner, d'échanger très exactement ce dont l'autre a besoin...

Bruno se tait un court instant, visiblement ému, et reprend :

— Gilles, il faut sauver Gallois. Berthold a une idée

délirante. Il prétend que Gallois n'est ni un être humain qui décide de ses crimes, ni un dément qu'on interne et qui échappe à la justice des hommes. Gallois est un mutant. Il prétend que son cerveau produit des impulsions électriques dans le lobe frontal gauche où, *pour n'importe quel autre être humain, il n'y a jamais eu la moindre activité.* Gallois serait en avance d'un million d'années sur l'humanité. Berthold prétend pouvoir annihiler cette particularité, ce qui supprimerait ses pulsions criminelles. Si la justice accepte que Gallois se soumette à cette intervention et qu'elle réussisse, peut-être sera-t-il libre et pourra-t-il s'insérer dans notre société ?

— Jamais il n'acceptera. Il n'a pas peur du châtiment. Il a accompli son parcours... Jusqu'à Maria... Il ne t'est pas hostile puisque je t'aime et que tu m'es bénéfique. Mais un bouleversement s'est produit en lui. Dès qu'il a vu Maria, il en est tombé éperdument amoureux. Ses cloisons relationnelles, établies à grand-peine, ont littéralement explosé.

Les deux amis font silence puis Bruno reprend :

— Lorsque tu m'as téléphoné pour m'alerter, prétendant que ton double avait des pouvoirs, je ne t'ai pas cru... J'ai mené un combat désespéré contre son influence, sinon j'étranglais Maria.

La physionomie de Gilles s'assombrit.

— Si Berthold n'intervient pas, Maria et toi ne serez en sécurité nulle part dans le monde.

— Même emprisonné, même à distance, il peut exercer son pouvoir.

— J'en ai bien peur.

Bruno se lève et verse à son ami un bon verre de château-figeac.

— A part Gallois, tu ne me cacherais pas un ou deux autres petits secrets ?...

78

Les parents du juge Petit l'avaient conçu sans amour.

Seuls devant leur miroir, les hommes ont pour eux-mêmes les plus grandes indulgences. Le juge Petit, lui, n'en éprouvait pas la moindre. Sauf pour se raser et assujettir son nœud papillon, il évitait la douloureuse épreuve de se confronter à son image. Il était fils unique. Mêmes menacés de mort, ses parents auraient refusé de tenter un second essai. Les cheveux blonds coupés ras, un front minuscule, des oreilles énormes, un nez long, étroit comme une lame, deux traits en guise de lèvres, culminant à un mètre soixante, ainsi se présentait le juge Petit.

Il aimait les arts et, souffrance supplémentaire, appréciait la beauté. Son corps n'élaborait pas de sécrétions, mais des humeurs. Deux sentiments l'animaient : la jalousie et la haine. Et une seule jouissance : l'exercice du pouvoir.

Lorsque Gallois pénètre dans son bureau, le juge Petit est incapable de prononcer un seul mot. Tant de beauté... Peu de sculpteurs peuvent réussir une œuvre aussi admirable que cet être humain. Il pense à sa naissance misérable, à son petit corps blanc et sans grâce, et la fureur l'envahit. Le prince et le cloporte...

Toutefois, il se lève pour saluer l'avocat de Gallois,

maître Samuel Hoffmann, riche, puissant, redoutable dialecticien, capable d'entortiller le plus sévère des magistrats.

Le juge Petit commence son interrogatoire. Il pose sa première question en gardant les yeux baissés sur son dossier :

— Nom, prénoms, date et lieu de naissance.

L'homme répond sans se faire prier. Sa voix est nette, sans peur ni agressivité :

— Actuellement, je suis Gallois d'Avertin. Depuis le 25 décembre 1953. Auparavant, c'est-à-dire pendant quatre-vingt-sept ans, j'ai été le docteur Konrad Olryk, psychiatre, de nationalité tchécoslovaque, né à Mirovice, à quelques kilomètres de Prague. A ma mort, j'ai investi le corps de Gallois d'Avertin, un des deux jumeaux qui venaient de naître.

Le juge ne croit pas un mot de cette fable.

— Vous auriez donc cent vingt-cinq ans...

— Le docteur Olryk était mon septième corps terrestre. Je dois avoir plus de trois cents ans.

Le juge Petit, tout d'abord ébahi par ces propos, apprécie l'habileté de Samuel Hoffmann. Vraiment un enfoiré. C'est diabolique de faire tenir à ce fou homicide des propos qui outrepassent la démence. Si on le croit, il sera enfermé dans un hôpital psychiatrique où sa fortune lui procurera un régime de faveur, loin de la lourde main de la justice. Puis il sera transféré dans une clinique de luxe et bientôt libre...

Il s'en fait le serment. Il ne cédera à aucune manœuvre, fera appel à des experts qui lui sont acquis. Le duc d'Avertin comparaîtra devant la cour d'assises et sera condamné à la réclusion à perpétuité.

Mais le juge n'est pas au bout de ses surprises. Gallois d'Avertin, ex-Konrad Olryk, se lève sans qu'il l'en ait prié et le regarde avec une grande douceur.

— Gallois d'Avertin aurait volontiers continué cette dis-

cussion, mais Konrad Olryk a décidé de rompre toute relation avec vous.

Le juge Petit tient à avoir le dernier mot :

– Et quelle raison Konrak Olryk a-t-il invoquée ?

– Konrad Olryk ne parle pas à une fourmi.

Puis il tourne le dos au petit juge, sort de la pièce sans
se soucier des gardes, comme s'il était le maître du jeu.

79

Gallois d'Avertin refuse dorénavant de quitter sa cellule. Il griffonne de temps en temps sur son cahier noir. Les gardiens ont tout d'abord été étonnés de ne jamais le voir fermer les yeux. Ils ont compris bientôt qu'il dormait les yeux ouverts.

Pas un d'entre eux n'ose du reste croiser son regard. Le plus souvent sans expression, ses yeux se chargent parfois d'une lueur si intense qu'on à l'impression de s'y brûler. Quand on les fixe, on craint de ne plus pouvoir les quitter.

Dans l'impossibilité de converser dorénavant avec Gallois d'Avertin, le juge Petit convoque Gilles. Le jeune psychanalyste lui raconte alors la vérité, enfin... *sa vérité*.

– Quand nous sommes nés, à quelques minutes l'un de l'autre, véritables jumeaux, seul j'ai crié. Lui s'est tu.

– Est-il vraiment utile de commencer votre récit depuis votre naissance ?

Le psychanalyste sourit :

– Vous avez raison, monsieur le juge, commençons un peu plus tard. Quand vous le reverrez, regardez ses poignets. Rien n'y fera. Il gardera toujours la trace des menottes. Elles étaient scellées par un filin d'acier lui-même coulé dans le béton armé du mur de ce qui constituait sa prison. Quelques années passèrent et on l'enchaîna. De puissants calmants, prescrits par un médecin de famille, eurent des effets miraculeux. Ses instincts féroces semblaient avoir été chassés de son corps et de son esprit. Il ne ressentait ni haine ni rancœur envers ses geôliers. Qui étaient-ils, sinon sa famille, les êtres aimés? Ceux qui ont vécu mille morts, mille souffrances, fait le tour du monde pour tenter de faire cesser cette malédiction, payé pour cela des chercheurs, investi des fortunes, uniquement pour lui, le seul être humain atteint d'une étrange complexion de neurones et d'axiomes située dans le *lobe temporal gauche.*

Alors a commencé pour Gallois l'apprentissage des choses les plus simples de la vie, se tenir debout, marcher, devenir continent, se tenir à table, parler, écrire puis apprendre, oh! oui, apprendre! Lire des nuits entières, regarder les films, la télé, pour enfin savoir ce qui se passait dans le reste du monde. Rien n'a été assez beau et assez cher pour qu'il rattrape le temps perdu, qu'il devienne l'égal des siens, les surpasse. Mais depuis trop longtemps on l'avait fait disparaître du monde pour pouvoir aisément l'y réintégrer. Il n'avait plus d'identité, plus d'existence. Et puis il a eu accès à sa part de fortune. Sargatamas, le malheureux qui se trouve en détention à quelques cellules de la sienne, lui servait d'homme de paille. A travers le petit homme difforme, détenteur de tous les comptes, de toutes les procurations, son don pour les finances s'est avéré remarquable. Il a réalisé des opérations en Bourse aussi bien construites que les sonates de Scarlatti. Il a regagné dix fois les sommes colossales que sa famille avait dépensées pour le sauver. Il lui aurait été possible de s'inventer une identité, de vivre ailleurs une vie de monarque. Mais tout le retenait en ce lieu où, pendant plus de dix ans, il avait été enchaîné comme une bête.

Cette déposition ne convient pas du tout au juge Petit.

Si Gilles d'Avertin réussit à persuader la cour d'assises que Gallois constitue une aberration génétique, *un mutant,* comment la justice des hommes pourrait-elle s'exercer sur un être qui n'est pas des leurs?

Le juge Petit ne ménagera pas sa peine pour instruire contre Gallois d'Avertin un dossier acablant. Le témoignage de Sargatamas, cet esclave, cet être fruste, lui apportera sûrement sur son maître un éclairage plus conforme à ses souhaits. Le juge éprouve une secrète satisfaction à la vue de Sargatamas. Ainsi, sur cette terre de douleur, il existe une créature plus déshéritée que lui...

A sa grande surprise, la familiarité avec un milieu remarquable a amené la créature à s'exprimer avec une certaine recherche et même une certaine poésie.

– Personne n'entrait plus dans son antre. Il s'était fait construire les installations de communication les plus coûteuses, les plus sophistiquées, comme seuls les polices ou les services d'espionnage des nations les plus puissantes peuvent s'en offrir.

« Mais bientôt ce ne fut plus assez. Une créature le rattachait au monde, plus que tout autre. Cette créature dont il était le double, la moitié, dont il était l'Autre, le miroir, il lui fallait impérativement savoir à chaque seconde où elle se trouvait, avec qui elle était, ce qu'elle faisait, ce qu'elle pensait, ce qu'elle projetait.

« Et c'est ainsi qu'au dernier étage de l'hôtel particulier de la rue Albéric-Magnard, sous les combles, protégé de tous, séparé des appartements et du cabinet de consultation de son frère Gilles, Monsieur avait fait installer les batteries de micros et de caméras les plus discrètes, les plus indécelables qui puissent se trouver. De multiples écrans couvraient un pan entier du mur de ce lieu immense.

« Le tableau de commande de ce dispositif plus perfectionné que celui d'un lanceur de fusée lui permettait de scruter chaque centimètre du domaine de son frère. Tous les mouvements de caméra lui étaient permis. Tout agrandissement, panoramique, zoom, arrêt sur image était possible. D'invisibles micros lui restituaient un son d'une quasi-perfection.

« Dès qu'il le souhaitait, les écrans et les tableaux de contrôle disparaissaient dans le mur. *Gilles, son frère chéri, ignorait l'existence de ce dispositif. Il fallait surtout qu'il l'ignore. Toujours.* Moi seul, je savais...

Le juge Petit l'interrompit :

– D'accord. Mais vous n'étiez pas le seul à savoir. Quelqu'un avait bien dû réaliser ces merveilles électroniques...

– En effet... Un malfrat anglais qui fut abattu d'une rafale de Kalachnikov, la veille de son retour en Angleterre.

– Pas de chance... Et comment s'appelait cet artiste ?

Sargatamas fait mine de chercher dans sa mémoire. Il hoche la tête, sincèrement contrit :

– Kevin... Kevin quelque chose... Je ne me souviens plus. Il y a si longtemps...

– Évidemment... Et votre maître n'espionnait que son frère ?

– Sa mère aussi, la duchesse d'Avertin. Il portait peu d'intérêt à cette belle femme lointaine et qu'il avait toujours connue la larme à l'œil. Mais Gilles lui rendait visite, alors... Un dispositif plus modeste, mais aussi précis, pouvait à chaque seconde le renseigner sur tout ce qui se déroulait dans les appartements de Laura d'Avertin... Récemment, Gilles lui avait fait construire un passage secret qui menait à une porte dérobée donnant sur la rue.

« Ainsi avait commencé l'apprentissage de la nuit, quand Paris se vide de tous ses habitants pour laisser place à ceux que l'attrait du danger fait sortir de leur tanière...

80

De retour dans sa cellule, Sargatamas se plonge dans une profonde rêverie.

Il a vécu de bien bonnes années, connu de grands bonheurs, en particulier par cette soirée de printemps où il a été, à l'insu de tous, rendre visite à un certain Kevin je ne sais quoi...

Ce Kevin-là s'appelait Auger. Il était bien français. Sargatamas se souvient.

Au volant d'une Maserati noire, il roulait rapidement, veillant néanmoins à observer les règles les plus strictes de la circulation. Il n'aimait pas à avoir affaire aux forces de l'ordre.

Il consulta sa carte. C'était la bonne sortie. Il mit son clignotant à droite, ralentit à la vitesse indiquée par le panneau et s'engagea lentement dans Arnouville-les-Gonesse. Il roula deux bons kilomètres, mit ses codes, s'arrêta au premier feu rouge. C'était bien là que commençait la rue Robert-Schuman. Le feu passa au vert. Il mit sa flèche à gauche et s'engagea lentement dans la voie particulièrement sinistre. Il n'était que sept heures du soir. La chaussée était défoncée. Des trottoirs rachitiques, recouverts de méchants graviers, accentuaient la désolation du lieu. La plupart des bâtisses, collées les unes aux autres, semblaient en état de siège. A travers les volets clos passait parfois un indigent rai de lumière. Pas une seule créature vivante, homme ou animal, n'avait l'audace d'emprunter la chaussée.

Vers le numéro 50, une décharge publique, amoncellement d'ordures malodorantes et de vieilles ferrailles, constituait l'espace vert des quelques gosses du voisinage, à la condition que des enfants puissent venir au monde dans cet endroit de cauchemar.

A présent, la rue était en pente. Sargatamas coupa le moteur. Il actionna les volets qui cachaient les phares et la Maserati, fantôme menaçant, effilée comme un rasoir, roula sans bruit dans la nuit noire.

Un hangar au toit éventré lui sembla l'endroit le plus sûr pour dissimuler son véhicule. Il s'en éloigna sans bruit et arriva bientôt en vue d'une étrange bâtisse flanquée de quatre tourelles, construite sur un terre-plein désert. Pas de fenêtres, plutôt des meurtrières munies de barreaux. La forteresse paraissait abandonnée. Sargatamas se trouva bientôt devant la double porte d'acier. Il savait que des caméras à lumière infrarouge le filmaient sous tous les angles.

— Ouvre, Jacques, c'est moi!

— Qu'est-ce que tu viens foutre? répondit un haut-parleur.

— On refait une installation. Son frère est en voyage, faut faire vite.

La lourde porte de métal s'ouvrit sans bruit et se referma aussitôt après avoir laissé pénétrer le visiteur. Sargatamas se trouvait dans un laboratoire aux proportions démesurées. Le sol était recouvert d'un lino blanc immaculé. Des rangées de tables de formica blanc, largement espacées les unes des autres, donnaient à l'ensemble un air de clinique. Rangé en bon ordre sur autant de plans de travail se trouvait tout ce que la technologie la plus affûtée avait créé en matière d'espionnage industriel ou militaire.

Jacques Auger avait mérité plusieurs fois la chaise électrique pour avoir commercé sans vergogne avec des puissances ennemies, mais les services qu'il pouvait rendre à ceux qui gouvernent le protégeaient plus sûrement qu'une armée.

Auger regarda Sargatamas s'avancer vers lui avec une parfaite expression de dégoût. Il ignora la main qu'il lui tendait, lui tourna ostensiblement le dos et alla se rasseoir devant le plateau sur lequel se trouvait un rayon laser. Niant l'existence même du visiteur, il se coiffa d'un casque métallique muni de deux écouteurs et de lentilles de protection. Il enfila des gants d'amiante. Avec une minutie de chirurgien, il entreprit de régler l'intensité de l'appareil.

Le fuseau incandescent prenait sa source dans un cercle de métal fixé sur la table et allait se perdre dans une ouverture ménagée dans le plafond.

Sargatamas n'avait pas d'amour-propre. Le mépris de Jacques Auger ne l'affectait pas le moins du monde. Il se tenait derrière le technicien, un peu trop près pour effectuer du bon travail. Il se recula donc d'un pas, sortit de sa poche un poinçon dont la lame était particulièrement acérée, repéra soigneusement l'endroit précis où le liquide céphalo-rachidien irriguant la cervelle coule dans la moelle épinière et, d'un coup, d'un seul, enfonça le poinçon à l'endroit choisi, au millimètre près.

Jacques Auger mourut si subitement qu'il n'aurait même pas eu le temps de confesser le plus petit de ses péchés.

Sargatamas confisqua alors au défunt son casque protecteur, s'en coiffa, enfila les gants d'amiante et d'une pichenette fit basculer le visage sans vie dans le faisceau du laser. Une odeur de chair brûlée se répandit dans la pièce tandis qu'un ultime soubresaut fit tressaillir tout entier le corps à moitié calciné du grossier personnage.

Perfectionniste, Sargatamas trouva rapidement les touches qui éteignaient le faisceau. Puis il ouvrit un autoclave, y laissa choir casque et gants et mit la machine en marche. Ainsi, il n'y aurait pas d'empreinte. Il avait pris garde de ne toucher à rien. Pour plus de sûreté, il revêtit des gants de soie noire et se dirigea vers la batterie de caméras qui enregistraient tout ce qui se passait dans le laboratoire.

Il visionna les bandes qui avaient filmé la brève et dernière entrevue qu'il avait eue avec Jacques Auger, les retira de leur support de plastique et les brûla à l'aide de son Zippo.

Puis il actionna la double porte en métal et sortit sans se hâter.

Deux yeux jaunes le fixaient lorsqu'il remonta dans la Maserati. Il se signa. C'était peut-être le Diable. Aucun chat ne se serait aventuré en ces terres malsaines. Le bolide prit de la vitesse.

Sur NRJ, Sargatamas trouva une très jolie chanson de Claude François. Il aimait bien les Clodettes.

Gallois serait content de lui. Avec Auger disparaissait le seul homme à connaître leur installation secrète. Lui, Sargatamas, devenait un peu plus encore un petit morceau de Gallois.

Il appuya sur l'accélérateur. Sur le compteur de vitesse, la flèche s'affola.

Claude François chantait... *Comme d'habitude.*

Sargatamas se sentait très beau et très puissant.

81

Un autre homme pourtant en savait sur Gallois d'Avertin plus encore que Sargatamas. Mais jamais celui-là n'avait
pensé avoir à se confesser. Tout d'abord à cause du secret
professionnel, mais plus encore par peur des représailles.

Or, plusieurs crimes avaient été perpétrés. Pourtant,
lorsque Berthold avait rencontré Gallois d'Avertin pour la
première fois, il avait tout mis en œuvre pour que, plus
jamais, aucun forfait ne soit commis... Ayant ainsi apaisé sa
conscience, le psychiatre, convoqué à son tour dans le cabinet du juge Petit, lui relata les événements dont il avait été le
témoin, puis l'un des acteurs.

Tout avait commencé à la clinique de Sceaux, seule clinique dans le monde, avec la Clinique Royale de Bruxelles,
et la Mayo Clinique, aux États-Unis, à posséder les appareils
qui permettent d'explorer le cerveau, de découvrir les
imperfections, les malformations, les tares les plus infimes,
grâce à l'IRM (imagerie par résonance magnétique) et au
TEP (tomographe à émissions de positrons).

Il y a vingt ans, Ernest Berthold, brillant interne dans le
service du célèbre professeur Changeux, auteur de
L'Homme neuronal, pouvait espérer atteindre le rang de chef
de clinique dans la hiérarchie hospitalière. D'ici cinq ou six
ans, peut-être. Mais même dans ses rêves les plus fous, il ne
serait jamais maître assistant du célèbre professeur et encore

moins chef de service. Trop pauvre, trop mal né, ni homo, ni maçon, juste un Juif de petite naissance, méprisé par les mandarins.

Et en cette soirée se produisit le miracle.

Une limousine aux vitres teintées s'arrêta au service des urgences. Une dame très élégante, portant chapeau et voilette en sortit, accompagnée d'un jeune garçon d'une grande beauté. Le chauffeur leur ouvrit la porte.

Sur la banquette arrière gisait une silhouette dissimulée sous une couverture. Deux infirmiers placèrent le corps sur un brancard et l'amenèrent dans le cabinet bourré d'appareils électroniques, dont Berthold, interne de garde, disposait ce soir-là.

On avait allongé le jeune corps sur la table d'auscultation. Le chauffeur avait verrouillé la porte d'entrée et se tenait près de la serrure, avec l'expression d'un chien de combat prêt à tuer. La femme élégante, abîmée par le chagrin, accablée de fatigue, s'était assise sur une banquette. Seul l'adolescent aux yeux clairs, au teint de porcelaine et aux cheveux blonds, l'air d'un prince semblait, en état de lui fournir des explications.

Dix ans auparavant, sa mère, la duchesse Laura d'Avertin, mettait au monde deux jumeaux. Lui, Gilles d'Avertin, était l'un d'eux. La forme qui gisait sans connaissance sur la table d'auscultation était son frère jumeau, Gallois. Dès la naissance, les médecins constatèrent que Gallois n'avait aucune activité cérébrale. Il ne cria pas en naissant. Comme Gilles, il tétait le sein maternel et accomplissait toutes les fonctions naturelles essentielles. Mais les plus grands spécialistes appelés à son chevet délivrèrent tous le même diagnostic : il serait un légume privé de conscience, un mort vivant.

Le duc d'Avertin interrogea ces sommités médicales : ne valait-il pas mieux le laisser mourir ? Laura refusa. Elle aimerait cette malheureuse créature et son frère jumeau d'un amour égal.

Alors commença pour les d'Avertin un incessant va-etvient entre la France et l'Amérique du Sud, où ils possédaient de vastes plantations et une immense hacienda. Fuir ainsi d'un continent à l'autre aiderait à cacher leur terrible secret.

Contre toute attente, Gallois devint un enfant rieur et vigoureux, comme l'était Gilles. Personne n'aurait pu les distinguer l'un de l'autre. Simplement, Gallois ne disait pas le moindre mot. Ce qui était stupéfiant, c'est qu'il semblait tout comprendre. Ses yeux brillaient d'intelligence. On avait l'impression qu'il savait aussitôt *tout* ce que Gilles apprenait du précepteur que les d'Avertin avaient fait venir de Cambridge.

A ce moment du récit, Laura d'Avertin perdit connaissance.

Berthold, aidé du chauffeur, la transporta dans une chambre voisine. On l'allongea sur un lit. Berthold lui administra un puissant sédatif et les deux hommes retournèrent dans le cabinet d'auscultation. Gilles d'Avertin reprit alors son récit.

Berthold était fasciné par cet enfant de dix ans qui se comportait comme un chef de tribu. Peu d'adultes irradiaient une telle autorité et s'exprimaient avec autant de clarté et de précision. Et sans la moindre trace d'émotion apparente...

La première atrocité se produisit quand les jumeaux atteignirent l'âge de cinq ans. Gilles et Gallois jouaient avec Mercédès, une petite fille de leur âge, dont les parents travaillaient dans la plantation. Les trois enfants couraient dans les buissons. Soudain, Gallois poussa un grognement de bête et se précipita sur Mercédès. Ses petites mains se nouèrent autour du cou de la fillette. Sans effort apparent, il l'étrangla. Il ne la quittait pas des yeux pendant que ses mains serraient la gorge menue. Mercédès s'éteignit sans un mot, sans une plainte.

Gilles, statufié, les yeux agrandis d'horreur, ne fit pas un geste pour faire cesser cette abomination. Était-il, à travers l'action de Gallois, partie prenante du meurtre de la petite fille? Gallois ne lâchait pas sa proie. Il la secouait comme une dérisoire poupée de chiffon puis, se penchant vers la gorge, y enfonça profondément ses dents et commença *à la dévorer*.

Enfin, il la lâcha. Son visage et son costume étaient maculés de sang. Il sourit à Gilles et tapa dans le ballon, l'invitant à reprendre la partie momentanément interrompue.

Gilles entraîna Gallois jusqu'à une source, fit disparaître comme il put les taches de sang de son visage et ses mains, trouva une pelle et creusa à la hâte un trou peu profond où il enterra le petit cadavre. Gallois, immobile et souriant, assistait à cette scène.

Ce fut son premier crime.

Gilles se garda bien d'en parler à qui que ce fût. Quelque temps plus tard, des hyènes déterrèrent la fillette et la dévorèrent à moitié. On leur attribua le meurtre.

Gallois ne parlait toujours pas. A huit ans, il montait à cru un petit poney sauvage. Son père, Stéfano d'Avertin, l'emmenait à la chasse aux loups. Gilles tenait compagnie à sa mère. Le professeur de piano viendrait dans la soirée donner la leçon aux jumeaux. A la grande surprise de la famille, Gallois manifestait pour cet instrument de rares dispositions.

Stéfano galopait, se retournant de temps à autre pour voir si Gallois le suivait. Dans un étui de cuir attaché à sa selle, Stéfano d'Avertin avait glissé un fusil à répétition qui tirait des balles de fort calibre. Remarquable chasseur, il n'avait pas besoin de chien pour forcer les loups. Il était né dans ces terres, avait été élevé avec les péons, les gardians, et pouvait terrasser un taurillon à mains nues.

Les deux cavaliers pénétraient à présent dans une végétation plus dense. Peu à peu le ciel disparaissait. Stéfano poussa un cri sauvage. Il était là!... Il était à leur merci!...

A ce moment précis, une branche lui cingla violemment le visage. Il poussa un cri de douleur. Le cheval se cabra et Stéfano chuta lourdement à terre. C'est alors qu'*ils* sortirent des fourrés. Ils étaient cinq... Cinq loups énormes et affamés. Ils s'approchèrent en grondant du corps qui se débattait. Gallois sauta de son poney et s'avança vers eux. Les bêtes le regardèrent. Un rictus effrayant déformait le visage de l'enfant. *Gallois était le sixième loup...*

Ensemble, ils s'avancèrent vers Stéfano d'Avertin dont une des dernières visions fut le visage monstrueux de son fils chéri se précipitant sur lui pour le mordre sauvagement à la gorge, donnant le signal à la horde.

Ernest Berthold suait à grosses gouttes. Le silence devenait pesant. Pendant tout ce récit, le chauffeur qui se tenait près de la porte n'avait pas cessé de fixer le jeune interne de ses méchants yeux noirs. Il se dégageait de lui une telle expression de dangerosité qu'au moindre signe de menace Berthold se serait agenouillé en demandant grâce. Mais cette frayeur intense qui l'envahissait ne lui ôtait pas ses moyens, bien au contraire. Il avait la conviction que sa brutale immersion dans le monde infernal où cette famille l'entraînait comporterait sa récompense.

Mais il fallait la mériter. Avant tout, cacher sa terreur, garder le masque serein de celui qui prend en charge, atténue les peines et trouve le remède.

Surtout, garder le contrôle. Berthold s'adressa à Gilles d'Avertin sur un ton neutre, professionnel.

— Précisez-moi un point de votre récit, je vous prie. Vous avez assisté au meurtre de la petite Mercédès. Mais pour votre père, comment savez-vous ?

L'adolescent lui répondit d'une voix calme :

— Je les ai suivis sur mon propre poney. Après la curée, Gallois est remonté sur son poney et est venu vers moi comme s'il connaissait ma présence, comme s'il trouvait naturel que j'assiste à tout cela.

– Comme si vous étiez un autre lui-même?

– C'est ce que je suis... Jusqu'à un certain point... A présent, nous avons vendu toutes nos possessions en Amérique du Sud : les plantations, l'hacienda, les exploitations minières... Ma mère n'a pas supporté la disparition inexpliquée de mon père...

– Elle n'a jamais su?

Gilles lui jeta un regard glacé et lui dit :

– Elle ne saura jamais. Celui qui le lui dirait serait un homme mort.

Ernest Berthold préféra se comporter comme s'il n'avait jamais entendu cette phrase.

– Qu'attendez-vous de moi?

– Le service du professeur Changeux est un des meilleurs du monde pour l'exploration du cerveau. Faites-lui subir, s'il vous plaît, tous les examens possibles. Puis donnez-moi votre diagnostic et vos recommandations. Ensuite, nous déciderons de ce qu'il convient de faire... Bien entendu, les résultats de ces examens ne seront connus de personne, sauf de vous. Vos dossiers resteront en notre possession. Nous ne sommes pas là ce soir par hasard. Nous savons tout de vous. Notre famille est puissante. Je vous prouverai ma reconnaissance... *très généreusement.*

Gilles d'Avertin avait frappé à la bonne porte. Ernest Berthold était sûrement le meilleur diagnosticien du service. Après avoir soumis Gallois d'Avertin aux examens les plus sophistiqués, Berthold revint converser avec Gilles, toujours en présence de l'inquiétant chauffeur.

– L'imagerie magnétique de votre frère est exceptionnellement riche. Elle établit la preuve d'une intelligence hors normes. Il semble que certaines zones de son cerveau, dont les fonctions nous restent encore inconnues, dégagent une énergie tout à fait hors du commun et génèrent des pulsions qu'il lui est impossible de contrôler, tout comme il m'est impossible de les qualifier. Cela serait trop facile de parler de tendance homicide. C'est peut-être la marque du génie ou bien d'une autre conception des comportements convenus de la condition humaine. En outre, la schizophrénie, qui réside à l'état latent en chacun de nous, semble avoir chez lui pris des proportions... *cliniquement remarquables.*

– C'est-à-dire ? demanda Gilles d'une voix altérée.

– Eh bien... Je pourrais le comparer à Jack l'Éventreur ou à Gilles de Rais, personnages tout à fait exceptionnels. Il y a une différence entre ces deux prédateurs, Jack l'Éventreur était l'objet de crises de démence incontrôlables, alors que Gilles de Rais vivait dans *un autre ordre moral*, mais en parfaite santé mentale, en plein équilibre psychologique.

– Et Gallois ?

Berthold se plongea dans une intense réflexion. Comme médecin, comme chercheur, il était non seulement bouleversé par ce qu'il avait découvert dans le cerveau de Gallois, mais aussi par l'existence de deux jumeaux dont, apparemment, l'un n'hésitait pas à passer à l'acte criminel tandis que l'autre, semblant s'être aventuré tout aussi loin *de l'autre côté du miroir*, maîtrisait le tueur en lui. *Et cela depuis qu'ils avaient cinq ans...*

L'existence de Gallois dépendait à présent de ce que lui, Ernest Berthold, allait dire à Gilles...

– Monsieur d'Avertin, votre frère est un être plus que brillant. Dans l'état actuel de la science, si on laisse votre frère libre d'agir, personne ne pourra l'empêcher de commettre ce que la société appelle les pires méfaits... Alors... il faut l'enfermer... le surveiller jour et nuit, mais cela ne sera pas encore suffisant. Il faut que ses mains, que son corps soient... comment vous dire ?... *enchaînés...*

82

Ayant besoin d'un complément d'informations, le juge Petit accorda quelques jours de répit au petit groupe de personnalités impliquées dans l'instruction des crimes de Gallois d'Avertin. Bruno et Gilles purent ainsi se rendre à un Congrès de psychanalyse qui se déroulait à Jérusalem, à l'hôtel King-David.

Jérusalem... La ville qui véhicule plus que toute autre au monde l'émotion, l'amour et la foi... Bruno partit le premier avec Maria, qui ne le quitterait plus d'un souffle. Jamais.

Gilles prendrait l'avion suivant. Les trois jeunes gens se retrouveraient au Hilton de Tel-Aviv.

Sur la grande terrasse de leur suite, au dernier étage de l'hôtel, Bruno et Maria dînent en tête-à-tête. Protégées par des photophores, deux bougies dispensent dans la nuit une douce lumière.

A leurs pieds, les vagues s'écrasent avec fracas sur les rochers.

— Je ne vois pas comment tu peux m'aimer.

Maria, qui s'apprête à boire une gorgée de champagne, repose sa flûte, stupéfaite par cette affirmation de Bruno.

— Enfin, Maria... Dans tous les films, dans tous les

romans, le seul type séduisant, c'est le méchant, le tueur... Dans cette histoire, je tiens le rôle le plus ennuyeux, le bon type, le blaireau.

Maria se lève, va vers Bruno, le force à se lever à son tour, se blottit dans ses bras et le couvre de baisers.

— Tu es un blaireau extrêmement... désirable.

Bruno fait mine de mettre fin à l'étreinte :

— Non, non, laisse-moi partir. Je n'en ai pas pour long-temps. Je vais poignarder une ou deux vierges et je reviens.

Maria refuse de rompre l'étreinte :

— Pas question... Moi d'abord.

— Peux-tu me jurer...

— Je te le jure...

— Que tu es une vraie vierge.

— Salaud...

— Enfin !

— Dis-moi, petit génie à ta grand-mère, qu'est-ce que tu vas leur raconter aux psychanalystes ?

— Assieds-toi, je vais te le dire.

Bruno et Maria se retrouvent face à face. Bruno empri-sonne dans les siennes les mains de la jeune fille, les porte à ses lèvres.

— Accroche-toi. Je vais élever le débat... Tu connais le thème de la rencontre... ?

— La xénophobie ?

— C'est ça. De *Xénos,* « *l'autre étranger qui vit dans la Cité selon les lois de l'hospitalité* ». Je vais commencer ainsi : Chacun a peur de l'étranger car il le confronte à sa propre étrangeté... Mais l'étrangeté n'est pas forcément l'étranger absolu. Prenons comme exemple une des premières haines de tous les temps, celle de Caïn pour Abel, précisément parce qu'ils étaient frères. Il est surprenant de constater que c'est celui qui présente avec soi les plus petites différences qui déclenche les plus grandes haines.

— Peux-tu me donner un exemple dans la vie quoti-dienne ?

– Eh bien, il y a quelques années, j'ai passé mes vacances en Corrèze, à Perpezac-le-Noir. Ce petit village, habité par une population paisible et accueillante, a pour seul ennemi les habitants du village voisin, à moins de deux kilomètres, Perpezac-le-Blanc... Bon, j'arrête... J'ai déjà été plus brillant.

Maria se lève à nouveau. Bruno la suit. Ils entrent dans la chambre, laissant ouverte l'immense baie vitrée. Ainsi leur parviendra le bruit de la mer.

A Paris, dans sa cellule, Gallois d'Avertin est étendu tout habillé sur le châlit qui constitue sa couche. Ses yeux ouverts semblent fixer le plafond mais, en réalité, il voyage. Il est loin maintenant. Il traverse la Méditerranée. Il poursuit Maria Solar, la femme aimée, et Bruno Brunschwig, le rival abhorré...

A l'aéroport de Tel-Aviv, Gilles d'Avertin s'impatiente. Les douaniers israéliens n'en finissent pas de lui poser des questions. Normal pour un pays continuellement en état d'urgence. Enfin, on le délivre. Il court dans les larges couloirs jusqu'à la sortie et s'engouffre dans un taxi...

Maria encore endormie cherche le contact du corps de Bruno. Il n'y a personne dans le lit. Un rai de lumière lui parvient de la salle de bain. Elle sourit. Près d'elle, sur un tableau électronique, sont insérés les interrupteurs de la télévision et de la radio. Elle cherche une station sur la FM et trouve une jolie mélodie grecque. Elle sourit et s'endort à nouveau.

Dans la salle de bain, Bruno ouvre sa trousse de toilette. Entre la crème à raser, les brosses, les savons, il trouve un poignard. Comment est-il parvenu dans cette trousse ? Bruno ne connaît pas la peur. Il ne croit pas au surnaturel. Quelqu'un a donc mis, ou fait mettre, ce poignard dans sa trousse.

Bruno était au paradis. En quelques secondes, la découverte de cette arme, la proximité probable de celui qui a si aisément violé leur intimité transforment ce bonheur en cauchemar.

Bruno ne parvient pas à détourner son regard de ce poignard. Il *doit* s'en saisir. Il lui est *destiné*. Ses yeux brillent de fièvre. De l'écume lui vient aux lèvres. Son visage n'a plus rien d'humain.

Il ouvre la porte et, dans la demi-pénombre, s'avance vers le lit. Il s'arrête et fixe Maria qui dort un sourire aux lèvres. Sa jolie poitrine apparaît dans sa chemise de soie largement échancrée.

– Gardez la monnaie ! lance Gilles au chauffeur de taxi en claquant la porte.

Il se précipite dans le hall de l'hôtel Hilton et fonce vers les ascenseurs. Le col de sa chemise est largement ouvert. Sa cravate est en berne. Son pouce sollicite nerveusement le bouton d'appel. Enfin, l'ascenseur arrive. Gilles monte au dernier étage, emprunte le couloir, arrive à la porte de la suite et frappe. Pas de réponse. Il entre dans la chambre. Il frissonne. Par la baie largement ouverte pointe un jour blême. Le vent s'engouffre dans la chambre et la porte d'entrée qu'il n'avait pas refermée claque brutalement. Il s'avance vers le lit. Bruno est allongé et dort paisiblement près de Maria. Il s'approche, soulagé, et soudain son sang se glace. Maria elle aussi semblerait dormir si le manche d'un poignard ne dépassait pas de son sein gauche, enfoncé jusqu'à la garde, juste à la place du cœur.

Une voiture de police est venue chercher le juge Petit en pleine nuit. Il s'est habillé à la hâte. La voiture a traversé à grande vitesse Paris désert et s'est engouffrée dans l'enceinte du Palais de Justice. On a conduit le juge jusqu'à la cellule de celui qui fut Gallois d'Avertin, Konrad Olryk et quelques autres.

Sur l'étroit châlit, le grand corps est étendu, sans vie. D'après le médecin légiste et l'expert neuropsychiatre qui l'attendent dans la cellule, il n'est pas impossible que Gallois d'Avertin se soit donné la mort d'une manière qu'on ne pourra déterminer qu'après l'autopsie. Aucun désordre dans ses vêtements. Aucune trace de lutte ou de violence.

Ses yeux gris sont grands ouverts.

83

Dans une chambre particulière du service du professeur Berthold, à l'hôpital Sainte-Anne, Bruno Brunschwig s'éveille. Il est sous perfusion et une batterie d'électrodes relient ses chevilles, sa poitrine, ses poignets à un électrocardiographe.

Il n'est pas près de sortir. Ernest Berthold l'a mis depuis plus d'un mois sous neuroleptiques. L'événement a été si tragique qu'il n'est pas impossible que Bruno, malgré sa capacité de lutteur hors du commun, ait à jamais quitté le scénario de son destin.

Avant de sombrer dans la nuit, voici le récit que Bruno lui a fait...

— Ernest, croyez-moi, je vous en conjure, j'ai l'intime conviction d'avoir été possédé à deux reprises par... Appelons ça, contre toute logique... une force maléfique, un esprit malin.

La première fois, j'ai livré un terrible combat pour éviter d'étrangler Maria alors qu'une implacable volonté m'ordonnait de le faire... La seconde fois, hélas! à l'hôtel Hilton de Tel-Aviv, je n'ai pas pu résister à l'incroyable puissance de cette possession. J'ai poignardé Maria... *Je le sais.* Je l'ai poignardée de ma propre main. Lorsque j'ai retrouvé mes esprits, si l'on peut dire, car tout ce que je voyais se déroulait comme dans un film d'épouvante... j'ai vu Gilles, mon cher Gilles, qui lui, un poignard à la main, était penché sur Maria !...

Ernest Berthold ne peut s'empêcher de frémir. Car il sait...

Après ce récit, Bruno était tombé dans un état de coma profond. Il n'en sortait que pour délirer... Maria morte, Gilles endossant ce crime...

Tous les jours, elle s'installe près de Bruno, la vieille folle, madame *too much*, Sarah Grosswasser qui lui a tout d'abord interprété à lui, Berthold, un « spécial désespoir »... Elle a prié seule pendant des heures. Elle a tenté d'amener six rabbins en costume traditionnel... Bien sûr, il a dû les chasser, mais elle a fini par l'avoir. Tant de force, tant d'amour... tant de certitudes...

Maintenant, elle a compris. La guérison de Bruno, s'il guérit, va être longue, très longue. Ernest Berthold la voit moins. Elle va lui manquer.

84

La place des Vosges, à Paris, déroule ses séductions. Sous les arcades séculaires, des restaurants de toutes sortes voisinent avec des galeries d'art et des magasins d'antiquités.

Au numéro 35 se trouve la boutique sombre, déglinguée d'Herschélé Rappoport. A l'intérieur, une seule cliente : Sarah Brunschwig. Elle est séparée de son vieux complice par un comptoir de verre transparent à travers lequel on peut voir des bijoux anciens, des curiosités, des instruments divers. Bref, un véritable bric-à-brac. Peu de lumière, beaucoup de chaleur, beaucoup de complicité entre eux.

Sur le comptoir, Sarah a posé les deux étuis de sa longue-vue. Elle en sort d'abord la lunette puis le trépied.

– Tu me la reprends ? Maintenant, je n'en ai plus besoin.

– T'en veux combien ?

– Tu me l'avais vendue trois mille, il y a vingt ans. Maintenant... Disons avec l'érosion monétaire... quinze mille ?

Herschélé Rappoport se marre :

– Même désespérée, t'es restée une chienne.

Sarah baisse la tête. Elle se retient pour ne pas pleurer et dit à voix basse :

– Garde ton pognon.

Elle sort sans refermer la porte de la boutique. Il fait
froid. Elle serre son vieux manteau de fourrure contre son
corps, décidément très très fatigué. Son cœur va s'arrêter.
L'heure est peut-être venue.

Il est sept heures mais il fait déjà sombre. Les réverbères s'allument. On court derrière elle, on lui tape sur
l'épaule, elle se retourne.

Herschélé Rappoport se tient devant elle en souriant,
un peu trop serré dans sa canadienne. Sur son crâne, un
bonnet d'astrakan est posé de travers. Il la prend par les
épaules et la tire lentement vers elle. Sarah éclate de rire.

– Ce que tu peux être moche !

Herschélé la regarde d'un air malicieux et lui dit d'une
voix cérémonieuse :

– Chère madame, accepteriez-vous de dîner avec moi
ce soir ?

Cet ouvrage a été composé par la
SOCIÉTÉ NOUVELLE FIRMIN-DIDOT
Mesnil-sur-l'Estrée

Impression réalisée sur CAMERON par
BRODARD ET TAUPIN
La Flèche

Imprimé en France
Dépôt légal : Octobre 1992
N° d'édition : 92146 – N° d'impression : 1707G-5